거짓말

제20회
한겨레문학상
수상작

거짓말

한은형 장편소설

한겨레출판

소녀야
순결을 잃었다고 하지 말고
일찍 데뷔했다고 하라

글쎄
요절했다고 하지 말고
일찍 데뷔했다고 하라니까

- 〈권태 13〉, 김영승, 1994

"한쪽 벽이 다른 쪽 벽에게 뭐라고 말했게?"
그의 얼굴이 환해졌다.
"모퉁이에서 만나자!"
그가 새된 소리를 질렀다.

- 〈에스메를 위하여, 사랑 그리고 비참함으로(For Esmé – with love and squalor)〉,
J. D. 샐린저, 1950

차 례

초록색 피와 초록색 숨

두더지를 보고 있다.

하나를 때리면 여러 개가 자라난다. 이 구멍에 망치를 휘두르면 저 구멍에서 머리가 솟아오르고 저 구멍에 망치를 대면 다른 구멍들에서 머리들이 일제히 솟아난다. 고구마 줄기 같은 건가? 두더지 기계의 알고리즘 따위는 알고 싶지 않다. 안다고 해도 두더지 때리기에는 실패하고 말 것이다. 생의 수열 따위란 없다는 걸 안다.

*

텔레비전 안의 리포터는 땀을 흘리며 두더지를 때리고 있다. '열심히'라는 말로 설명한다고 해도 역부족이다. '지금은 사라지고 없는 것들'이라는 제목의 프로그램이다. 두더지 기계가 이제는 정말 없나? 한때 두더지 때리기에 몰두한 적이 있다. 이십 년도 더 된 일이다. 원래는 매끈한 갈색이었을 테지만 망치의 폭압에 닳고 닳아 지저분해져버린 그것의 머리를 보면서 녹아서 캐러멜이 있는 내부가 드러난 거대한 허쉬 초콜릿 바를 떠올렸었다. 요요마의 앨범 〈허쉬〉가 배경음악으로 흐른다. 벌이 꿀을 빨고 꿀이 벌을 빠는 듯한, 밀랍의 황금빛 시간이다.

이십 년이 지났다. 그리 긴 시간이 아니다. 여자아이는 어른이 되지 않는다. 나이 든 여자아이가 될 뿐이다. 나이 든 여자가 된 여자아이는 중국식당에서 늦은 점심으로 짬뽕밥을 먹는다. 이 늦은 여자아이는 바쁜 일도 없으면서 점심때를 놓친다. 공과금이나 세금을 내는 날짜도 잊어서 연체료를 무는 게 흔한 일이다.

2시 55분. 검은 새틴 조끼를 입은 매니저는 3시부터 5시까지 브레이크 타임이지만 3시 30분까지 식사를 끝내면 괜찮다고 말한다. 하마터면 두 번이나 거절당할 뻔했다. 점심을 먹곤 하는 IT회사의 지하에 있는 식당에서 방금 거절당한 참이다. 일하는 여자들은 앞치마를 한 채로 선풍기 바람을 쐬며 동부 꼬투리를 따면서 '쉬고' 있었다.

내가 IT회사의 지하 식당에 가는 이유는 간단하다. 손님이 많고, 그러므로 재료의 회전이 빠르고, 가격도 적당하다. 그리고 이 '손님'들이란 대개 남자다. 반팔 와이셔츠 위에 파란 목줄을 달고 안경을 쓴 남자들. 재미없게 생겼다. 하지만 그 남자들의 내면은 그렇지 않다는 걸 안다. 어쨌거나 나는 남자를 찾고 있다. 내면은 물론 외면도 흥미로운 남자를. 외면이 흥미롭지 않은 남자의 목줄을 풀고 안경을 벗기고 싶지는 않다.

나한테 남자가 없는 것은 아니다. 나는 두 명의 남자와 잔다. '동시에'는 아니다. 나는 옛 남자와 헤어지지 못하고 있을 뿐이다. 그에게 새 남자를 가리킬 때 '내 애인'이라고 분명히 말한다. 옛 남자는 파일럿이다. 내게 올 때마다 진귀하거나 귀엽거나 특색 있는 것을 가져다준다. 어제는 '고양이의 말'이라는 이름을 가진 초콜릿을 가져왔다. 초콜릿 모양도 고양이 혀를 본뜬 것이다. 오스트리아 빈에서 샀다고 했다. 그와는 예전만큼 좋지 않다. 형식적이고 관성적이다. 거울을 보면서 입위와 기승위가 결합된 그것을 할 때도, 그의 목에 팔을 두르고 공중으로 뛰어오를 때도, 우리의 시커먼 모서리가 닿는 것을 거울로 볼 때도, 그저 좋을 뿐이다. 예전에는, 미치도록 좋았다. 우리는 무모(無毛)의 무모한 짐승이 되어 네 발로 기는 것도 마다하지 않았다.

이 중국식당은 재미있다. 자개가 박힌 옻칠된 트레이에는 담황색과 비취색으로 채색된 당나라풍의 작은 단지 두 개가 놓여 있다. 은은한 펄이 있는 와인색 물 주전자는 써모스 사(社)의 것이다. 짬뽕이 담긴 이가 살짝 나간 유백색 자기는 명나라풍, 모래시계 모양의 수저받침은 젠 스타일, 탁자와 의자는 콘티넨털 스타일이다. 내가 앉은 자리 옆에는 파티션 역할을 하는 장식장이 있다. 첫눈에는 다보격(多寶格) 같지만 골동품은 아닌 듯하다. 조명은 천사의 날개가 달린 잉고 마우러다. 그런가 하면 화장실로 연결된 회랑에는 놋쇠 장식이 달린 반닫이와 트리아농 스타일의 1인용 의자가 놓여 있다. 식당 밖의 캐노피는 주황색이다. 나는 이 온갖 것이 뒤섞인 이종(異種)들에 취해 음소거된 텔레비전의 영상을, 두더지를, 유리창 밖의 행인들을 보다 말다 한다.

짬뽕밥은 나쁘지 않다. 바지락 대신 백합과 동죽을 넣었다는 게 마음에 든다. 우엉을 길게 채 쳐서 넣고, 오징어 대신 갑오징어를 쓰고, 전복을 후하게 넣었다는 것도. 그러나 소라가 부족하다. 나는 짬뽕의 단맛은 양파가 아닌 소라에 의존해야 한다고 생각하는 사람이니까. 이런 재료를 써놓고 칵테일 새우를 넣은 걸 이해할 수 없다. 대하를 먹으려고 집었다가 수염을 제거하지 않은 걸 발견하고는 내려놓는다. 고운 고춧가루만을 썼는지 국물이 텁텁한 편이지만 이만하면 화사한 맛이라고 생각한다.

식당에서 나와 백화점에 가려다 강가를 걷기로 한다. 백화점 산책은 어제도 했으니까. 백화점은 계절이 빨리 온다는 게 마음에 든다. 강가로 내려가려면 내가 사는 주상복합 오피스텔을 지나야 한다. 이 동네에는 괜찮다고 할 만한 주거지가 서너 군데 있는데 그 오피스텔을 택한 이유는 조경 방식 때문이다. 원뿔형으로 나무를 식재한 그곳의 인공정원이 마음에 들었다. 공중정원이라고 해야 하나? 나무들이 화강암 반석 위에 올려져 있으니까. 어쨌거나 내가 사는 주상복합 오피스텔에서 길을 건너면 바로 강변길이 나온다.

*

형광 주황색 조끼를 입은 사내들이 풀을 제거하고 있다. 얼굴은 검정 그물로 팔은 토시로 감춰서, 멀리서 보면 제초용 로봇 같기도 하다. 나는 그들 가까이로 다가간다. 사내들의 등에서 모터가 맹렬히 돌아가고, 그들의 손에서 뻗어 나온 금속 칼날이 풀들을 쓰러트린다. 그 뒤를, 진공청소기의 흡입대보다는 두껍고 바주카포보다는 얇은 원통형 관을 내밀어 풀의 잔해를 정돈하는 사내가 따른다. 풀의 잔해는 기름에 튀겨낸 메뚜기 떼처럼 날아다니다가 내 얼굴을 때린다.

풀의 피는 녹색이다. 피 냄새를 맡는다. 진하다. 풀의 시취.

야생의 것들이 야생인 것들인 채로 보존되어 있다고만 생각했다. 방금 전까지만 해도. 그런 이유로 나는 이 강변길을 좋아해왔다. 내가 틀렸다. 세속의 질서로 길들여진 야생성, 야생을 흉내 낸 야생을 나는 좋아해왔던 것이다. 지금 여기에는 죽음과 생이 함께 있다. 초록색 피를 흘리는 자리에서 초록 숨이 돋는다. 생생한 이 감각이 좋다. 여름의 흐름. 나는 살아 있는 것이다.

풀 위에는 망가진 야구공이 떨어져 있다. 누군가는 빨간 실로 박음질이 되어 있는 솔기를 손끝으로 느끼며 공중에 포물선을 그렸을 것이다.

사라진 것들에 대해 생각한다. 어쩔 수 없이. 살아 있다는 것은, 사라진 것들과 사라질 것들에 대해서 생각한다는 것과 같은 말이기 때문이다. 사라진 사람에 대해서도 생각한다. 사라진 시간에 대해 생각한다.

올해 봄, 공중에서 여객기가 사라져버렸다. 보잉 777. 쿠알라룸푸르 공항에서 출발해 베이징으로 향하던 비행기였다. 쿠알라룸푸르 공항에서 그 비행기를 타려던 나는 만석이라 타지 못했다. 그래서 다음 비행기를 타고 베이징으로 갔다. 보잉 777은 발견되지 않았다. 인도양까지 뒤졌는데도. "이상 없다. 좋은 밤 되라." 부기장이 관제탑에게 보낸 마지막 교신이었다. 좋은 밤이란 뭘까? 좋은 밤이란 어디 있는 걸까?

아직까지도 찾고 있을까? 그 사람들은 어디에 있는 걸까? 산산조각이 났을 비행기의 잔해들과 사람들의 가방 안에 있던 물건들은 어디에 있을까? 어딘가의 바다를 떠돌고 있을 것이다. 안대, 목베개, 무릎담요, 곰 인형, 베이비 로션, 스카프, 양말, 손수건, 비키니 수영복, 생리대, 비타민 병, 젤리, 뜯지 않은 콘돔, 누군가에게 줄 초콜릿 같은 것들이.

나는 그 사람들이 다른 세계에서 살아주리라고 기대한다. 나의 그녀가 그러기를 바라듯이. 그럴 수밖에 없다. 그러지 않는다면 견딜 수 없다. 하지만 자꾸 생각이 난다. 그들에게 사라진 가능성들이.

그녀에 대해 생각한다. 나의 그녀. 어쩌면 그렇게 감쪽같이 사라질 수 있지? 이름을 바꾸고, 얼굴을 바꾸고, 표정을 바꾸고 어딘가로 숨어버린 건가? 묻고 싶다. 왜 그래야 했어? 왜 그러고 싶었어? 어떤 사람을 좋아했어? 뭐가 되고 싶었어? 나처럼 비 오는 날이 좋았어? 왈츠를 들으면 기분이 어땠어? 나는 너의 슬픔을 온전히 이해할 수 있을 만큼 슬픈 사람이 아니야.

이런 질문들을 하면서 계속 걷는다. 종을 알 수 없는 강아지가 다리를 리듬체조 선수처럼 거의 180도에 가깝게 들어 올리며 쾌활한 몸짓으로 징검다리를 건너오는 것을 본다. 나는, 처음으로 징검다리를 건넌다. 징검돌은 작은 스톤헨지처럼 생겼다. 물은 검고, 깊고, 천천히 흐른다. 아래를 보지 않는다. 그러려고 애쓴다. 돌은 모두 스물두 개다. 징검다리를 건넜더니 연못이 나타난다. 수련이 가득한. 물가에는 창포와 부들이 흔들리고 있다. 이름을 알 수 없는 잡풀들이 함께 흔들리며 풍경을 지우고 있다. 잠시 그쪽 길을 걷다가 다시, 징검다리를 건너기로 한다. 제초하던 사내들을 보고 싶기 때문이다.

아이들이 있다. 징검다리 위에서 아이들은 천진하게 웃고 있다. 하지만 이 애들이 천진하지만은 않다는 것을 나는 안다. 남자아이들은 소금쟁이처럼 이 돌에서 저 돌로 뛰어다닌다. 운동화를 신었음에도 다리가 예쁜 여자아이가 눈에 들어온다. 고마워진다. 이런 새침한 각선미가 인류를 부양하고 있다고 생각하니까.

누군가가 내 팔을 건드린다. 깡마른 몸에 기계 태닝을 한 여자다. 여자는 내 신발을 어디서 살 수 있냐고 묻는다. 나는 고무로 만든 푸크시아색 로퍼를 신고 있다. 밑창과 굽은 나무고, 발에 닿는 부분은 전체가 고무다. 보자마자 살 수밖에 없었다. 내용과 형식의 착란은 대개 매혹적이지 않나? 나는 말해준다. 이 여자는 내 '부류'니까. 그러니까 화류계 여자다. 우리는 서로를 알아본다.

노인들이 골프를 치고 있다. 업다운이 거의 없는 평지이기 때문에 게이트볼을 하고 있는 것처럼 보인다. 홀과 홀 사이의 거리가 짧기는 하지만 의외로 18홀까지 있다. 노인들은 입성이 좋고, 팔자도 좋아 보인다. 자세가 꼿꼿하고, 색감의 조화를 이해하고, 무엇보다도 바지통이 지나치게 넓지 않다는 점에서 그렇게 보인다. 저들의 나이가 되면 나는 어떻게 살고 있을지 궁금하다.

어쨌거나 이 동네는 이십 년 전에는 없었다.

*

딱 한 잔. 한 잔만 마실 것이다. 출근 준비를 해야 하니까. 냉장고에 들어 있는 주석 잔을 꺼내 바이첸을 따를 것이다. 엘리엇 스미스의 왈츠를 들어도 좋을 것이다. 샤워를 하고, 머리를 말리기만 한 채로 우버를 부를 것이다. 숍에 들러 메이크업과 헤어를 받고 나의 직장으로 가야 한다. 외국인들만 출입하는 카바레형 극장이다.

나는 스트리퍼다. 이 일의 묘미는 시작할 때 있다. 옷을 입고 있을 때 나는 참을 수 없이 부끄럽다. 견딜 수 없다. 그 느낌이 좋다. 옷이 하나씩 바닥에 떨어질수록 나는 점점 뻔뻔해진다. 그리고 지루해진다. 얼마 전에 본 이탈리아 영화에서 흥미로운 견해를 가진 스트리퍼를 만났다. 그녀는 나이 마흔에 지적인 스트리퍼를 꿈꾼다고 말했다. 나는 이 말이 이상하다. '지적인 스트리퍼'는 '운동을 잘하는 메달리스트'만큼이나 어색하다. 그렇다. 스트리퍼라는 단어에는 '지적'이라는 말이 포함되어 있다. 나는 그렇다고 생각한다.

'내 애인'은 나의 손님이었다. 손님과 사귀는 건 내 직업윤리에 어긋나지만, 때로는 규칙을 어길 필요가 있다. 애인은 만날 때마다 작약 한 송이를 사 준다. 딱 한 송이다. 우리가 일주일에 한 번 가는 그

식당을 지나는 길에 꽃집이 있기 때문이다. 애인은 어떤 꽃을 갖고 싶으냐고 묻는다. 나는 얼굴을 살짝 찡그리며 웃는다. 파시아타가 갖고 싶다고 말하지 않는다. 바나나 꽃보다는 색이 옅고 파인애플 꽃보다는 연약한 질감의 꽃이 피는 식물이다. 고무 재질 느낌이 나는 꽃. 그 꽃에 얼굴을 문지르고 싶다고 생각한다.

그와 나, 그리고 옛 남자. 우리는 거짓말을 하고 있다. 옛 남자는 내가 애인이 있어도 괜찮다고 하고, 내 애인은 내가 옛 남자를 만나는 것을 모르는 척한다. 나는 애인이 모른 체한다는 것을 알고, 애인은 자신이 모른 체하는 것을 내가 알고 있음을 안다. 하지만 그는 말하지 않을 것이다. 나와 헤어지고 싶지 않다면. 아는 체를 한다면, 솔직해진다면 뭔가가 달라져야 한다는 것을 우리는 아니까. 감정의 감가상각은 이루어져야 하는 법이다.

*

그 여름에 대해 생각한다. 거짓말에 대해 생각한다. 사라진 것들에 대해 생각한다. 사라진 사람에 대해 생각한다. 사라진 시간에 대해 생각한다. 그 시간을 견딜 수밖에 없었던 나에 대해 생각한다. 겁 많은 '자살 수집가'에 대해 생각한다. 거짓말이 없었다면 살아남지 못했을 것이다. 거짓말로 견뎠다. 이제는 안다. 이런 거짓말은 나쁘다는 것을. 하지만 나빠서 더 좋은 것도 있는 법이다.

1.
올챙이는 언제 개구리가 되는가

나는 고등학교 1학년이었고, 제 나이로 보이지 않는 부유하고 자유방임적인 60대 부모와 세상이 끝날 때까지 내 편일 영재 씨, 하복 네 벌과 동복 네 벌, 도합 여덟 벌의 교복과 책가방 여섯 개를 가지고 있었고, 공부는 못했다. 1996년 여름이었다.

그리고 막 퇴학당한 참이었다.

여덟 벌의 교복을 못 쓰게 되었다는 이야기다. 남색 몸통에 네모난 하얀 칼라가 턱받이처럼 달려 있어서 입으면 정박아처럼 보이는 교복이었다. 누군가가 "정박아 같아"라고 말하자, 그 교복은 특별해졌다. 정말 그건 턱받이 같아서 음식을 흘리거나 하다못해 침이라도 흘려서 그 턱받이가 제 본분을 다하도록 배려해야 할 것 같았다.

나는 이 교복이 좋았다. 정박아이면서 정박아처럼 보이는 것은 얼마나 자연스러운 일인가. 하지만 학교를 벗어나면 아무도 우리를 그렇게 봐주지 않았다. 중학교 성적이 좋은 애들만을 모아놓은 고등학교 교복은 일종의 신분이었으니까. 애들은 학원에 갈 때도, 주말에 패스트푸드점을 갈 때도 교복을 입는 걸 선호했다. 나는 그게 못마땅했다. 성적이 좋을 뿐인 정박아들. 나는 성적도 좋지 않은 정박아였다.

도내 각 중학교에서 두세 명만 입학할 수 있는 고등학교라는 건 그렇다. 첫 시험을 보고 나면 자신을 어떻게 할 수가 없어진다. 희망은 절망으로 바뀌고, 몇 명을 제외한 나머지는 열등생이 된다. 그 열등생 무리 중 하나가 나였고, 나는 공부를 못한다는 게 그렇게 슬픈 일인지 몰랐다. 그리고 성적은 습관이 된다는 것도.

쓸모없는 사람이 된 것 같은 생각이 든다. 태어난 이유, 살아야 되는 이유를 찾지 못하며 침울해진다. 그러니 열등생으로 변신해버린 우등생들은 정박아가 될 수밖에 없다. 정박아투성이인 그 학교에서 가장 정박아가 나였으므로 누구보다 그 교복을 좋아했다. 공부를 못해도, 학교를 좋아하지 않아도, 교복을 좋아할 수 있다. 미구 씨 앞에서 이렇게 말하지는 못하겠지만.

미구 씨가 내 엄마가 아니라면 멋지다고 생각했을지도 모른다. 엄마로 두기에는 좀 피곤한 면이 있다. 그녀만의 습관이라는 게 있었고 미구 씨의 하루는 그것들을 지키기 위해 작동되어야 했다.

이를테면, 아침마다 미구 씨는 베이지색 실크 가운을 입은 채로 에스프레소 더블을 마셨다. 커피 용액이 삼 분의 일쯤 남았을 때 설탕을 넣었다. 각설탕이라야 했다. 젓지 않는다. 데미타스 잔 바닥에는 염전에 드러난 소금 알갱이들처럼 설탕 결정들이 남는다. 각설탕이 떨어지면 커피를 마시지 않았고, 하루 종일 기력이 없다며 사람을 피곤하게 만들었다(바닥에 남은 설탕을 핥아 먹기 위해서 나도 미구 씨의 방식을 따를 수밖에 없었다).

어느 면에서나 완벽하고, 완벽하고 싶어 하지만 남들한테는 그렇게 보이는 걸 원하지 않는 미구 씨. 쿨하게 보이고 싶은 거다. 남편이나 자식도 그래주길 원한다. 모든 게 자기 마음대로 되지 않는 게 피곤하다. 그렇지만 남에게 내색하고 싶어 하지 않는다. 미구 씨의 이 '남'에는 남편과 자식도 포함되었다.

미구 씨는 할 일을 제대로 하지 못하는 사람들을 좋아하지 않았다. 고등학생이면서 공부를 못하는 나도 물론. 하지만 성적으로 나를 혼낸 적은 한 번도 없다. 아무렇지 않은 척하거나 세상에 그보다 중요한 일이 훨씬 많다는 식으로 행동했다.

나는 알았다. 미구 씨가 그렇지 않음을. 그녀는 신문을 보다가 찡 그리곤 했다.

"직무 유기나 업무 태만이 문제야."

그러고는 세상이 삐걱거리는 것은 일을 해야 할 사람들이 제대로 하지 않기 때문이라고 덧붙였다. 넋두리처럼.

나는 기분이 좋지 않았다. 목적이 있는 말이라고 생각했다. 누군가와 같이 있을 때 혼잣말처럼 하는 혼잣말은 혼잣말이 아니라는 것을 아니까. 화를 낼 수는 없었다. 피붙이란 시큰하고, 지루하고, 코웃음이 나고, 애처롭고, 피곤한 것이다.

미구 씨가 이런 말을 비롯해 이런저런 것들을 삼갈 때는, 오직 영재 씨가 함께 있을 때였다. 세상 사람 어느 누구도 어려워하지 않는 미구 씨가 유일하게 어려워하는 사람이 영재 씨였다.

그건 영재 씨가 미구 씨가 말하는 '할 일을 제대로 하는 사람'이었기 때문이 아닌가 싶다. 미구 씨는 주관이 분명한 사람답지 않게 자기한테도 엄격하고 객관적인 편이었다. 자기보다 우월한 사람과 함께 있으면 약해졌는데 그 우월이 돈이나 힘 혹은 교양을 뜻하는 것은 아니었다. 음, 설명하기 어렵다. 누구보다 먼저 나와서 눈을 치우는 옆집 아저씨일 때도 있었고, 손에 꼭 쥔 사탕을 내미는 낯선 남자아이일 때도 있었다. 그럴 때면 미구 씨는 어쩔 줄 몰라 했다. 나는 이럴 때의 미구 씨가 좋았다.

영재 씨 아버지의 아버지, 그러니까 할아버지는 아빠네 집의 머슴이었다. 이제부터 머슴이 아니라고, 정착금을 줄 테니 나가 살라고 내 아빠의 아빠의 아빠가 말했지만, 영재 씨의 아버지의 아버지는 거절했다. 영재 씨의 아버지는 군산인지 목포인지 하는 데서 전기기술자로 일했다고 한다. 내 아빠의 아빠가 목장을 하게 되면서 영재 씨의 아버지는 우리 집에 다시 등장하게 된다. 그는 목장에 대해서 아무것도 모르고 어떤 것도 배울 의지가 없었던 아빠의 아빠를 대신해 목장을 사실상 운영했다.

내 할아버지는 재산을 탕진하는 걸 평생의 직업으로 삼은 사람이었다고 전해진다. 농사는 짓기 싫었기 때문에 사업을 할 수밖에 없었지만 잘 알지 못했다. 이재에 그리 능한 것이 아니어서 사업을 벌일 때마다 논이나 밭이 사라졌고, 산마저 사라졌다. 마지막으로 남은 것이 목장이었다. 할아버지는 목장 운영에 어떤 재능도 흥미도 없었지만, 자기가 관여하지 않는 게 목장을 위한 최선이라는 것을 알 정도의 이해력은 있었다.

내 아빠도 그런 할아버지의 아들이어서 돈을 만지는 데 재능이 없는 사람인데, 할아버지를 보면서 느낀 게 있는지 자신이 관여하지 않는 게 우리 집을 위하는 일이라고 생각하는 것 같았다. 어느 정도였냐면, 아빠는 나보다도 소나 목장에 대해 모르는 것 같았다. 우리 집이 부유할 수 있는 것은 전적으로 영재 씨 덕이라고, 나는 언제부터인가 깨닫게 되었다. 다행스러운 일이다. 모두에게.

영재 씨의 아빠가 목장 일을 시작할 때 영재 씨는 세 살이었다고 한다. 세 살 영재 씨가 소젖을 우동 면발 굵기로 짜서 모두를 놀라게 했다는 일화가 전해진다. 미구 씨는 영재 씨가 무엇을 했어도 잘했을 사람이라고 했다. 그런 영재 씨가 우리 모두를 대신해 목장 일을 해주었다. 나이가 들자 영재 씨는 목장 일을 직원들에게 맡기고 우리 집과 목장을 오가며, 미구 씨와 아빠가 해결할 수 없는 일들을 해주었다. 선산 관리, 사소한 소송, 정원수 가지치기, 고장 난 모터펌프 수리 같은. 자신과 마음이 맞는 나를 학교에 데려다주는 것도 영재 씨의 일이었다.

그해 여름. 세상의 모든 국민학교는 사라져버렸다. 그때부터는 국민학교를 초등학교라고 불러야 했지만(이 글을 쓰고 있는 지금 한글

2014는 국민학교를 강제로 철거하고 초등학교를 세우고 있다), 나는 계속 국민학교를 국민학교로 불렀다. 어쨌든 나는, '국민학교 시절'에 학교를 다닌 국민학생이었으므로 국민학교라는 단어에 대한 신의와 지조를 지키고 싶었던 것이다. 아무도 그래 달라고 부탁하지 않았지만.

그해 여름, 〈마카레나〉가 있었다. 어느 나라 노래인지도 모르는 이 노래를 듣자마자 사랑에 빠져버렸다. 사랑이 뭔지도 모르면서. 그래서 사랑에 빠질 수 있었던 게 아닐까 싶지만.

애들은 클론의 〈꿍따리 샤바라〉와 DJ DOC의 〈여름 이야기〉를 두고 싸웠다. 클론의 머리털 없는 남자가 섹시하다고 했고, DJ DOC의 '노래하는 창열이'와 사귀고 싶다고 했다. 나는 그 애들이 좋아하는 남자들이 어쩐지 딱해 보였다. 너무나, 열심히, 힘들게 뭔가를 하고 있어서였다. 저속해 보이기도 했다. 땀을 흘려서 더 그랬다. 근처에도 가고 싶지 않았다. 뭘 몰랐다.

저속함이란 좋은 것이다. 땀도 물론.

그렇다고 그들이 좋아졌다는 말은 아니다. 그 남자들과 그 노래들은 내 취향이 아니다. 뭔가를 하려고 지나치게 애쓰는 걸 보면 마음이 여전히 거북하다. 어쩔 수 없다. 시간을 되돌린다고 해도 나는 〈마카레나〉 쪽이다.

취향이란 단단한 벽 같아서 쉽게 무너지지 않는다. 세심하고 복잡하다. 가령 크로크무슈를 좋아하지만 크로크무슈의 딱딱한 가장자리는 좋아하지 않는 사람이 동시에 식빵의 딱딱해진 가장자리를 잘라서 튀긴 러스크를 좋아할 수 있다(미구 씨가 그런 사람이다). 누군가가 취향이 변했다고 말한다면, 나는 그 사람을 신뢰하지 못할 것이다. 변한 척하는 자신이 좋을 뿐이다. 아니면, 관대함을 미덕으로 여기는 무리에 속해 있다거나.

왜 〈마카레나〉였냐고 이유를 물어도 소용없다. 그럴싸한 대답을 내놓지 못할 테니까. 사랑은 설명할 수 없다. 취향보다 더. 설명될 수도 없다. 사랑은, 사랑인 것이다. 거짓말이 거짓말인 것처럼.

몰두. 그러니까 몰두라는 걸 했었다. 방문을 걸어 잠그고 춤을 연습했다. 몰두할 대상이 필요했던 건지도 모르겠다고 지금은 생각하지만 그때의 나는 그러지 못했다. 예쁘지는 않지만 개성적인 베네통 광고 모델 같은 여자들의 〈마카레나〉 춤을 따라 머리를 흔들었다.

네온 톱을 입고 형광 분홍으로 입술을 칠한 여자들. 그들을 따라 팔을 하나씩 내밀 때면 올챙이가 된 기분이었다. 뒷다리가 나와서 개구리가 되려는, 올챙이도 개구리도 아닌 그런 올챙이. 그런 올챙이는 뭐라고 불러야 할까. 진화하고 있는 올챙이인가 아니면 불완전한 개구리인가.

노래를 부르는 한 남자는 어디서 많이 본 얼굴이었다. 그렇다고만 생각했다. 이제는 그가 누구를 닮았는지 안다. 가브리엘 가르시아 마르케스. 처진 눈썹까지 닮았다. 노래를 부르던 그 남자도 마르케스처럼 이 세상 사람이 아닌 걸까.

〈마카레나〉가 나오면 세상이 돌았다. 나도 돌았다. 정말이지 돌고 싶었다.

그해 여름. 미구 씨는 태평양 갤러리에서 개인전을 열었다. 팔 년 만의 전시였다. 기자들이 몰려왔다. 몰려왔다고 미구 씨가 말했다. '서양화가 강미구의 추상이 극에 달했다'는 평가를 미구 씨는 좋아했다('서양화가'라는 말은 언짢아했다). 좋아하는 티를 내지 않으려고 했지만 그런 건 티가 나지 않을 수 없는 법이다. 나도 좋았다. 이전 미구 씨 그림과 그때의 그림이 어떻게 달라진 건지 납득할 수 없었지만.

장정일의 《내게 거짓말을 해봐》가 출간되기 전이었다. 후에 그 책은 출간되고 얼마 지나 판금되었다. 죄목은 '음란'. 음란보다는 '거짓말'이라는 제목에 꽂혀서 평소 사지 않던 책을 사는 바람에 나는 그 희귀본을 가질 수 있었다. 삶은 결국 거짓말이라고 생각하는 나 같은 사람이 꼭 소지해야 할 물건 같았다. 그 소설은 이렇게 시작된다.

언제부터인가 아무것도 하지 않는 친구 제이는 짙은 안개로 포장된 역전의 광장에 서 있다.

나쁘지 않은 시작이었다. 그러나 제목이 사기라는 게 밝혀졌다. 이렇다 할 거짓말이 나오지 않았다. 나는 그 책을 여전히 갖고 있다. 시인 장정일에 대한 우정과 존중으로.

까르푸가 등장하기 전이었다. 이후 등장한 까르푸는 어느 마트보다 황량했다. 아직 완공되지 않았거나, 망해버린 공장을 돌아다니는 기분이 들었다. 자기예언적 인테리어였던 걸까. 나는 까르푸 산책을 좋아했다. 십 년 뒤, 까르푸는 한국에서 사라졌다.

PC통신에 막 입문했을 때였다. 윤하를 만나기 전이었다. 우리는 물빛 서점에서 만났다. 우리는 허황된 이야기를 하면서 어딘가 멀리로 기차를 타고 가기로 했었다. 허황된 약속이란 얼마나 좋은지.

그럭저럭 좋았던 것이다.

그해 여름.
복제양 돌리가 태어났다. 여전히 아이들은 울거나 울지 않으며 태어났고, 노인들은 죽었으며, 노인이 아닌 사람들도 죽었다. 나는 곧 죽을 사람의 명단에 포함되었다. 그런 걸 적는 명부가 있다면 말이다.
나는 '자살 수집가'였으니까.

2.
반성문에는 반성이 없다

퇴학 사건의 전말은 이렇다.

교장이 정학 2주일을 선고했다고, 교감이 말했다. 자기는 이 결정에 아무런 책임이 없다는 듯 미소를 지으며 자애롭게.

현실감이 없었다. 워우워우워우, 이런 효과음을 내면서 큰 바위가 움직이는 것 같았다. 교감은 어떤 모자도 맞지 않을 정도로 머리가 커서 조금만 움직여도 공기가 뒤바뀌었다.

영재 씨가 운전하는 차를 타고 미구 씨와 아빠가 학교에 왔다. 운동장 조회대 옆에 번쩍거리는 검은 세단이 세워져 있는 걸 보고 알았다. 나는 그걸 노려보았다.

번쩍거리는 것들을 나는 좋아하지 않았다. 네온사인, 펄이 들어간 소품, 지나치게 광을 낸 구두 같은 것들을. '나 좀 봐주세요'라며 온 힘을 다하는 것처럼 보였기 때문이다. 영재 씨는 기름걸레로 차를 쓸어내리고 있었고, 걸레가 움직일수록 나는 화가 났다.

정학 2주일은 근신 2주일로 바뀌었다. 우리가 관대하게 일을 처리했으니 너도 이 정도쯤은 양보하라는 식인지 고약한 의무 조항이 따라왔다. 복도에 책상과 의자를 내놓고 수업을 들을 것, 그리고 반성문 열 장을 쓸 것.

"그냥 눈 꼭 감아. 진짜 자존심은 그런 거야."

미구 씨가 말했다. 누구에게도 숙여본 적이 없을 것 같은 그녀가, 지는 척해주는 게 이기는 거라는 뻔한 말을 하고 있었다. 아빠가 말했다면 또 모르지만. 어쨌거나 미구 씨와 아빠는 나에게 그 일에 대해서 묻지 않았다. 나를 혼내지도 않았다. 그냥 견디라고 했다.

내가 무슨 잘못을 했느냐면, 교실에서 남자아이와 커튼을 덮고 있다가 경비원에게 발각된 것이다. 커튼을 함부로 뗀 것을 기물 파손으로 문제 삼았다면 모를까, 그들은 다른 걸 문제 삼았다.

남자아이와 같이 누워 있었다는 것, 그리고 우리가 옷을 입고 있지 않았다는 것.

나는 억울했다. 교칙에는 남자아이와 누우면 안 된다는 금지도 없었고, 밤에도 옷을 입고 있어야 한다는 의무도 없었으니까. 나는 이유를 물어봐주기를 바랐다. 나는 이렇게 말했을 것이다.

'지루해서요. 너무 지루해서요.'

표를 내지는 않았지만, 선생들은 즐거워했다. 그래 보였다. 나를 혼내고 싶었지만 혼낼 거리가 없던 사람들. 그들은 곤혹스러웠을 것이다. 대놓고 불량한 애들에게는 머리를 쥐어박거나 교과서를 머리 위에 얹으라면서 화를 풀 수 있었지만 나에 대해서는…… 대책이 없었을 테니까.

나는 속으로는 누구보다 불량했지만, 겉으로는 불량하지 않았다. 학교에 가지 않는 양아치보다 학교에 가는 양아치가 더 멋지다고 생각하는 편이었으니까. 그러니까 심증은 있는데 물증은 없는 경우다. 담배를 피우지도, 술을 마시지도 않았다. 노래방이나 비디오방에 갔다가 걸린 적도 없었다.

이런 것들로 불량도를 평가한다는 게 얼마나 이상한지. 특별해 보이려는 애들은 술을 마시고 담배를 피웠지만, 나는 그런 식으로 특별해지고 싶지 않았다. 오토바이를 타고 폭주하는 짓도, 질주하는 차들 사이로 막무가내로 길을 건너는 짓도 하고 싶지 않았다.

나는 게네들이 왜 그러는지 알았다. 자기들이 세상에 복수하고 있다고 생각하는 것이다. 정말이지, 그런 건 좋지 않다. 본인만 피곤하고 귀찮아질 뿐이다.

세상은 참으로 신기해서, 그런 나를 예뻐해주는 선생들도 있었다. 표가 대표적이었다. 표의 눈물에 마음이 움직였다, 라고 하면 거짓말이고…… 눈물을 없애버리고 싶었기 때문에

"알겠어요, 알겠어."

라고 했다. 나는 눈물이 싫다. 감상적인 게 싫다. 대개 감상적인 것과 결합하는 눈물을 나는 견딜 수 없었다.

미술 선생 표. 자화상을 그리던 날, 나에게 남으라고 했다. 내가

그린 나를 보면서 미간 사이에 주름을 만들고 있었다. 이런저런 이 야기를 해주면서 선생으로서의 따뜻함을 보여주려는 것 같았지만, 나는 요리조리 빠져나갔다.

"왜 이렇게 못생기게 그렸어?"

망설이던 표가 입술과 혀를 움직였다. '나는 너를 진심으로 걱정하고 있어'라는 전형적인 표정이 있다면 바로 그 표정을 하고서 말이다.

"못생긴 건가요?"

동의할 수 없다는 표정으로 나는 물었다.

"하석이는 못생기지 않았잖니?"

하석. 내 이름이다. 여름에 태어나서 여름 '하'가 들어간다. 그리고 돌 '석'. 여름의 돌이라는 뜻이다. 여름의 돌. 어릴 때는 내 이름이 싫었다.

지금은 그렇지 않다. 내가 지닌 것 중 가장 좋아하는 게 어쩌면 이 이름인지도 몰랐다. '여름의 돌'보다는 '여름 모래' 쪽이 더 좋지만. 돌은 아무래도 답답하고 무겁다. 목이 굵고 어깨가 두꺼운 남자 같다. '가을의 돌'이거나 '겨울의 돌' 쪽이 더 입에 붙는다. 모계 유전인 주관성을 발휘하기로 했다. 돌 안에 모래가 있으니 '여름의 돌'은 모래다! 그렇게 우기기로 했다.

"예쁜 걸 예쁘게 그리는 게 무슨 의미가 있죠?"

팔꿈치와 팔꿈치를 양손으로 각각 잡은 채로, 그러나 건방지지는 않은 말투로 말했다. 나는 그가 웃어주길 바랐다.

나는 예쁘지 않기 때문에 그런 말을 할 수 있었다. 쌍꺼풀이 없는 눈과 각진 턱, 줄리앙 상에서 떼어다 붙여놓은 것 같은 코. 미구 씨는 동양적이지도 서양적이지도 않은 얼굴이라고 평했다.

"피카소 형이랄까?"라는 말과 함께.

부정확한 표현이었지만 나는 그 안에 담긴 미구 씨의 의도를 바로 이해할 수 있었다. 내 얼굴이 피카소가 그린 〈도라 마르의 초상〉 같다는 말이다. 나는 피카소를 좋아했지만, 그 말은 듣기 싫었다. 도라 마르는 미인이었겠지만, 그 그림 속 도라 마르는 눈물을 흘리는 당나귀처럼 보이기 때문이다. 하지만 나는 누군가를 상대로 항의를 하는 성격이 못 된다.

"네가 예쁘다는 걸 아는구나?"

시골 아이처럼 빨간 볼을 더 빨갛게 물들이는 표. 내 유머는 실패했다. 내가 나를 예쁘지 않다고 생각하고 있음을 표는 알아차리지 못했다. 속과 겉이 같은, 단순하고도 단순한 남자. 어쩐지 귀여워서 웃음을 참을 수 없었다.

"예쁘지 않은 10대 여자애가 어디 있겠어요?"

바닥을 보면서 말했다. 인조가죽으로 된 갈색 실내화가 내 가시거리 안으로 침입해 들어왔다.

내 진심은 달랐다.

세상에는, 예쁜 여자아이가 현저히 부족하다. 예쁜 여자아이가 예쁘지 않은 여자아이보다 많다면, 지금처럼 대접받지는 못할 것이다. 희귀한 것이란, 마음을 밝힌다. 존슨즈베이비 로션 모델들처럼.

나는 충분히 희귀하지 못하다. 나는 내 얼굴이 마음에 들지 않는다. 내가 가진 미의식이 표 정도라면 이쯤에 만족할 수도 있겠지만. 누군가는 예쁘다고 할 수 있는 편이기는 했다. 그뿐이다. 나는 아름답지는 않다. 그저 예쁘장한 편.

"아름다운 걸 보면 눈물이 나지 않니?" 하며 미구 씨는 울곤 했다. 우는 미구 씨는 싫었지만, 그 말은 마음에 새겼다. 아무도 나를 보고 운 적이 없다. 나조차도 그랬다. 오히려 반대다. 거울을 보면 입꼬리가 올라갔다.

근신 처분에 자존심은 전혀 상하지 않았다. 미구 씨라면 그럴 수도 있었겠지만.

어리둥절했다. 학교를 나가기 위해서 벌인 일인데 학교에 나와서 벌을 받으라니. 정학이라면 참을 만했을지도 모른다. 적어도 학교에 나가지 않아도 되니까. 어쨌든 '근신' 해보기로 했다. 다시는 못할 일일 테니까.

복도에 앉아 있는 것이 나를 굽히는 일이라고는 생각되지 않았다. 교실에 앉아 있다고 높아지는 것도 아니니까. 나는 특별 대우를 받는 지진아가 된 심정으로 복도에 앉아 있는 것을 즐겼다. 긍정적으로 생각하기로 했다. 냄새나는 애들과 떨어져 앉을 수 있잖아.

따로따로 보면 나름 장점이 있는 애들이었다. 그런데 모아놓으면 뻔뻔해지고 무례해진다. 위생 관념 같은 건 없다. 교실 바닥에는 껌 종이나 꼬리가 잘린 고래 모양 과자 같은 게 굴러다녔다. 애들은 교복 치마 아래 체육복을 입고 다리를 벌린 채로 앉았다가 체육 시간에 잠깐 치마를 벗었다. 치마 아래 체육복을 입지 않는 여름에도 다리를 벌리는 습관은 여전했다. 치마 안쪽을 향해 부채질을 해대는 애들도 있었다.

뭐라고 해야 할까? 교실에서는 우유 냄새가 났다. 상해서 부글부글 끓는 우유 냄새. 남자애들한테 나는 냄새 못지않았다. 우유가 썩으면 치즈가 되는 게 아니냐고 할 수도 있겠지만, 치즈에게는 치즈의 품격이 있다. 냄새나는 여자아이는 몇 번의 화학변화를 거쳐도 '치즈'가 될 수는 없다. 남자 선생들은 발을 교실 문 안에 들여놓기 전에 필사적으로 숨을 참곤 했다. 가련하게도.

신선한 공기를 마시며 앉아 있는 것은 좋았지만, 반성문을 어떻게 써야 할지 몰랐다. 어떤 글도 쓸 줄 모르는 사람한테 반성문을 쓰라니.

"솔직하게 쓰면 돼."

내 어깨를 두드리면서 교감은 말했다. 머릿기름 냄새에 코가 마비되는 것 같았다. 두꺼운 머리털을 저 거대하고 가파른 암벽에 붙이느라고 애쓴 기름의 노고를 치하하고 싶었다.

'솔직'이라니. 한숨이 나왔다. 내가 세상에서 제일 싫어하는 말 중 하나였다. 민주, 평화, 평등, 자유, 수호 같은 말들과 함께. '훌륭한'이라는 형용사를 쓰는 사람과 '오롯이' 따위의 부사를 쓰는 사람도 싫었다.

'거짓이나 숨김이 없이 바르고 곧다', 이게 솔직의 뜻이란다. 나로 말할 것 같으면 거짓말을 즐겼고, 늘 뭔가를 숨겼으며, 바름을 혐오했고, 곧은 건 내 취향과 거리가 멀었다. 나는 불투명한 사람이 좋았다. 어떤 투명함은 하나의 폭력일 수도 있기 때문이다.

자신의 솔직함을 자부하는 사람의 귓가에 이 말을 속삭여주고 싶었다. '당신의 전부를 알고 싶지 않거든.' 겉과 속이 같은 사람만큼이나 못 미더운 사람은 없었다.

나는 얼마나 큰 잘못을 저질렀기에 정학을 맞아야 했던 것일까. 돈 많은 부모 덕에 2주 근신으로 바뀌긴 했지만, 어쨌든 내가 '정학 2주'를 당할 만했다는 것은 사실이다. 내가 얼마나 중대한 과실을 범했는지 나로서는 판단할 능력이 없지만, 어쨌든 판단하는 사람들 기준에서는 그렇게 보일 수도 있다는 것 역시 사실이었다.

라고 쓰고는, 구겨버렸다. 내가 봐도 건방진 글이었다.

저는 문제아입니다, 라고 쓴다면 이 글을 읽으시는 선생님들께서는 흡족하실까요? 하지만 저는 문제아가 아닙니다. 선생님들께서는 저를 문제아라고 말씀하셨습니다만. 무엇보다 문제아라는 단어에 문제가 있기 때문입니다. 제가 어떤 문제가 있는지 '문제아'라는 말은 나타내지 못합니다. 저는 정박아입니다. 정신이 박약해서 학교생활을 제대로 할 수가 없습니다. 저는 사회적인 감각이 부족한 사람일 따름입니다. 그게 죄가 되는 걸까요? 오히려 특별한 보호를 받아야 하는 건 아닐까요? 저는 사회적 약자니까요.

로 시작하는 글을 제출했다. 나는 이 글을 교무실에서 읽어야 했다. 선생들은 얼굴이 점점 구겨지더니 '저는 사회적 약자니까요'에 이르자 읽기를 중단시켜버렸다. 누군가는 웃음을 애써 참으려는 것 같기도 했다. 솔직할 수 없는 사람이 최선을 다해 솔직하게 쓴 글로 읽히길 바랐지만, 결과는 참혹했다.

이런 궤변을 쓸 수 있다는 걸로 정박아가 아님을 증명했다, 우리가 바보라면 속았을 것이다, 학교를 조롱하고 있다, 궤변을 평가하는 대회가 있다면 장원감이다, 라는 식의 의견들이 돌아왔다. 존경하는 교장 교감 선생님 이하 여러 선생님들, 이라고 쓰지 않아서 문제가 된 걸까? 도무지 알 수 없었다.

부과된 반성문은, 스무 장으로 늘어났다.

그랬다. 그녀는 옷을 벗고 있었다.

옷을 벗은 채로 역시 옷을 벗은 남자아이랑 안고 있었다. 누군가는 남자아이의 팔을 여자아이가 베고 있었다고도 했고, 누군가는 그들이 등을 돌린 채로 자고 있었다고도 했다. 그들이 옷을 벗고 있었다는 것, 그래서 그들의 몸 위에는 체모와 커튼만이 있었다는 것에는 모두의 의견이 일치했다.

경비원은 큰일이 난 줄 알았다. 문제의 그 교실에 커튼이 사라진 걸 보고. 운동장에서 보면, 이빨 몇 개가 빠진 모양새였다. 뭔가 안 좋은 일이 일어났을 거라고, 그래서 추궁을 받거나 운이 나쁘면 일자리를 잃을 거라고 생각하며 한숨을 쉬었다.

다행히, 커튼은 바닥에 떨어져 있었다. 불행은, 커튼을 덮고 있는 두 개의 얼굴이 보였다는 것이다. 경비원은 다시 한숨을 쉬었다.

어휴.

남자아이는 지난밤에 커튼을 떼어냈다. 아무리 여름이지만, 밤은 밤이었고, 밤은 추웠다.

기분 나빠.

여자아이는 커튼의 감촉이 마음에 들지 않았지만, 어쩔 수 없는 일이라고 생각했다. 없는 것보다는 있는 게 나았으니까.

경비원이 그들을 발견한 건 아침이었으나 습관적으로 랜턴을 켜서 커튼 위를 훑었다. 아침 햇살과 랜턴 불빛이 커튼을 덮은 그들의 몸을 어루만졌다. 눈을 뜬 여자아이가 소리를 질렀다. 경비원도 같이 소리를 질렀다.

보다시피 소설로 썼다. 분량을 두 배로 늘리려면 소설을 쓰는 수밖에 없다고 생각했기 때문이다. 소설을 써본 적도 없으면서. 소설이란, 놀라운 것이었다. 내가 나의 일을 쓰면서 '나'라고 쓰지 않는 것만으로도 어느 정도의 부끄러움과 민망함을 해결할 수 있다니. 3인칭은 기적이었다. '나'라고 하지 않았더니 이야기가 술술 풀려 나왔다.

반성에 대해 생각하다보면 반성은 사라지고 두통만 남았다. 그 긴 고난의 행군로를 걸었지만, 어디에도 부드러운 모서리 같은 건 찾을 수가 없었던 것이다.

어쨌든 반성문을 쓰는 와중에 경비 아저씨에 대한 미안함이 생겼다. 내 벗은 몸을 본 그가 징그럽게만 여겨졌는데 그가 내 근신 기간에 학교를 그만뒀기 때문이다. 내 일 때문인 것 같아서 기분이 좋지 않았다. 타인에게 피해를 줄 일은 아니라고 생각했는데.

마침표를 찍고 나니 35매였다. 이상하게도 기분이 좋았다. 복수하려던 마음이 다 사라져버려 다시 이 멍청한 학교에 잘 다닐 것만 같았다. 선생 눈에 드는 학생이 아니면 '빠가'가 되는 학교, 자기보다 못한 애를 찾아내 자신의 '빠가스러움'을 은폐하려는 애들, 말도 안 되는 이야기를 그럴듯하게 말하는 선생들을 견딜 수 있을지도 모르겠다는 생각이 들었던 것이다. 위험했다.

그래서 찢었다. 원고지 35매의 두께는 만만하지 않았다. 내가 앉은 자리는 찢긴 종이들이 빙 둘러쌌다. 교실 문을 노크했다. 수학 선생이 고개를 빼고 나를 바라보았다. 나는 쥐고 있던 주먹을 허공에 대고 폈다. 하얗지만 하얗지만은 않은 것들이 날아올랐다. 찢어진 원고지들이 바닥에 떨어졌다.

하나, 둘, 셋, 넷, 다섯, 여섯…… 교문 밖으로 나가기 위해 몇 발자

국이나 필요한지 세려고 했지만, 백을 세기 전에 숫자를 잃어버렸다.

그렇게 빠가들에게 작별을 고했다. 남겨진 남자아이에게도. 그 남자아이가 걱정되긴 했다. 요령이 없는 애였다. 나보다도 어쩔 줄 몰라 했고, 내가 밀쳐내자 그대로 있었다. 그러고는 내내 팔베개만 해주었다. 그 애는 이를테면 '솔직'한 애여서 남자들에게 자신의 경험을 꾸며내서 떠벌리지도 못할 것이었다.

비가 내리고 있었다. 나는 우산이 없었다.

3.
비둘기는 비둘기색이 아니다

비에게 더 두들겨 맞고 싶었는데 그쳐버렸다.

나무 아래에서는 비가 오래 내린다. 비가 그쳐도 비가 내린다. 비를 맞으려고 나무 아래를 걸어 다녔다. 다른 데에는 비가 없었기 때문이다. 나뭇잎들은 바람이 밀자 주먹을 펼쳤다. 내가 '나무 터널'이라고 부르는 곳이었다. J고등학교를 그만둬서 유일하게 아쉬운 게 바로 그 나무 터널이었다(아, 정박아 교복이 있으니 '유이'하다고 해야 한다).

왼쪽 나무는 오른쪽으로 휘어지고, 오른쪽 나무는 왼쪽으로 휘어져서 서로의 목덜미를 감싸고 있었다. 밝은 날에도 나무 터널 안은 어두웠고, 어두운 날에는 더 어두웠다. 비가 오는 날에는 그 터널을 뚫고 비가 떨어졌다. 그 터널을 지날 때마다 나는 비장해졌다. 그리고 터널에서 빠져나올 때는 새사람이 된 것 같았다, 라고 말하고 싶지만 전혀 그렇지 않았고 터널이 영원히 계속되었으면 좋겠다고 생각했을 뿐이다.

거미줄이 걱정되었다.

그 터널 안에는 거미줄이 가득해서 나는 엉거주춤하게 걸어 다니곤 했는데, 이런 비라면 거미줄은 찢어지고 말았을 것이다. 거미는 어디로 숨어버린 걸까?

터널을 나오자 무거워진 참새들이 빗물을 이끌고 라르고의 빠르기로 지나갔다. 나는 참새구이를 좋아해서 참새도 좋아했다. 참새를 좋아해서 참새구이를 좋아하게 된 건지도 모르겠다. 날개가 젖지 않은 참새들을 본 적이 있는 사람들은 알 것이다. 뛰는 것도, 걷는 것도, 그렇다고 나는 것도 아닌 참새의 독특한 발동작을. 스프링이 달린 신발이라도 신은 것처럼 통통통 뛰어다닌다.

참새들을 보고 있으면 기분이 좋아졌다. 마이클 잭슨의 문 워킹을 보는 것만큼이나. 나를 짓누르는 중력이 별거 아닌 것처럼 느껴졌으니까.

내가 학교를 그만두었다는 소식은 나보다 먼저 도착할 것이 분명했다. 그리고 부모님은 충격을 받을 것이 분명했다. 간섭하지 않는 부모라 해도 부모는 부모니까. 미구 씨의 한숨과 아빠의 침묵이, 그것들이 도돌이표처럼 이어질 것을 생각하니, 머리가 출렁거렸다.

내가 처음부터 엉망이었던 건 아니다. 중학교 입학식에서는 입학생 대표로 선서를 했다. 배치 고사에서 1등을 했으니까. 전 과목 교과서를 외운다면 그러지 않기가 어려운 일이다. 입학식은 한 장의 사진으로 남았다. 검은색 옷을 입고 가슴에 커다란 흰색 코르사주를 달고 있는 사진 속 미구 씨는 웃지 않는다. 우는 표정에 더 가깝다. 눈물을 흘리지 않고 우는 것은 미구 씨의 특기였다.

기념사진을 찍기로 했다. 스티커 사진방에는 여섯 대의 기계가 있었다. 헬로키티가 그려진 기계를 골랐다. 화면에 보이는 내 머리는 검은 찰흙 덩어리 같았다. 어쩔 수 없이 머리를 묶고 앞머리도 넘기고는 '찰칵' 버튼을 눌렀다. 사진 아래 넣을 글자를 입력했다.

ㅇ ㄹ ㅊ ㅓ ㄴ ㄱ ㅜ ㅂ ㅐ ㄱ ㄱ ㅜ ㅅ ㅣ ㅂ ㄹ ㅠ ㄱ ㄴ ㅕ ㄴ ㄴ ㅈ ㅏ ㅌ ㅗ ㅣ ㄱ ㅣ ㄴ ㄴ ㅕ ㅁ

'육년'이 아니라 '륙년'이라고 썼다. 그것은 아빠의 방식으로, 아빠는 글자를 쓸 때는 물론 말할 때도 두음법칙을 무시했다. '독립'이라고 쓰려다가 아무래도 느끼해서 '자퇴'라고 썼다. 자퇴가 자랑스럽지도 않았지만 그렇다고 부끄럽지도 않았기 때문이다. 그 학교를 계속 다니는 게 불명예스러운 일이었다. 마침표는 찍지 않았다. 완성되지 않은 문장 끝에 마침표를 찍는 건 이상하니까.

버스 정류장은, 처음이었다.

버스를 혼자 타본 적이 없어서 어떻게 타야 하는지 몰랐다. 집부터 학교까지는 영재 씨가 운전하는 차로 다니거나 걸어 다녔다. 노선표를 한참 봐도 뭐가 뭔지 알 수 없었다. 가까운 데만 가는 버스들만 서는 것 같았다.

신문을 보고 있는 중년 남자에게 다가갔다. 온몸이 젖은 나를 이상하다는 듯이 바라보지 않을 사람을 고르고 골라서.

"말씀 좀 물어도 될까요?"

라는 말이 자동적으로 나왔다. 미구 씨가 얼마나 훈련을 시켰는지 나로서도 도리가 없었다. 그래서 처음 보는 사람들은 내가 예의 바르다고, 혹은 가정교육을 잘 받았다고 오해한다.

"저기요, 멀리 가는 버스는 없어요?"

남자는 키가 컸기 때문에 내 고개가 뒤로 젖혀졌다.

"뭐라고요? 잘 안 들려요."

기운이 없기는 했다. 아무로 나미에 같은 몸매를 선망했기 때문에 다이어트를 하고 있었다. 나는 좀 더 크게 말했다.

"멀리 가는 버스요."

"멀리? 어디 멀리요?"

내 생각이 맞았다. 남자는 양식 있는 사람이었다. '옷이 왜 그러니?'라든가 '저런, 아저씨가 우산 하나 사줄까?'라는 식의 쓸데없는 말을 하면서 본질을 흐리지 않았다.

"다른 데요."

"그러니까 다른 데 어디?"

나는 고개를 숙였다.

"아아, 멀리?"

나는 슬픈 표정을 지으면서 하얀 턱받이를 잡아당겼다. 젖어 있었지만, 물이 똑똑 떨어지지는 않았다. 현실은 만화처럼 극적이지 않다.

"기차를 타야지, 그러면."

남자는 친절하게도 가장 가까운 기차역에 가려면 어떤 버스를 타야 하는지 알려주었다. 통일호나 비둘기호를 타면 될 거라고도.

"통일호랑 비둘기호랑 어떻게 구분해요?"

"아주 간단해. 비둘기호는 비둘기색이고 통일호는 통일색이야."

웃으라고 한 말인 걸까? 남자는 무표정했기 때문에 의도를 알 수 없었다. 나처럼 귀염성이 없는 사람일지도 모른다. 통일색이라는 말은, 그게 뭔지는 몰라도 어쩐지 귀여웠다.

남자는 기분이 좋아진 나를 남겨두고 버스를 타고 멀어져갔다. 남자가 손을 흔들어준다면 나도 그러려고 했지만, 남자는 손을 흔들지 않았다.

"세 시간 걸리려면 뭘 타야 돼요?"

남색 모자를 쓴 역무원에게 물었다.

"무슨 말이니?"

"세 시간이 넘게 걸리면 안 돼요."

어쨌거나 오늘 밤에는 돌아올 수 있어야 했다. 역무원은 난처할 때 짓는 표정인 듯한 표정을 지었다.

"어디를 가는데?"

"저도 알고 싶어요."

역무원은 그제야 내가 무슨 말을 하려는지 안 것 같았다.

"비둘기호나 통일호를 타라고 그랬어요."

"뭐 탈래?"

"통일호가 비둘기호보다 천천히 가요?"

역무원은 한숨을 쉬었다.

"아니."

"비둘기가 느리다고요?"

"응"

"무슨 새가 그래요?"

통일보다는 비둘기가 빠를 것 같았는데. 역무원은 내가 향할 역을 정해줬다. 문산역. 그곳은 출발한 지점으로 되돌아올 수 있는 반환 지점이기도 했다.

"돌아올 때도 똑같이 걸리는 거죠?"

역무원은 또 한숨을 쉬더니, 웃었다.

"우리 역에 도착하는 막차가 23시 30분이야. 걱정 마."

우리 역? 우리 집도 이상한 말이지만, 우리 역이라니. 그런 말을 다른 사람들도 쓰는 걸까.

나는 세상에서 가장 느린 비둘기를 탔다. 비둘기는 비둘기색이었다. 누가 봐도 비둘기라고 상상할 수 있는 정도는 아니었지만, 세상을 따뜻하게 봐주는 사람의 눈에는 비둘기로 보일 수도 있었다. 비둘기를 좋아하는 사람도 있을까.

지저분하고, 탐욕스럽다. 탐욕스러워서 지저분한 건지도 모르겠지만. 비둘기는 좋아하지 않으면서 비둘기색을 좋아할 수도 있다고 생각한다. 하늘색에 잿빛이 섞인 그 색. 보나르가 그린 얼굴 긴 남자의 눈동자 색. 비둘기호가 그렇게 우아했다는 건 아니고.

하늘색과 하얀색으로 칠해진 비둘기의 배 안으로 들어갔다. 비둘기의 의자는 지하철 2호선 같았다. 사람들과 눈이 마주친다는 건 싫었지만, 사람의 머리 위로 창문이 있어서 어쩔 수 없었다. 비둘기호에서는 누구나 평등해서 '창가 쪽'이 되는 것이다. '통로 쪽'인 동시에.

비둘기가 움직이기 시작하니 나무도 움직였다. 나무와 집은 달아나는데 하늘은 따라왔다. 나만 따라왔다.

이 비둘기는 날개를 다쳤는지 느렸다. 달리기를 잘하는 사람이라면 비둘기를 앞설 수도 있을 것 같았다. 느린 데다 역이 나올 때마다 섰다. 아무도 타지 않는 역이 나올 때마다 속으로 환호했다. 아무도 없는데 열리는 자동문을 상상했다. 비둘기의 날개가 일으킨 바람이 문을 여는 것 같을 것이다.

콧김을 씩씩대고 새마을호나 무궁화호가 들어오면, 비둘기는 힘없이 멈췄다. 새마을호나 무궁화호는 가만있는 비둘기한테 경적을 울리며 지나갔다. '저리 비켜'라는 듯이.

터널에 들어서자 알전구가 깜짝 놀란 듯이 켜졌다. 알알이 빛을 발하고 있는 알전구를 보자 내가 교실의 형광등을 얼마나 미워했는지 알 수 있었다. 기분 나쁘게 눈부신 것들. 눈부시지 않으면서 눈부신 척 눈속임하는 것들.

눈물이 흘렀다.

슬펐던 것은 아니다. 아름답다고 생각했던 것도 아니다. 눈물을 흘려보내도 나쁘지 않을 것 같은 순간에는 그래도 나쁘지 않은 것이다.

"여기요."

눈앞에 구닥다리 체크무늬 손수건이 있었다. 60대인 내 아빠도 쓰지 않을 법한 손수건.

대학생으로 보이는 남자였다. 스웨이드를 덧댄 카키색 이스트백이 남자의 무릎 위에 있었다. 하얀색 폴로셔츠를 깃을 세워 입고 있었다. 하얀색 셔츠는 아무나 입으면 안 된다는 걸 모르는 순박한 남자이거나 자신은 '아무'가 아니라고 생각하는 분별이 흐린 남자였다.

나는 고개를 저었다. 그러나 손수건이 시야를 가리고 있어서 받아 들 수밖에 없었다. 한숨이 나오려는 걸 참으면서. 손수건으로 눈 아래를 꾹꾹 눌렀다.

"단테, 좋아해요?"

좋아한다고 하면 단테에 대해 쌓은 지식을 풀어놓기라고 할 듯한 기세였다. 관상이 그랬다.

《신곡》이면 《신곡》이지, 단테라니. 단테가 《신곡》 말고 다른 책도 남겼나? 나는 《신곡》〈연옥편〉을 들고 있는 게 부끄러워졌다. 기차 안에서는 잡스럽고 뻔하고 야한 척하는 잡지 같은 거나 보고 있어야 한다. 그랬다면 이 바보 같은 남자가 말을 걸지 않았을 것이다. 곁눈질로 잡지를 훔쳐봤겠지만.

나는 눈만은 예민한 편이어서 아무거나 보지 않았다. 누군가가 나를 가둬놓고 형편없는 그림과, 형편없는 인쇄 상태와, 형편없는 문장으로 이루어진 잡지를 던져준다면 고문을 받는다고 생각할지도 모른다. 그런 내가 그때는 래핑된 잡지를 편의점에서 집어 오지 않은 것을 후회했다(아니면, 십자말풀이 같은 걸 하고 있어야 했나? 십자말풀이 대회 같은 게 있다면 나는 챔피언이 될 수도 있을 것이다).

《주간 여신》좋아해요? 잡지는 역시 《주간 여신》이죠'라는 말을 그 남자가 했다면 다시 보였을지도, 가지고 놀 만은 하다고 생각했을지도 모른다. 그러나 다시 생각해보면 그런 형편없는 외모를 가진 남자는 태생적으로 그런 말을 할 수가 없다.

나는 외모로 모든 것을 판단해버리는 일종의 '외모 지상주의자'다. 외모를 중요하게 생각하는 건 어쩔 수 없는 일이다. 내면은 볼 수 없기 때문이다. 아무리 과학이 발달한다고 해도 사람의 내면을 꿰뚫어보는 것은 불가능한 일이다. 그리고 외모는 생각보다 많은 것들을 알려준다.

'나는 외면보다 내면을 가꾸고 싶어요'라는 식으로 말하는 사람은 믿을 수가 없었다. 그런 사람들의 입을 틀어막고 싶었다. 내면이라고? 그런 건 보이지 않는다. 외모로 짐작할 수 있을 뿐이다. '음. 저 사람의 내면은 명예심에 불타고 있군'이라거나 '유행에 뒤떨어져 보이고 싶지는 않으면서 동시에 특별해 보이고 싶은 사람이군'이라거나.

'아니요.'

라고 하고 싶었지만, 질문이 길어지는 건 딱 질색이었다.

'네.'

라고 하는 것도 곤란했다. '나도 좋아해요'라는 대답을 돌려줄 게 뻔하니까. 강하게 공을 쳐내기로 했다. 매몰찬 백핸드.

"들고만 다녀요. 우산처럼."

사실이 그랬다. 〈연옥편〉을 들고만 다닌 지 몇 주째다. 이 책은 재미가 없다. 줄줄이 이어지는 시 형식이 문제인지도 몰랐다. 누구라도 읽고 싶지 않을 것이다. 우티카의 카토가 나오는 데까지만 읽었다. 그렇다고 〈지옥편〉을 읽은 것도 아니었다. 집에는 '천국'과 '지옥'은 없고 '연옥'만 있었기 때문에 어쩔 수 없었다.

"우산이 없잖아요?"

이 불쌍한 남자는 기어이 할 말을 찾아냈다. 거의 다 말랐으나 젖었던 흔적을 기억하고 있는 내 교복을 보면서 말했다. 재앙이었다.

나도 대학에 간다면, 그래서 마음을 끌고 싶은 남자를 만난다면, 저런 말밖에 못하게 될까? 대학생 같은 게 되겠다고 학교란 델 다녔던 내가 싫어졌다. 오늘로 그만두기로 했지만, 어떻게든 남아 있으려고 반성문까지 썼다. 과거의 부끄러움은 남는다. 과거는 과거가 아니다. 과거는 현재가 된다, 현재는 미래가 되고. 그러니 과거는 미래가 되는 셈이다. 도자기의 과거가 흙인 것처럼.

대답 대신 남자에게 손수건을 내밀었다. 고개를 꾸벅거리며 예의를 차리는 시늉을 하고는 눈을 감아버렸다. 가방을 끌어안고 팔짱을 낀 채로. 그때 음악 소리가 들리기 시작했다.

남자가 낀 이어폰에서 새어 나온 소리였다. 내 귀까지 찢어버리려는 걸까? 그 순간, 사람들이 메탈이란 음악을 듣는 이유를 깨달았다. 자신 자체가 분노인 사람들이 더 큰 분노를 들으면서 자기 분노를 삭이려고, '이건 아무것도 아니야'라며 자기를 다독이려고 듣는 것이었다. 남의 큰 불행을 보면서 자신의 처지에 안도하는 것처럼.

돌아올 때 〈연옥편〉을 읽었다. 그것 말고는 할 게 아무것도 없었기 때문이다. 달아나는 풍경도, 깜찍하게 켜지는 알전구도, 탈탈거리며 먼지를 날려 보내는 선풍기도 지겨워졌으니까.

우티카의 카토는 자살했음에도 불구하고 지옥에서 연옥으로 끌어 올려진 사람이라고 한다.《신곡》에 따르면 자살하면 모두 지옥에 간다. 그럼 내가 아는 그 사람들도 다 지옥으로 끌려갔을까? 미시마 유키오와 아쿠타가와 류노스케와 리처드 브라우티건과 버지니아 울프와 헤밍웨이……가? 나도 자살하면 지옥에 가는 건가? 지옥에 가기에 앞서 나는 집으로 돌아가야 했다. 지옥은 그다음이었다.

카토를 '자유를 위하여 삶을 거절한 사람'이라고 표현한 말이 마음에 들었다. 그러니까, 거부가 아니라 거절이다. 나도 학교를 거부한 게 아니라 거절한 것이었다. 나를 거부한 학교를 거절했다고 하는 게 더 맞을까?

그리고 갈대에 대하여. 카토는 베르길리우스에게 말한다. 단테에게 갈대를 둘러주라고. 작고 낮은 이 섬에서는 갈대가 아닌 다른 식물들은 자라지 못한다고. 잎이 나거나 단단해지는 식물은 파도에 휘어지지 않기 때문에 살 수 없다고. 갈대를 닮지 못하면 연옥에서 살 수 없다는 말인가?

나는 잎이 나는 식물인가? 아니면 단단한 식물인가? 어쨌든, 갈대가 아니라는 것만은 분명했다. 바람에 따라 이리저리 뒤치는 갈대를 닮았더라면, 학교에서 흔들리고 있었을 것이다.

학교를 그만뒀다는 말을 어떻게 적절하게 할 수 있을까. 아빠와 미구 씨도 그 사실을 알고 있을 테지만 그렇다고 한마디도 안 할 수는 없었다. 시간이 없어질수록 생각도 없어졌다.

'~~나, 나와버렸어.~~'

자퇴했다는 말을 이런 식으로 뱉을 수는 없었다. 아무리 내가 뻔뻔하다고 해도. 내 부모가 아무리 점잖다고 해도.

'~~그만두면 안 될까?~~'

아무래도 가식적이었다. 이미 그만두었으면서. 게다가 '안 된다'고 대답이 돌아오면 할 말이 없어져버린다.

'~~말도 안 되는 반성문을 쓰라잖아.~~'

유아적이다. 내가 아무리 참을성 없는 사람이라도 그걸 그대로 인정할 수는 없다.

'~~돌아갈 수 없게 돼버렸어.~~'

이러면 말이 길어질 것이다. 자신들도 이미 알고 있는 이야기를 모른 척하면서 나한테서 다시 들으려 할 테니까. 그러면 피곤해진다.

역시 '학교를 거절하기로 했어'가 제일 나은 건가? '학교가 나를 거절하겠대'라고 말하는 게 더 나을까? 이런 생각을 하고 있을 때 기차가 멈췄다. 나는 부상당한 비둘기를 흉내 내며 느리게 기차 밖으로 나왔다. 그리고 몇 걸음 걸어가다가 서버렸다.

플랫폼에 미구 씨와 아빠가 있었다. 미구 씨와 아빠가 걸어왔다. 나는 네 개의 눈동자 중 어느 것과도 눈을 맞출 수가 없었다. 차에, 영재 씨는 없었다. 밤 운전을 싫어하는 아빠가 운전석에 앉았다. 아무도 목소리를 내지 않았다.

"들었지?"라고 해버렸다. 누구도 대답하지 않았다.

"들은 거지?"라고 다시 물었다. 어두워서 누구의 얼굴도 보이지
않았다.

맞은편에서 차들이 달려올 때마다 헤드라이트 빛이 내 얼굴을 때
렸다.

4.
가슴 사이를 지나는 보라색 선

첫 번째 자살 시도는 세 살 때였다고 한다.

미구 씨가 처음으로 발견한 건 내 엉덩이였다. 엉덩이부터 시작되는 하반신만 누마루 밖으로 나와 있었다. 내 이름을 부르자 팔자로 벌어진 빨간색 운동화가 움찔거렸다.

"뭔가 죄를 지은 거지. 느낌이 이상했어."

미구 씨는 아찔했다고 한다. 밖으로 나오려 하지 않는 나를 미구씨가 억지로 끌어내야 했다.

"어찌나 묵직하던지……."

지금이나 그때나 미구 씨는 방백을 즐겨 사용한다. 대화를 하고있는 상대가 아니라 저 멀리에서 바라보고 있는 누군가를 의식하는것 같다.

신은 아니다. 미구 씨는 예수나 부처보다는 알라가 낫다고 말한 적이 있다. 이슬람교의 창시자 마호메트의 이야기를 좋아해서인지 몰라도. 글을 모르던 마호메트에게 어느 날 천사가 말한다. "읽어라"라고. 그래서 마호메트는 갑자기 읽게 된다나?

"난 천사를 본 적이 있어. 그래서 그게 뭔지 알 것 같아."

"그게 뭔데?"

"설명할 수 있다면, 그건 천사가 아니야."

이럴 때 미구 씨는 평소와 다르게 단호했다.

"그런데 왜 안 믿어?"

"믿지 왜 안 믿어? 표 내지 않으면서 믿는 거지."

"표 내는 게 나빠?"

이렇게 물으면서 찔리기는 했다. 나 역시 표 내지 않는 편이다. 내가 이렇게 된 것은 누가 뭐래도 부모 탓이다. 부모와 닮았다는 소리는 듣기 싫지만 스스로도 수긍하게 되는 부분이다.

"하루 다섯 번 기도하는 건 좀 그래. 난 늙었잖니. 할머니잖아."

할머니. 미구 씨는 불리할 때면 자신을 할머니라고 했다. 다른 사람이 '할머니'라고 부른다면 질색했을 테지만. 미구 씨는 내 또래 애들의 엄마들보다 나이가 많았지만 외모는 전혀 그렇게 보이지 않았고, 자신도 그 사실을 잘 알고 있었다. 그녀는 '사모님'으로 불리곤 했다.

"차라리 할머니가 낫겠어. 차라리, 차라리 말이야."

라고 미구 씨는 말했다.

"기분 나빠. 내가 아주 무능한 사람이 되는 기분이야. 아무것도 안 하는 여편네가 남편 덕에 호의호식한다는 뜻으로 그러는 거잖니."

"호의호식은 하잖아?"

"그렇지 않아. 비싼 옷 입고 비싼 음식 먹으면서 아무것도 안 한다는 게 호의호식의 숨겨진 뜻이야. 그게 다라는 거지. 내가 너를 그렇게 키웠어? 돈으로만 뭐든지 할 수 있다면 얼마나 슬프겠니?"

라고 말하는 미구 씨. 그리고 덧붙였다.

"그리고 네 아빠가 사장도 아니잖아."

아빠는 사장이 아니었다. 아무것도 아니었다. 한때는 꽤 열심히 책을 읽고 또 책을 쓰기도 하는 사람이었지만, 지금은 아무것도 하지 않았다. 읽는 것은 두 종의 일간신문과《시사저널》이라든가《키노》같은 잡지가 다였다. 집에 책이 많은 것은 아빠 덕이었다. 죽을 때까지 읽는다 해도 다 읽지 못할 양이었으므로, 나는 책을 사는 일에는 흥미를 느끼지 않았다.

이슬람을 믿는다는 미구 씨는 코란도 갖고 있지 않았다. 그럼에도 불구하고 나는 그녀가 알라를 믿는다는 것을 의심하지 않는다. 왜냐고? 미구 씨 말대로 그건 설명할 수 없다. 그냥 저절로 알게 되는 것이다. 발을 갖다 대면 열리는 자동문처럼.

미구 씨의 혼잣말은 방백 같기도 하고 방백이 혼잣말 같기도 하지만, 나는 더 이상 헷갈리지 않는다.

"기분이 좋을 때는 방백이야. 그런 것 같아. 그렇지 않니?"

라고 아빠가 말했다. 나는 아빠의 통찰력에 놀랐지만 그런 내 마음을 드러내진 않았다. 세상일에 도통한 현자처럼 말하는 건 부부가 둘 다 같아서, 알아주면 안 된다. 일종의 복수 같은 거다.

어릴 때 나는 한 번쯤은 그들이 호들갑을 떨어주기를 바랐다. 나 때문에 아주 놀라거나 아주 기뻐해주기를. 그들은 내가 무얼 해도 무덤덤했다. 점수를 잘 맞으면 기뻐했지만 충분히 기뻐하지는 않았고, 점수가 나쁘면 말없이 고개를 끄덕이는 게 다였다. 지금 생각해보면, 그때의 일들은 그들을 놀래주려는 마음에서 그랬던 게 아니었을까.

밖으로 끌려 나온 나는 울음을 터뜨렸다고 한다. 배를 깔고 누운 채로. 여전히 엉덩이를 치켜든 채로.

"고개를 왜 안 들었겠어? 자기도 잘못을 저질렀다는 걸 안 거지. 어려도 알 건 다 알아."

라고 미구 씨는 덧붙였다. '어려도 알 건 다 안다'는 말은 맞다. 나는 아이였을 때 애 취급당하는 게 억울했다. 어른들이 하는 말들을 다 알아들을 수 있었다. 어휘력이 부족해서 내 생각을 제대로 표현하지 못했을 뿐.

"눈이 부셨던 건 아닐까? 어두운 데 있었잖아. 애들은 시력이 약해."

아빠가 반박했다.

어쨌든, 세 살의 나는 입가와 볼과 목에 파란 가루를 묻히고 있었다.

"뭐 먹었니?"

하얗게 질린 미구 씨가 물었다고 한다. 나는 고개를 좌우로 저었단다. 입술을 앙다문 채로 미구 씨를 보면서 수줍게 웃고.

미구 씨는 소름이 끼쳤다고 한다. 내가 무엇인가를 숨기려 할 때 하는 습관적 행동이었기에. 지금의 나는 그렇지 않지만. 그녀는 기습적으로 내 입을 벌렸다. 혀가 파랬다.

"왜 이래?"

"뭐 먹었어?"

"아무것도 안 먹었어."

라며 파란 혀를 움직이며 말하는 나.

"아아아."

미구 씨가 비명을 지른다. 그리고 손가락으로 무언가를 가리킨다. 이 빠진 하얀 사발에 담겨 있던 파란 알갱이가 밖으로 흩어져 있다. 나는 쥐약을 먹은 것이었다.

미구 씨와 그녀의 남편이 등을 두드려도 나는 잘 토하지 못했다. 그건 지금도 마찬가지다.

"더 세게, 더 세게, 세게요."

라고 내가 말하자

"안 아파? 괜찮아? 안 아파?"

하면서 미구 씨는 울고 있었다.

"안 아파요. 더 세게요."

그랬을 거라고 생각한다.

그녀가 이 이야기를 할 때마다 내용이 달라졌는데, 변하지 않는

건 내 신발이 빨간 운동화였다는 것 정도다. 미구 씨는 어느 경우에
도 자신이 울었다고 하지는 않았다(미구 씨의 기분에 따라, 나는 울었던
게 되기도 하고 울지 않았던 게 되기도 했다).

충분히 짐작하고도 남는다. 그녀는 기쁠 때도 울고, 슬플 때도 울
고, 억울할 때도 울고, 울 일이 아닌데도 우는 여자니까. 미구 씨를
보면서 한 사람이 평생 흘릴 수 있는 눈물의 최대치가 얼마나 될지
궁금해지곤 했다. 내가 눈물을 끔찍하게 생각하게 된 이유다. 보이
는 눈물은 눈물이 아니라고 생각하게 된 이유다. 우는 것보다 울지
않는 게 슬퍼하는 데 더 적합하다고 생각하게 된 이유다.

"대신 토해주면 안 돼요?"

아무리 등을 두들겨도 보람이 없자 내가 한 말이었다.

미구 씨와 아빠가 나를 데려간 곳은 가축병원이었다. 그 와중에도
나는 더러워진 옷을 마음에 드는 옷으로 갈아입고 가겠다고 떼를 썼
고, 또 그 와중에도 미구 씨는 그런 나를 다 컸다며 대견해했다.

"애기 표정으로 봐서는 별로 안 먹은 것 같은데요?"

'가축병원'이라는 간판을 '동물병원'으로 바꿔 달고 지금도 그 빨
간 벽돌집에서 영업을 하고 있는 수의사는 이렇게 말했다. 글자만
바뀌었지 하얀 간판에 손으로 쓴 듯한 궁서체는 여전하다. 그 후로
내가 쥐약을 두 번 더 먹었을 때도 똑같은 말을 하게 되는 인물이다.

이 수의사는 우리 목장 주치의다. 소들의 건강검진, 수소의 정액
을 채취해서 암소에게 수정시키는 일이나 다리가 불편한 송아지를
돌보는 일, 그럼에도 가망이 없는 송아지를 안락사시키는 일까지

모두 했다. 소뿐만이 아니라 개와 고양이도 돌봤다.

우리 목장에서는 소를 지키라고 개를 키웠고, 쥐를 잡으라고 고양이를 길렀다. 어떤 개는 게으른 고양이보다 쥐잡기 실력이 탁월했다. 그 영리한 개는 내가 목장에 가면 내 뒤를 졸졸 따라다녔다. 그리고 자기 등을 방석으로 쓰라는 시늉을 하며 몸을 낮추곤 했다. 기가 막히게 사회화가 잘된 아이였다. 영재 씨는 게으른 고양이 놈의 일과를 말해줬다. 나는 그 고양이를 미워하지 말라고 영재 씨에게 부탁했다. 이 수의사는 영재 씨랑도 친했다.

"별로 안 먹었지이?"

라고 수의사는 물었다. 하얗고 두툼한 손바닥으로 내 이마 위로 흘러내린 땀에 젖은 머리카락 몇 가닥을 쓸어 올려주면서.

"응!"

나는 믿어달라는 뜻으로 또 한 번 입을 앙다문 채 고개를 끄덕거렸다.

"여사님, 걱정하지 마세요. 정말 별로 안 먹은 것 같은데요? 울지도 않잖아요?"

수의사가 말했다.

"얘는 원래 안 울어요. 주사를 맞아도 싱긋싱긋 웃는 애예요. 인큐베이터 안에서도 웃고 있었다니까요."

미구 씨가 말했다. 나는 2.5킬로그램이 못 되게 태어나서 한참 동안 인큐베이터 안에 있었다고 한다. 온몸이 파랬는데, 웃고 있는 걸 보면 속이 상했다고 미구 씨는 말하곤 했다.

아마 미구 씨의 남편은 한숨을 쉬고 이렇게 말했을 것이다.

"나, 원……."

거의 말이 없는 그는 뭔가 말을 해야 할 대부분의 상황에 이 구문을 사용했다.

미구 씨와 그녀의 남편은 병원이 아닌 가축병원에 먼저 가자고 한 게 누구냐며 입씨름을 하면서 집에 돌아온다. 부질없는 싸움이었다. 그때만 해도 그들은 둘 다 운전을 하지 못했고, 동네에 몇 대밖에 없는 콜택시는 모두 출타 중이었다. 영재 씨는 목장에 있었다. 그래서 나는 아빠의 등에 업혀 가축병원에 가야 했다. 아빠 같은 사람이 뛰는 게 잘 상상되지 않았다. 아빠는 비가 와도 뛰지 않는 사람이었으니까. 어깨가 젖어도 우산을 쓴 것처럼 느긋한 사람이니까.

"차진 게 꼭 누굴 닮았네."

라거나

"누가 지 어미 자식 아니랄까봐."

라거나

"애가 애답지 못하고, 불쌍한 것."

이라고 미구 씨는 말했을 것이다.

그러면서 또 자신의 특기인 눈물을 흘렸을지 모른다. 눈물이 많은 사람이 그러하듯, 미구 씨는 어느 상황에서건 자신의 감정에 취해 운다.

나는 우는 그녀를 좋아하지 않는다. 솔직히 말해 좀 질려버렸다. 내가 이런데 나보다 긴 시간 그녀를 보아온 그녀의 남편은 오죽할까. 미구 씨의 대부분을 '우는 미구 씨'가 차지하고 있는 것이다. 어떻게 그런 여자에게 싫증이 나지 않을 수 있는지.

　나도 울기는 운다. 웃다가 눈물이 나기도 하고. 하지만 다른 사람에게 내가 우는 것을 보이고 싶지는 않다. 특히 미구 씨에게는. 그런다면 미구 씨는 자신이 더 크게 울게 분명하기 때문이다. 나는 울던 이유를 잊어버린 채 미구 씨를 달래주느라 정신이 없을 것이다.

　남들에게 불쌍해 보이는 것만은 사양하고 싶다. 싸가지가 없다거나 이기적이라고 여겨지는 게 더 낫다. 그런데 어릴 때는 그러지 않았다. 나는 내가 불쌍한 아이임을 적극적으로 활용하고 광고했다.

　집에 가까워지자 업혀 있던 나는 내려달라고 바둥거렸다. 미구 씨와 아빠는 세 살이 되었는데도 나를 아기 취급했다. 업고 다니지 않으면 유모차에 태워 다녔다. 미구 씨의 남편이 대문을 열어주자 내가 한 발을 문 안으로 내디뎠다.

　"마우스예요."

　내가 손을 뻗어 가리킨 데에는 쥐 한 마리가 죽어 있었다. 당시의 나는 집 안의 사물들과 그림책 안의 동물들을 영어로 말했다고 한다.

　'거봐요. 쥐약을 뺏어 먹긴 했어도 쥐가 먹을 거는 남겨놨다고요.'

　라고 말하고 싶었던 걸까. 의기양양한 나와는 다르게 그들은 공포스러웠다고 한다.

　"저 핑크 마우스를 리프리지레이터에 보관하면 안 될까요?"

　라고 나는 미구 씨에게 물었다고 한다.

　한국어에 영어 단어를 섞어 쓰는 재미를 들인 나는 "도어를 열어주세요. 제 베이비 카가 지나가야 해요"라거나 "저는 워터멜론보다 그레이프가 좋아요"라는 식의 문장을 만들곤 했다. 홀스, 지브라, 엘리펀트, 타이거, 지래프, 스파이더, 애플을 발음하는 것을 좋아했고, 가장 힘들어하는 단어는 리프리지레이터였다.

내가 기억하는 최초의 장면이다. 저 문장만이 남아 있다. 하도 들어서 기억으로 삽입된 것에 가깝겠지만.

두 번째 기억이 첫 번째 기억일 가능성이 높다. 내 가슴을 오르락내리락하던 알코올 솜의 촉감, 차가웠다가 곧 따뜻해지던 느낌, 간호사들의 옷이 바스락거리던 소리, 내 이마를 쓰다듬던 누군가의 손.

나는 네 살에 심장 수술을 받았다. 내가 인큐베이터에 있어야 했던 게, 파랗고 약하게 태어난 게, 심장 문제임이 밝혀졌기 때문이다. 수술을 하고 나서는 거짓말처럼 파란 기가 사라졌다고 한다. 그리고 내 볼품없는 왼쪽 유방과 오른쪽 유방 사이를 보라색 선이 지나게 되었다.

5。
파란 남자와 강박주의자의 식탁

살아남았다. 그날 밤에도, 그해 여름에도.

미구 씨도, 아빠도 별다른 말을 하지 않았다. 대신 한숨 소리가 들렸다. 나를 겨냥하는 건 아니었다. 참다 참다 내뱉는 한숨으로 들렸기 때문에 참을 만했다. '우리가 속상해도 쟤만큼 속상하겠어'라는 식의 배려가 있는 것 같았다.

나는 속상하지 않은 내가 속상했다. 하지만 이건 사소한 일일 뿐이었다. 아무렇지 않은 것은 아니지만, 그렇다고 인생을 망쳤다거나 잘못된 길로 들어선 것 같지는 않았다. 인생이란, 그 정도로 망쳐지는 게 아니라는 것쯤은 알고 있었다. 그래도 속상하지 않은 내가 불구 같았다. 감정의 불구. 감정의 장애인. 감정의 병신. 감정의 천치.

나를 어느 학교로 보내느냐 마느냐의 문제로 미구 씨와 아빠는 밤마다 다퉜다. 미구 씨는 나를 수영장에 등록시켰다. 집에만 있는 내가 안쓰러웠던 것 같다. 나는 내키지 않았다. 그때만 해도 운동을 하는 사람들을 이해할 수 없었다. 왜 돈을 내고서 몸을 힘들게 하고 땀을 내려고들 안달인지.

"물속에서 걷는다고 생각해"라고 아빠는 말했다. 미구 씨가 흘겨보자 이렇게도 말했다. "강습을 받는다면 걷는 폼이 나아질 거야."

걷는 것을 빼고 모든 운동을 싫어하는 건 아빠와 닮은 점이었다. 싫어하는 것 이상이었다. 그렇다고 증오까지는 아니었다. 무언가를 증오한다는 말은 최소한 그것을 겪어보고 나서 할 수 있는 것이다. 내 생각은 그렇다. 그런 취지에서, '나는 학교를 증오한다. 증오하고 또 증오한다'라고 말할 수 있었지만 운동을 증오한다고 할 수는 없었다. 그때까지 나는 운동이란 놈의 목덜미조차 본 적이 없었으니까.

왜 수영장이었는지 모르겠지만, 결과적으로 나쁜 결정은 아니었다. 파란색의 남자를 만났으니까.

그럴 리는 없겠지만 내 의견이 받아들여진다면, 나는 수녀원에 가고 싶었다. 성 트라피스트 수녀회 같은 건 그 이름만으로도 얼마나 근사하냔 말이다. 그런 수녀원이 실제하는지는 모르겠지만. 일단 '세인트'가 붙으면 대개 근사해진다. 나는 거기서 하얀 머릿수건과 하얀 앞치마를 한 채로 잼을 만든다. 경건하고 다정하게. 의자에 올라가 내 키만 한 나무 주걱으로 끓고 있는 잼을 도닥이는 게 내 역할이다. 경건하고 다정하게. '자, 가만가만히, 착하지'라고 하면서. 내가 성스럽느냐 아니냐라는 문제를 파고들면 복잡해지지만, 예수님도 말씀하시지 않았는가.

원수를 사랑하라.

누구처럼 은촛대를 훔친 일도 없고, 누군가의 뼈를 부러트린 일도 없다. 원수보다는 훨씬 도덕적으로 우월한 내가 받아들여지지 않는다면, 예수님의 저 말은 거짓말이 되므로 수녀원은 어금니를 깨물며 나를 받아들일 수밖에 없다.

문제는, 평생 한 남자를 사랑할 자신이 없다는 것이다. 그것도 수녀원의 모든 여자들이 사랑하는 남자는. 늙거나 젊은, 예쁘거나 예쁘지 않은, 말랐거나 뚱뚱한, 안경을 썼거나 쓰지 않은, '수녀'라는 것 말고는 어떤 공통점도 없는 여자들이 한 남자를 사랑한다는 일은 납득이 되지 않았다. 그가 얼마나 멋지고 섹시하고 매력적인 남자인지는 모르겠지만, 이해하기 힘들다.

그 남자는 누구와도 아무와도 자주지 않는다. 자신을 생각하고 있는 여자들의 방문을 열고 들어와 팔베개 같은 건 해주지 않는다 말이다. J고등학교의 그 답답한 남자아이도 팔베개는 해줬는데. 너무나 외로운 일일 것이다. 사랑하는 남자를 평생 만질 수 없다니.

그때 나에게 사랑하는 남자는 없었지만 그게 얼마나 쓸쓸한 일일지는 짐작할 수 있었다. 세상에 그런 일은 없어야 했다.

"자, 발장구 백 번 시작."

전신수영복을 입은 수영 강사는 나를 유아용 풀로 데려갔다. 유치원생보다 어려 보이는 애들이 소금쟁이처럼 물속으로 뛰어들고 있었다. 애들이라기보다는 아기들에 가까운 그 애들을, 나는 눈부셔

하며 쳐다봤다. 입을 벌리지 않으려고 했지만 어쩔 수 없이 벌어졌을 것이다. 립글로스를 바를 때 내 의지와 상관없이 입이 벌어지는 것처럼.

그는 앉아서 다리만 물에 담근 채로 발차기 시범을 보이고 나서 똑같이 해보라고 했다. 발에 힘을 빼고, 발등을 눕히고, 두 다리가 하나의 끈으로 연결되어 있는 것처럼.

"다시. 발이 물 밖으로 나와야지. 물 안으로 축 처지면 어떻게 해요?"

"힘을 빼라면서요?"

나는 다시 발장구를 쳤다. 힘차게. 요란한 소리를 내며 물이 얼굴까지 튀었다.

"그럴 거예요?"

"뭐가요?"

"누가 그렇게 수영을 해요?"

"힘을 주라면서요?"

나는 작은 목소리로 말했다. 당당할 게 없었으니까.

"잘한 것 같아요?"

강사가 다시 물었다. 나는 눈치를 살폈다.

"아니요."

"반항하는 거죠?"

"아니요."

"자, 다시."

라면서 그는 씨익 웃었다.

민트 치약 냄새가 났다. 이 남자는 어쩐지 투명한 젤리 같은 치약을 쓸 것만 같았다. 초록색일까, 파란색일까. 나는 파란색에 걸기로 했다. 그는 파란색이었으니까.

어디에서도 본 적이 없는 근사한 미소였다.

근사한 미소에 대하여 생각하며 발장구를 쳤다. 근사한 미소가 내 발을 움직이게 했다. 꼬인 데가 없는 남자로 보였다. 꼬인 데가 없는 사람은 따분하다고 생각해왔지만, 이 남자는 따분하지 않을 것 같았다. 긍정적이고, 쾌활하고, 명랑한데, 바보 같지는 않았다. 착해 보이는데 교회 오빠 같은 '병신 같은 착함'이 아니었다. 스포츠맨이란 이런 걸까.

'운동과 스포츠는 다르다'는 생각에 이르렀다. 운동의 목적이 땀을 흘리는 거라면, 스포츠에서 땀은 과정이 아닐까? 하는 생각에 도달한 스스로가 대견하게 느껴졌다.

한 가지 일만을 반복하는 것. 생각보다 나쁘지 않았다. 한 달 내내 발장구만 친다면 머리가 이상해질 게 분명했지만, 수영 강사는 내게 그렇게까지 가혹하지는 않으리라 생각하며 다음 날이 되기를 기다렸다. '오늘은 유아용 풀은 벗어날 수 있을까?'라는 희망으로 매일 수영장에 갔다. 민트 냄새가 나를 맞아주기를 바라면서.

집에 오면, 미구 씨의 식탁이 목을 빼고 기다렸다. 나는 아무것도 하지 않고 자고 싶었다. 한 시간 내내 발장구를 치거나 물속을 걸었을 뿐인데 집으로 돌아오면 나를 내던지고 싶을 만큼 피곤했다. 하지만 미구 씨 때문에 그럴 수 없었다.

집에 있는 다른 '주부'들과는 달리 자신을 위해서 살고 있다는 게 자부심이라면 자부심이었던 미구 씨로서는 예외적인 일이었다. '자식을 위해 희생한다'는 예외적인 감각에 스스로를 도취시키느라 힘들었던지 미구 씨는, 우리를 힘들게 했다. 그녀는 자신의 만족을 위해서 밥 비슷한 무엇인가를 준비하고 있었다.

정성스럽고도 정성스럽게.

정성이란 무서운 것이었다. 그 정성에는 '내가 이만큼 정성을 들였으니 이 정성은 인정받아 마땅해'라는 당당함이 있었고, 그것을 모를 만큼 나와 아빠가 눈치가 없는 것은 아니어서 피차 힘들었다. 식탁 위에는 '내가 안 해서 그렇지, 하면 누구보다 잘한다'라는 마음을 재료로 해서 만든 음식들이 차려져 있었다. '1등주의자'의 폐해였다.

어떻게 설명해야 할까? 그림 그리는 사람인 미구 씨는 식탁에서도 예술을 하고 싶어 했다. 재료나 영양만 고려하면 일반 주부와 다를 바 없어진다고 생각하는 듯했다. 미구 씨는 어느 날은 하얀색, 또 어느 날은 초록색, 또 어느 날인가는 빨간색만으로 식탁을 차렸다. 그렇게 자신의 창의성을 증명했다. 검은 리넨 러너를 깐 식탁에는 감자볶음과 숙주나물과 양배추와 곤약을 넣은 샐러드와 뭇국과 데친 갑오징어, 그리고 백김치(치밀하게도 대추와 실고추는 넣지 않은)가 있는 식이었다. 입이 벌어졌다.

"대단하네. 한 가지 색으로 밥상을 차린 거예요?"

아빠는 미구 씨에게 존댓말을 썼다. 진심으로 감탄한 것 같았다. 나도 감탄했다. 이유는 아빠와 달랐지만.

"아니요. 자세히 보면 그렇지 않아요. 양배추에는 흰색만 있는 게 아니고 감자도 그래요. 잘 보면 달라요."

미구 씨는 기분이 나쁘거나 무언가를 주장할 일이 있을 때만, 그녀의 남편에게 존대를 했다.

"그래. 색채학적으로 보면 그렇겠지요. 하늘에는 우리가 '하늘색'이라고 하는 것만 있는 게 아니라고 하니까요. 내 눈에는 보이지 않지만 그렇다고 하면 그런 거겠죠."

미구 씨보다는 조심성이 있다 해도 아빠에게도 1등주의자 같은 면이 있었다. 미구 씨는 당당했고, 아빠는 부끄러움이 있다는 게 달랐지만, 둘 다 나를 피곤하게 만드는 건 마찬가지였다. 그렇게 되고 싶지 않아서 나는 공부를 거절했던 걸까? 싶지만, 당시에는 그런 생각을 해본 적이 없었다.

그냥 싫었다. 교과서의 문장들은 지루했고, 그림을 보고 있으면 하품이 나왔다. 정말이지 지루했다, 견딜 수 없이. 교과서를 보고 있으면 울렁거렸다. 그럼에도 불구하고, 꼴찌도 못 한다는 게 절망스러웠다. 그러니 이 부부는 나를 얼마나 견디기 어려웠을까?

'색채 시리즈' 식탁은 '자음 시리즈' 식탁의 시기로 넘어갔다. 미구 씨는 'ㄱ'으로 시작되는 이름을 가진 재료로 식탁을 장식했다. 가지와 가자미와 고구마와 감자와 고사리와…….

아빠와 나는 지쳐갔다. 우리가 알고 있는 칭찬이라든가 헌사, 입 발린 관용구들을 모조리 동원하면서. 평상시의 우리 집이 그리웠다. 아침에는 시리얼이나 커피 한 잔을 마셨고, 모두가 집에 있는 날이면 밖에 나가서 사 먹는 게 우리의 방식이었다. 누군가를 위해서 애를 쓰거나 힘을 들이지 않는 것, 그래서 미안하게도 고맙게도 만들지 않는 것.

우리 셋은 기질에 맞지 않는 '가족애'를 연출하느라 지쳐버렸다. 셋의 발목을 두 개의 끈으로 묶은 채 삼인사각이라도 하는 기분이었다. 제멋대로 뛰고 싶지만 발목이 묶여 한 몸으로 억지로 뛰고 있는 상태. 아직 넘어지지는 않았지만 곧 넘어질 게 뻔한 그런 상태. 부자연스럽고 부자유스러운 일이었다. 고요를 깨뜨린 당사자로서 그런 말을 할 수는 없었지만 말이다.

끈을 끊어버린 건 미구 씨였다. 시장을 보는 게 너무 힘들다고 했다.

"사람들은 너무 무례해. 발을 밟고도 미안하다고 하지 않고, 새치기는 당연하다고 생각하고. 그리고 왜 나한테 '사모님'이라고 하는 건데? 차라리 '할머니'가 낫겠어. '사모님'이란 말은 너무 한심해. 내가 한심해."

그녀는 정말 지쳐 보였다.

평소의 미구 씨는 점심이든 저녁이든 하루에 한 끼만 제대로 먹으면 된다는 사람이었다. 그래서 장을 자주 보지 않았고, 그것도 일하는 아주머니가 대신해주곤 했다.

내가 집에 있게 된 다음부터 미구 씨는 그럴 수 없었다. 딸이 부끄러워진 미구 씨가 아주머니를 내보낸 게 원인이었지만, 아주머니가 있었다 해도 장을 봐달라고 할 수는 없었을 것이다. '한 가지 색으로만 장을 봐주세요'라거나 'ㄱ으로 시작되는 음식들로만 장을 봐주세요'라고 말한다는 건 확실히 이상할 테니까.

나도 항복했다. 학교에 가고 싶다고 했다. 학교를 그만둔 고등학생으로서 한 달을 보내기도 전에 깨달았다. 학교가 아니면 갈 데가 없다는 것을.

미구 씨와 아빠는 태연한 척 애썼다. 나는 기뻐하지 않는 게 더 이상했다. 기뻐하기에는 너무 하찮다는 건가?

"수영은 계속해도 되지?"

"어려워."

"수영복이 네 벌이나 있는데?"

"교복은 더 많잖아."

안타깝게도, 그들이 탐색해둔 학교에는 기숙사가 있었다. 경기도 변두리 어딘가에 있는 학교는 우리 집에서 한 시간쯤 걸린다고 했다.

여전히 발차기를 시키는 수영 강사에게 전화번호를 물었다.

그에게 전화를 걸고 싶어질 것 같은 예감이 들었기 때문이다. 언제 걸게 될지 몰라도 막무가내로 거는 건 싫어서 각본을 짜두었다. '저 레슨 받고 싶은데요'라고 말할 것이다. 그러면 강사는 웃을 것이다. 발장구 레슨을 받는 회원은 본 적이 없을 테니.

집으로 돌아오는데 뭔가가 울컥 나왔다. 집으로 달려가고 싶었지만, 그러면 일이 더 복잡해질 것 같았다. 한 번도 겪은 적이 없었지만, 나는 이게 뭔지 알 것 같았다.

인간의 본능이란 심오하고도 무서운 것이다.

짐작대로였다. 피였다. 빨갛다고만은 할 수 없는 검붉은, 피라고도 피가 아니라고도 할 수 없는, 젤리 덩어리에 가까웠다. 말로만 듣던 그걸, 나는 처음으로 볼 수 있었다.

6.
이 세상의 기울기

시간에 쫓겨 허둥지둥거리는 일을 제일 싫어한다. 그러고 나면 하루치 의욕을 모두 써버린 느낌이 들기 때문이다. 나는 준비성이 철저한 편이어서 밤마다 다음 날에 가지고 갈 책가방을 쌌다.

새 학교를 가기 전날 밤에도 그랬다. 뿐만 아니라, 기숙사에 들어가기 때문에 며칠 치 의욕을 가불해서 두 개의 트렁크를 채워야 했다.

책 한 권과 필통, 그리고 자와 각도기. 책이 어떤 책이냐 하는 것 말고는 책가방 안 내용물은 늘 같았다. 책은 읽으려고 가지고 다니는 게 아니었다. 책은 있으면 여간해서는 읽고 싶지 않았지만, 없으면 미치도록 읽고 싶었다. 또 책 한 권은 넣어야지 가방 모양이 가방답게 잡혔다.

집을 떠나는 날 아침, 미구 씨와 아빠, 영재 씨까지 모여 아침을 먹었다. 늦잠을 자는 미구 씨가 아침을 차리는 건 가족의 생일 때뿐이다. 아침을 먹는 일에 익숙하지 않은 우리는 내키지 않는 아침을 먹었다.

"벨트"라고 영재 씨가 말했다. J고등학교에 데려다줄 때도 종종 그렇게 말하곤 했지만, 나는 한 번도 안전벨트를 매본 적이 없었다. "안전하게 할 거죠?"라는 말로 대신했다. 그러나 이날은 영재 씨의 어조가 평소와 달랐고, 미구 씨와 아빠가 의식되기도 해서 "네"라고 말했다.

차가 움직이기 시작한 지 십 분도 지나지 않아서 낯선 동네가 나타났다. 나는 이마로 조수석 유리창을 밀면서 백미러에 비치는 것들을 식별하고 있었다. 가까워졌다가 멈추기도 했다가 멀어져가는 것들. 그리고 사라져버리는 것들.

나를 포함한 네 명은 그런대로 괜찮아 보였다. 차려입은 느낌이 들지 않게 차려입은 미구 씨는 아빠를 시켜 영재 씨에게도 양복을 입게 했다. 미구 씨는 부유해 보이는 동시에 검소해 보이기도 하는 옷차림이었다. 말이 안 되는 것 같지만, 실제로 그랬다. 뭔가를 아는 사람이 아닌 다음에야 검소하게 보이는 옷차림인 것이다.

"학부모답지 않아?"

"학부모답네요."

그렇게 말해줄 수밖에 없었다. 미구 씨는 억지로 인정을 얻어낸 자신의 학부모다움을 아주 마음에 들어 했다. 이럴 때는 미구 씨도 어쩔 수 없었다. 객관성과 주관성을 모두 상실해버리는 것이다.

내가 미구 씨를 닮은 것 중 또 하나는 옷을 대하는 태도다. 우리는 옷을 잘 입었다. 미구 씨가 지나가면 여자들의 눈동자가 바빠졌다. 부자는 다 옷을 잘 입는다는 말은 뭘 모르는 얘기다. 부자라면, 더 어렵다. 선택의 범위가 지나치게 넓기 때문이다. 미구 씨와 나는 옷으로 과시하거나 드러내는 것을 좋아하지 않았다. 물건을 고르는 기준도 비슷했다. 우리를 따라오고 있는 이불 두 채와 커다란 트렁크 두 개도 그렇게 고른 것이었다.

그런 내가 그때는 블랙 진에 골반까지 내려오는 빨간색 더블재킷을 입고 있었다.

생각만큼 괴상하지 않았다. 지나치게 차려입은 느낌도 들지 않았다. 처음에는 입을 수 없다고 생각했다. 입으면 애처럼 보이기도 하고 어른처럼 보이기도 하는 더블재킷은 좋아했지만, 색이 문제였다.

평소라면 빨간색 같은 것은 입지 않았을 것이다. 유아 시절 이후로는 빨간색은 거의 입지 않았다. 도저히 입을 수 없는 색이 있다면 빨간색이라고 생각했다. 미구 씨에게는 그런 색이 분홍색과 라일락색이었다. "나 좀 예뻐해주세요, 나 좀 귀여워해주세요, 이러는 것 같지 않니?"라고 미구 씨는 말했다. 듣고 보니 분홍색과 라일락색에는 연약한 척하려는 기질이 있는 듯했다. 미구 씨는 그림을 자주 그리지 않는 대신 이런 방식으로나마 자기 직업을 수행했다.

나는 권리 주장이 강한 것은 물건이든 사람이든 질색이었다. 빨간색은 내 몸에 걸칠 만한 색이 아니라고 생각했다. 게다가 새 옷처럼 보이는 옷에도 거부반응이 있었다. 누군가에게 잘 보이기 위해 새 옷을 사서 입었다는 느낌, 그것도 빨간 재킷'씩이나' 차려입었다는 느낌이 싫었다. 유행을 따르는 것도 별로지만, 그렇다고 유별나게 보이고 싶지도 않았다.

아빠와 미구 씨는 여러 학교에 대한 정보를 수집했었다.

"지리산에 학교가 있다는데. 아는 사람 애가 다닌다고 하더라고."

아빠가 말했다. 자기도 확신하지 못하면서 말하는 심리는 무언지.

"흙장난도 싫어한 애잖아요. 그런데 무슨 산이에요? 그것도 지리산?"

미구 씨는 가끔 핵심을 찔렀다.

나는 흙냄새라든가 나무에 단풍 든 모습 같은 '어떤' 자연적인 것들에 고양되는 사람이 아니었다. 그러니 지리산인가에 있다는 대안 학교는 내게 의미가 없었다. 애들과 떼로 몰려다니면서 풀을 관찰하거나 매미를 채집하는 내 모습은 상상이 되지 않았다. 나는 매미보다는 매미를 잡는 사람을 관찰하는 일에 흥미가 있었다. 미구 씨와 아빠도 나에 대해 그쯤은 알고 있었다.

매미를 잡겠다고 포충망을 휘둘러대는 게 귀여울 수 있는 나이는 열 살까지가 한계다. 그 나이대 남자아이들이 포충망을 들고 다니는 모습은 생각만 해도 흐뭇하다. 그런 남자아이들은 나와 눈이 마주치면 멋쩍은 미소를 짓곤 한다. 정말이지 귀엽다. 아이도 아니고 소년도 아닌, 악동스러움은 잠잠해지고 수줍음이 자리 잡은 그 얼굴은.

얼마 전에도 그런 남자아이를 만난 적이 있다.

"강아지야, 아지야, 강아지야"라며 남자아이가 터덜터덜 내 쪽으로 걸어오고 있었다. 아이가 보고 있는 곳에는 털 빠진 개가 부들부들 떨고 있었다. 마음이 시큰해져서 다시 그 남자아이를 보니, 순종적인 강아지 눈빛으로 나를 가만히 올려다보고 있었다. 나는 눈물을 애써 참아야 했다. 소심한 표정이나 수줍은 미소를 짓는 아이들을 만난 날이면, 하루 종일 기분이 이상하다. 어떤 이유인지는 몰라도 여자애들을 보고 그런 기분이 든 적은 아직까지 없었다.

생리를 시작했다고 말하지는 않았다.

그러면, 생리를 하는 척했던 지난날들에 대해서도 말해야 하니까. 내가 생리를 시작했다고 하자 미국식으로 꽃을 사 와 축하한다고 말해준 아빠와, 내가 쓰는 욕실에 위스퍼와 코텍스를 채워준 미구 씨와, 짜증을 내고 나서 생리통 때문에 그랬다고 핑계를 댔던 영재 씨 모두에게.

왜 거짓말을 했냐고?

집안의 평화와 나의 평화 모두를 위해. 고등학교 1학년이 될 때까지 생리를 하지 않는 딸아이를 미구 씨가 내버려뒀을 리 없다. 성장발달클리닉 같은 데로 끌고 가 온갖 박사님들에게 보였을 것이다.

또 거짓말은 습관 같은 거다. 나도 모르게 검지로 코를 후비는 것처럼. 새끼손가락으로 코를 파자고 결심해도 정신을 차리고 보면 검지로 그 일을 하고 있는 것처럼.

거짓말은 머리를 써야 하는 일이다. 그래서 거짓말을 하고 나면 배가 아주 고파졌다. 몸을 지탱하기 어려울 만큼 어지러워 귀에서 '삐' 소리까지 났다. 내가 나를 바로잡는 데 실패했음을 알려주는 소리 같았다. 그건 정말 기분 나쁜 소리다. 분필로 칠판을 긁는 소리보다 더 끔찍하다.

그럴 때 나는 파인애플을 먹었다. 그렇지 않더라도 파인애플을 먹었다. 일종의 예방의학적 조치였다. 거리를 걷다가 쓰러지고 싶지는 않았으니까. 파인애플을 입안 가득 물고서 나는 내가 웃기다고 생각했다. 죽을 방법을 궁리하면서 어지럼증에는 어쩔 줄 몰라 하는 게.

나는 한 달에 한 번 고통을 연기했다. 그럴 수 있는 자격을 얻었으니 왜 안 그러겠는가. 배를 쥐어 잡고 죽을 것처럼 아파하는 애들이, 내가 느껴보지 못한 어떤 강렬한 감정을 경험하는 그 애들이 부러웠다. 그리고 궁금해졌다. 허리가 끊어질 것 같다는 기분은 어떤 건지. '밑이 빠질 것 같다'라고 표현할 때의 그 '밑'이란 과연 빠질 수 있는 건지.

하지만, 생리를 하고 싶었던 적은 없다. 생리를 해야 어른이라고 생각하지도 않았다. 남들과 같은 방식으로 남들처럼 어른이 되고, 남들처럼 성인이 되어 섹스를 하고, 섹스는 어른이 아니어도 할 수 있는 거지만, 어쨌든, 섹스를 해서 임신을 하고, 그래서 아이를 낳고…… 하는 일들이 나와는 관계없는 일들처럼 여겨졌기 때문이다.

나도 생리를 하는 '정상적인' 여자가 되었다는 것을 확인하자 '별수 없군'이라는 생각이 들었다. 피가 불규칙적으로 쏟아진다는 것,

그래서 생리대를 하고 있어야 한다는 것, 정확히 말해 생리대를 팬티에 붙이고 있어야 한다는 것, 생리대는 피를 즉각적으로 흡수하지 못한다는 것, 촉감이 매우 좋지 않다는 것, 바스락거리는 소리가 신경 쓰인다는 것, 무엇보다도 몸 밖으로 나온 그것의 색이 마음에 들지 않는다는 것 말고는 아무렇지도 않았다.

기분이 좋지도 나쁘지도 않았다. 생리를 하면서 가장 실망스러웠던 점은 어떤 고통도 느낄 수 없다는 것이었다. 귀찮을 뿐이었다.

나는 팔이나 다리가 부러져서 깁스를 하는 애들을 부러워했다. 내게는 없었던 순간들을 가지게 된 그 애들을. 뼈는 '똑' 하고 부러지는 걸까 아니면 서서히 금이 가서 자신도 모르게 부러지고 마는 걸까? 부러지는 것과 삐는 것은 어떻게 다를까? 삐는 것보다 부러지는 게 낫다는 말이 있던데 정말 그럴까? 아니면 부러진 사람들을 위로하기 위해 생겨난 말일까? 딱딱한 하얀 석고에 둘러싸인 기분은 또 얼마나 좋을까? 무거울 이불이 몸을 누를 때보다 더 좋나? 이런 것들이 궁금했다.

하지만 결단력은 없었다.

뼈가 부러진 애들이 부러웠지만 높은 데서 뛰어내리지 못했다. 뛰어내리겠다고 시도는 여러 번 했지만, 결정적인 순간에 발을 떼지 못했다. 겁이 너무 많았다. 늘 죽음을 생각했으면서도 세 살 이후로는 자살 시도를 하지 못한 것도 그 때문이었다.

단번에 죽지 않는다면? 그래서 계속 침대에 누워 있어야 한다면? 똥오줌도 못 가리는 처지가 된다면? 그래서 미구 씨와 아빠와 영재 씨가 늙고 병들어 죽을 때까지 그러고 있어야 한다면? 그들이 모두 사라지고도 나 혼자 누워 있어야 한다면? 그래서 나는 자살의 사례들을 수집하며 참조하는 것만으로 만족해야 했던 것이다.

Y고등학교의 황 교장은 명함을 나에게까지 줬다. 회색 양복을 입은 교장은 참다운 교육자처럼 보였다. 현실에서는 본 적이 없는, 선생이 아닌 교육자. 누구라도 교육을 통해서 다시 태어날 수 있다고 믿는 페스탈로치 같은 교육자.

지금은 여러 문제가 있지만 한때는 영재로서의 가능성이 있었다는, 어떤 부모라도 할 만한 전형적인 이야기를 미구 씨가 교장에게 하고 있을 때 나는 땅속으로 사라져버리고 싶었다.

"그럴 수 있잖아요. 너무 특별하다보면."

형식만 자퇴일 뿐, 퇴학당한 아이의 부모가 어떻게 저런 말을 할 수 있단 말인가.

"그럴 수 있죠."

교장은 교육자답게 모든 걸 이해한다는 듯 말했다.

우리가 둘러앉은 마호가니 무늬를 흉내 낸 교장실의 탁자는 길었고, 유아용 풀보다도 깊어 보였다. 수영 강사의 '자, 백 번 시작'이라는 목소리가 들려올 것만 같았다. 책가방 안의 자를 꺼내서 탁자의 길이를 재면서 발장구를 치고 싶었다.

나는 온갖 용도로 자와 각도기를 사용했다.

자로 책상의 가로세로 길이를 재고, 각도기로 독서대와 책상 사이의 기울기를 측정해야 마음이 놓였다. 물론, 수학과 과학 문제를 푸는 데도 자와 각도기를 사용했다. 문제를 이해하지 못해도 그것들과 함께라면 어느 정도는 가능했으니까.

"우리 학교는 이튼스쿨을 라이벌로 생각하고 있습니다."

정말이지 깜짝 놀랐다.

미구 씨의 뻔뻔함 같은 것은 아무것도 아닌 걸로 만들어버리는 말이었다. 아무리 상상은 자유라지만, 이자는 라이벌이란 단어의 뜻을 제대로 알고 있기나 한 걸까. 이 말을 역사와 전통과 노블레스 오블리주 등등으로 수식되곤 하는 이튼스쿨이 듣는다면 얼마나 기가 막혀 할 것인가.

교육자란, 무시무시한 존재인 것이다. 내 키의 세 배가 되는 그림자가 드리워진 기분이었다. 나는 제정신이라면 할 수 없는 얘기를 하고 있는 교장이라는 자의 당당한 얼굴을 보았다. 학부모인 죄로, 미구 씨와 아빠는 별말을 하지 못했다.

그는 '역사와 전통의 명문 여고(자신의 입으로 그렇게 말했다)'에서 이십 년 가까이 교장으로 재직하다가 퇴임한 사람이었는데, 그 이십 년 동안 그 여고의 명문 대학 진학률이 매해 상승했다는 이야기로 자기 자랑을 시작했다. 한 철강회사 산하 재단이 이 사립학교를 만들고 칠십이 넘은 자신을 교장으로 부른 때는 마침 평생의 꿈이던 세계 일주를 눈앞에 두고 있던 시기였으나, 삼고초려보다 더한 정성에 설득당했고, 이왕 이 학교를 맡게 된 이상 자신의 명예와 자존심을 걸고 최고의 학교로 만들 수밖에 없다는 말이 이어졌다. 요

약하자면, 자신이 대단히 훌륭한 교육자라는 말이었다.

"동량지재를 키우는 일이니까요"라고 알 수 없는 말을 하더니만 "제 명예가 달린 일이니까요"라고 덧붙였다. 그러더니 로버트 프로스트의 시 〈가지 않은 길〉을 낭송하기 시작했다.

"노란 숲 속에 두 갈래로 길이 나 있었습니다. 〈가지 않은 길〉은 이렇게 시작됩니다."

아빠가 고개를 끄덕였다.

"두 길을 다 가보지 못하는 걸 안타깝게 생각하며, 오랫동안 서서 한쪽 길이 굽어 꺾여 내려간 곳으로 바라다볼 수 있는 데까지 멀리 바라다보았습니다."

여기까지 낭송하더니 교장은 잠시 말을 멈췄다.

"지금 학생들은 이 숲 속에 서 있는 상태인 겁니다. 두 가지 길 중에서 어떤 길로 가야 할지 고민하고, 또 고민하고, 고민하는 중인 겁니다."

나는 '노란 숲 속'에 대해 생각했다.

이 시에 대해 들어본 적은 있었지만, 막연히 파란 숲 속이거나 푸른 숲 속이라고 알고 있었다. 노랗게 변하는 잎사귀를 가진 나무는 내가 알기로는 은행나무밖에 없었기 때문에, 은행나무로 빽곡한 노란 숲 속을 상상했다. 그런데 은행나무가 산속에서도 자랄 수 있나? 은행나무는 길거리에서만 자랄 수 있는 나무일 것 같았다.

"아아, 이 얼마나 멋있는 시입니까?"라고 교장은 말했다. 그러더니 "교문에 들어오면 있는 거 보셨습니까?"라고 덧붙였다. 아무도 대답을 못 하고 있자 교장은 나에게 물었다.

"하석 군, 봤어요?"

군. 군이라니!

"돌이요?"

"봤군요."

교장은 내가 돌을 돌이라고 부르는 걸 못마땅해하는 것 같았다. 그럼 돌을 돌이라고 부르지 뭐라고 불러야 하지?

"뭐라고 쓰여 있는지도 봤어요?"

"청출어람이요."

대답하기 싫었지만 어쩔 수 없었다. 화강암에 이도 저도 아닌 서체로 멋을 부려 깊게도 음각한 그 형상물을 보는 순간 불길한 예감이 들었더랬다.

"우리 학교는 나보다도 선생님들이 훨씬 훌륭하고, 그렇기 때문에 선생님들보다 학생들이 훨씬 더 훌륭할 거라고 생각합니다."

교장은 미구 씨와 아빠를 보며 웃었다. 내가 교장이었어도 그 상황에서는 웃을 수밖에 없었을 것이다. 문제는 그 웃음이 의례적이지 않았다는 점에 있다. 그건, 확신에 찬 웃음이었다.

7.
조지 왕조풍의 파르테논 신전

쪽에서 나온 푸른 물감이 쪽보다 더 푸르다는 뜻으로, 제자
가 스승보다 나음을 이르는 말.

청출어람 돌에는 이런 해석도 새겨져 있었다. 미구 씨와 아빠와
영재 씨를 배웅하면서 나는 학교 입구에 있는 그 돌을 다시 봤다.
쪽? 처음 들어본 말이었다.

"쪽이 뭐야?"

"푸른 물감을 만드는 데 쓰는 원료라잖아."

아빠가 말했다.

"어떻게 생겼나?"

"한 요만할까?"라며 영재 씨는 손으로 자기의 무릎과 허벅지 사
이 정도를 가리켰다.

“그렇게나 커? 봉숭아만 한 줄 알았지.”

“커. 여름에 붉은 꽃이 피고.”

“그럼 붉은 꽃이 푸른 물감이 되는 거야?”

나는 쪽이라는 게 좋아졌다. 누구도 제대로 설명할 수 없는 것들을 좋아했으니까. 내가 누군가를 좋아하게 된다면 ‘어떻게도 설명할 수 없는 사람이야’라고 말할 수밖에 없을 것이다. 그 사람도 나에 대해 그렇게 이야기해준다면 기뻐서 까무러칠지도 모른다.

그런 이유로 내가 좋아하는 글자 중에는 ‘炆’이라는 게 있다. 벌겋고 퍼런 빛 ‘문’이다. '벌겋고 퍼런 빛’이라는 건 어떤 걸까? 화려한데 슬픈 느낌일까? 곱기만 한 색깔은 아닐 것 같다.

나는 자연보다 도시를 좋아하는 편이지만, 나무와 풀들은 좋아했다. 도시를 도시답게 만들어주는 건 고층건물과 소음과 비둘기들이 아니라 그 사이에 있는 초록이라고 생각한다. 아쉽게도 나한테는 풀들에 대한 상식이 없어서 그것들은 그냥 ‘풀’이었다. 소나무와 은행나무, 장미와 튤립, 팬지 정도를 알았으니까.

말이 나와서 얘긴데, 팬지는 정말이지 보고 있기가 힘들다. 색이 너무 강렬해서 인공 꽃처럼 보인다. 팬지보다는 차라리 잘 만들어진 조화가 더 생동감이 있을 것 같다. 맞다. 생생함. 팬지에게는 그게 없다. 보라색, 빨간색, 노란색 이런 식으로 구역이 나뉘어 심어진 팬지를 볼 때마다 나는 우울해졌다. 꽃을 빙자한 인공. 예쁘지도 않은 인공. 조화보다도 못한 생화.

청출어람 돌에서 출발해 언덕을 올라가면 학교 건물이 시작된다.

돔 모양으로 덮인 체육관이 제일 먼저 보이고, 다음으로 여섯 개의 기둥이 세워진 학교 본관이 보인다. 본관에서 더 가면 나오는, 본관과 같은 적벽돌로 지어진 건물이 기숙사라고 했다. "파르테논 신전 같지 않습니까?"라는 교장의 말에 아무도 대답하지 못했다. 저런 억지에는 아무리 학부모다운 옷차림을 하고 있는 학부모도 학부모스러운 대답을 할 수 없는 것이다.

적벽돌로 지어진 그 건물은 차라리 조지 왕조풍에 가까웠다. 조지 왕조풍을 알아서 하는 말은 아니고, 그냥 그 건물은 그 단어와 어울렸다. 건물만 그럴듯하게 짓는다고 해서 이튼스쿨이 되는 것은 아니겠지만, 영국스러운 무엇이라도 닮고 싶다는 이 학교의 의욕이 보이기는 했다. 그 정도에서 멈췄다면 괜찮았을지도 모른다.

교장이 자랑스러워하는 기둥은 이 학교가 얼마나 허술한지 상징하는 것 같았다. 파르테논 신전 기둥이 이오니아식인지 코린트식인지도 모른 채, 여섯 개의 기둥을 세우면 파르테논 신전이 되는 거라고 생각하는 사람 앞에서는 말문이 막히고 만다.

미구 씨 말이 맞았다. 돈이 많다고 옷을 잘 입는 건 아니다. 돈이 많다고 그럴듯한 건물을 지을 수 있는 것도 아니다. 돈을 마구 쓴 것으로 보이지만 이것도 저것도 아닌 그 건물을 보니 울고 싶어졌다. 거기에는 어떤 철학도, 미학도, 윤리도 없었다. 마음이 어두워졌다. 옷을 이상하게 입은 사람을 봤을 때와는 비교가 안 됐다. 옷은 갈아입거나 버리면 되는 것이다. 건물은, 그렇게 간단하지가 않다.

그것은 거짓으로 점철된 벽돌 덩어리로 보였다. 엉터리 거짓말 같았다. 냄새나고, 서툴고, 남의 걸 흉내 내고, 아니 심지어 제대로 흉내 내지도 못한……. 그런 거짓말들은 거짓말 전체를 능욕한다. 거짓말은 그럴듯해야 한다. 말이 되어야 한다. 아름답다면 더 좋다. 내가 생각하는 거짓말은 그랬다. 거짓말주의자에게도 도덕이 있는 것이다. 기분이 점점 나빠졌다.

무엇보다 학교 건물과 교장은 즐거워 보이지 않았다(거짓말을 할 때의 나는 즐거웠다). 교장이 즐거워 보였다면 속아주는 척했을지도 모른다. 그는 지나치게 애쓰고 있었다. 바보 같았다.

그래, 좋다. 건물이 파르테논 신전을 닮았다고 치자. 이 학교의 애들이 신을 모시는 제사장을 목표로 하지 않는 이상, 학교가 파르테논 신전을 닮은 게 무슨 미덕이겠는가. 이튼스쿨에 파르테논 신전이 있었는지 묻고 싶은 걸 참았다. 다니던 고등학교에서 사실상 쫓겨나서 Y고등학교에 온 첫날이었기 때문이다.

Y고등학교는 신설 학교라서 2학년과 3학년은 없었다. 그리고 중학교 성적이 좋지 않았던 애들, 심지어 고등학교 시험에서 떨어진 애들도 받은 학교였다. 교장은 내가 다녔던 고등학교를 언급하며 그 학교에 떨어진 학생들이 많이 와줘서 다행이라는 식으로 말했다(나와 함께 J고등학교 입학시험을 친 학생들 중 200명 이상이 탈락했다). 그러니 나 같은 애도 선뜻 받아준 것이다.

선배가 없다는 건 마음에 들었다. 다른 색깔의 이름표를 보면서 머리를 숙이지 않아도 된다는 말이었으니까. 나는 1학년 7반이 되었다. 1반부터 6반까지는 남자반, 7반부터 12반까지는 여자반이라고 했다.

"1반과 7반은 우반입니다. 우리 학교의 자랑이자 명예죠."

우반은 '우등반'의 준말이었다. 내가 우반에 들어갈 수 있다는 것으로 그 우반의 수준을 짐작할 수 있었다. 내가 우반에 속할 수 있는 학교에 희망이 있는 걸까? 아무리 파르테논 신전처럼 보인다 해도.

7반 교실 앞에는 철문이 가로막고 있었다. 그래서 7반의 복도에 서면 1반부터 6반까지가 보이지 않았다.

"저 철문은 뭔가요?"

교장이 '투어'를 시켜주겠다며 우리를 끌고 다닐 때였다. 아빠가 물었다.

"남자애들과 여자애들이 서로 봐서 좋을 건 없으니까요. 그렇지 않습니까?"

라고 교장이 말했다. 교문을 통과할 때 말고는 남녀가 부딪힐 일이 없게 학교를 설계했다고 덧붙이기까지 했다. 남자애랑 커튼을 덮고 있었던 것을 문제 삼았던 J고등학교도 이 정도로 이상하지는 않았다.

담임은 도널드덕을 닮은 여자였다. 입이 나왔다는 말이다. 손에 회초리인지 지시봉인지를 들고 있는 게 인상적이었다. 인사를 하기 위해 교단 앞에 서자 아이들의 눈이 바삐 움직이는 게 보였다. 이름을 말하고 고개를 숙이자 애들은 박수를 쳐줬다.

짝이 된 애는 앞이마가 심하게 짱구였다. 내가 다가가기도 전에 의자를 빼줬다. 그러고는 "반가워"라고 했다. 착한 애 같았다. 나도

"반가워"라고 했다. 별로 반갑지 않으면서 그렇게 말하는 게 꺼림칙했지만 말하고 보니 내가 정말 그 아이를 반가워하고 있다는 생각이 들었다.

"기숙사는 어때?"

"나는 거기 안 살아."

"다 사는 거 아니었어?"

"아니. 기숙사에 있고 싶다고 다 있을 수 있는 건 아니야."

하지 말았어야 할 질문이었다. 친절하게 대해준 아이한테 처음부터 실수를 한 것이다.

알고 보니 기숙사는 성적순으로 들어가는 곳이었다. 다리를 심하게 찢은 'ㅅ'자 건물인 기숙사 동편에는 우등생이, 서편에는 열등생이 있다고 했다. 나는 동편에 배정되었다. 열등생이었던 나는 다시 우등생이 되었다. 달갑지 않은 신분 상승.

"서쪽으로는 갈 수 없다고?"

"철문이 있어. 쇠사슬로 묶여 있어."

"문이라는 건 열 수 있게 만들어진 거잖아?"

"닫기 위해서 만드는 사람들도 있어."

하긴 교실 사이에도 철문을 만들 정도니 기숙사는 그런 게 당연하게 느껴졌다.

룸메이트는 말이 많은 것 말고는 이렇다 할 특색이 없는 애였다. 내 옷이나 짐 같은 걸 훑어보는 눈빛이 기분 나빴다. 무언가를 염탐하기 위해 만들어진 눈으로 보였기 때문이다.

"방이 성적순인 거 알지?"

"무슨 말이야?"

"201호에는 전교 1등과 전교 2등이, 202호에는 전교 3등과 전교 4등이."

"남자 방도?"

"응, 똑같아."

"그럼 서편은?"

"거기도."

룸메이트는 말하기 귀찮다는 식으로 대답했다. 서편 애들은 신경 쓰고 싶지도 않다는 건가?

나를 비난하는 건지도 몰랐다. 시험을 치르고 방을 배정받은 애들 사이에 내가 끼어들었으니, 그 애로서는 내가 기분 나쁠 수 있었다.

"아깝게 동편에 오지 못하고 서편에 배정된 애들은 억울하겠네?"

"아니."

"아니야?"

"게네는 꼴찌에서부터 뒤에서 자른 애들이거든. 그런 애들을 왜 기숙사에 들이는지…… 이상하지 않니?"

공부를 못하는 애들은 동편이든 서편이든 기숙사에 있을 자격이 없다는 뜻일까?

"꼴찌들을 모아놔봤자 뭐가 달라져? 모여서 사고나 치지."

내 룸메이트가 무섭게 느껴졌다. 세상으로부터 관대한 대접을 받지 못했기에 자신도 똑같은 자세로 세상을 대하겠다는 나름의 셈법을 가진 애 같았다. 나는 이런 야무진 애들과 친했던 적이 별로 없었다. 이런 애들은 남들의 실수를 봐주는 법이 없다. 자기가 실수하면 보나마나 그런 적이 없다고 우길 게 뻔했다. 그러고도 할 말이 남았는지 "불쾌해"라고 했다. 역시, 나를 비난하는 건가?

어쨌든 정식으로 입시를 치르고 이 학교에 들어온 애들이니 중간에 끼어든 나는 애초에 자격이 없었다. 그 애로서는 새치기를 당한 기분일지도 몰랐다.

"그거 비싼 거니?"

턱 끝으로 내 빨간 재킷을 가리키며 물었다.

'얼마쯤이면 비싼 거니? 그리고 이런 옷은 아무한테나 어울리지 않아. 특히 얼굴이 누런 애한테는'이라고 말하고 싶은 걸 참았다. 첫날부터 룸메이트와 나쁘게 지내기로 결심하기에는 마음이 약했으니까.

"몰라. 우리 엄마가 입던 거야. 우리 엄마는 1940년대 생이거든."

미구 씨는 1939년 생이었지만, 반올림해서 말해버렸다. 39가 30보다 40에 가까운 건 사실이니까.

"할머니네?"

가슴 어디가 찔린 것 같았다. 미구 씨가 자신을 할머니라고 부를 때보다 기분이 훨씬 나빴다. 예의도 없는 애였다.

"그렇게 보이지는 않아."

미구 씨를 본다면, 얘도 인정할 수밖에 없을 거다. 어쨌든, 화제는 다른 데로 옮겨졌다.

"그런데 왜 전학 온 거야?"

어쩌면 이렇게도 무신경한 아이가 룸메이트가 된 걸까. 한숨이 나오려는 걸 참았다.

퇴학당했다고 말해 이 둔한 애를 깜짝 놀라게 해주고 싶었지만, 그런다면 모든 애들이 알게 될 것이다. 얘는 퇴학생이랑은 한방에서 지낼 수 없다며 나를 깔볼 테고.

결국 한숨이 나와버렸다. 아무것도 생각나지 않았기 때문이다. 화가 났고, 그보다는 슬펐다. 바보처럼 제대로 말할 수 없는 내가. 무엇보다 쓸 만한 거짓말이 떠오르지 않았다.

"미션스쿨이었거든."

"그게 뭐?"

"미션스쿨이 뭔지 몰라?"

"감옥은 아니잖아."

"그치."

맞는 말이기는 했다. 미션스쿨은 감옥이 아니다. 그렇다면, 감옥이 아니면 어디든 살 만하다고 생각하는 건가? 정말이지 용감무쌍한 애였다. 이런 애랑 한 학기 동안 같은 방을 써야 한다니.

"기도 같은 건 그냥 해주면 안 돼?"

"하루 한 번만 그러는 게 아니거든"이라고 말한 뒤 "이렇게 살 수 있겠어?"라고 질문을 던져 일단 시간을 끌었다. 마음을 다스리며 생각할 시간이 필요했으니까.

"하루 종일 기도를 해야 돼. 수업 시작할 때도 아멘. 수업 끝날 때도 아멘. 밥 먹을 때도 물론 아멘. 심지어 체육 시간에도 기도를 한다고 생각해봐. 하늘에 계신 아버님, 우리 양들이 안 다치게 해주시고 어쩌고 이렇게 기도를 하면서 운동하고 싶은 마음이 날 것 같아?"

나는 여세를 몰아 생각나는 대로 나불대기 시작했다.

"그리고 일주일에 한 번씩 성경 시험을 봐. 성경을 복사해서 문장이나 단어를 지워놓고 채우라는 식이야."

"힘들었겠네."

시험이라는 단어가 나오자 애는 가까스로 감정이입을 한 것 같았다. 스스로를 모범생으로 생각하는 듯했다.

"아. 맞다. 학교에 수영장이 있었는데, 일주일에 세 번씩 수영을 했어. 수영장에 들어가기 전에 십 분 동안 몸을 풀어야 돼. 삑삑삑삑삑 호루라기에 맞춰. 팔다리를 움직이면서 입도 움직여야 해. 하늘에 계신 아버님 어쩌고."

"정말이야?"

"그렇다니까"라고 하고는 "그뿐만이 아니야. 동아리에 들어가면 이름도 성경에 나오는 이름으로 불려"라고 덧붙였다. 룸메이트는 완전히 속은 것 같았다. 나는 신이 났다.

"넌 뭐였는데?"

"토마 …… 토마스. 예수의 열두 제자 중 한 명이잖아. 알지? 웅변부였거든. 토마스가 말을 잘하고 활달한 사람이었잖아."

룸메이트는 "응, 알지, 토마스"라더니 "기독교인이 아닌 사람도 그런 이름으로 불려?"라고 물었다. 넘어온 것이다.

나는 더 이상 거짓말을 지어낼 필요가 없었다. 거짓말이 막 풀리기 시작했지만 이런 답답한 애를 상대로는 별로 흥이 나지 않았다.

"그치. 난 심지어 이슬람교도야."

내가 말해놓고도 내가 기특했다. 그 순간만은 진심이었다. 나는 정말 어떤 건지도 모르는 이슬람을 믿고 싶었다. 이슬람을 믿는다고 말하는 미구 씨의 말이 완전히 거짓말만은 아닌 것을 알 수 있었다. 말 많은 사람들의 입을 틀어막으려는 목적도 있었겠지만.

"심했다."

"심하지."

8.
풀 죽은 변사와 다이어트 콜라

　역시나 토마스는 웅변주의자가 아니었다. 그는 예수의 상처를 자기 손으로 만져보고야 믿었던 사람이다. 피를 찍어 먹으며 "음, 역시 피군"이라고 할 정도로 회의주의자였다는 말이다. 영어로는 토머스, 프랑스어로는 토마, 독일과 북유럽에서는 토마스, 이탈리아에서는 톰마소. 룸메이트가 잠들고 나서 백과사전에서 확인한 결과였다. 그런 사람을 웅변부의 상징이라고 했으니, 한심하다.

　룸메이트가 거짓말을 알아차릴까 걱정되기도 했지만 실제로 그럴 일은 없을 것 같았다. 토마스가 활달한 사람이라고 했을 때 "응"이라고 했으니까. 확신에 찬 사람들이 더 잘 속는 법이다. 그런 사람들은 자기가 틀렸다는 걸 인정하기 싫어하기 때문에 계속 속을 수밖에 없다. 혹시 토마스가 회의주의자라는 것을 알게 된다 하더라도 모른 척할 것이다. 토마스를 안다고 얘기해버렸으니까.

문제는 내가 이슬람교도라고 해버렸다는 것이다. 그 순간에는 정말이지 통쾌했다. 하지만 생각할수록 불길했다. '쟤, 이슬람교래', '어쩐지, 이상하더라', '그래서 그랬구나?' 같은 환청이 들리는 것 같았다. 여자애들은 말이 많다. 지나치게 많다.

　이슬람교에 대해 아는 것은 경전을 코란이나 꾸란이라고 부른다는 것과, 하루 다섯 번 사원을 향해 기도를 올린다는 것과, 라마단 기간 동안에 금식을 한다는 것 정도였다. 술과 돼지고기를 안 먹는다는 것도. 그러나 돼지고기를 왜 먹지 않는지는 몰랐다. 앞으로 돼지고기를 안 먹는 척해야 하나 싶었다. 돼지고기를 그리 좋아하지는 않지만, 먹을 수 없게 되면 먹고 싶어질지도 모른다는 생각이 들었다. 책이 아무것도 없으면 어떤 책이라도 미치도록 읽고 싶듯이. 생각할수록 심난했다.

　그건 그렇고, 회의주의자가 웅변하는 모습이 보고 싶어졌다. 이상하지만 멋질 것이다. 아니, 이상해서 멋질 것이다.

　'여러분, 우리는 조국의 융성을 위해 자기가 맡은 분야에서 열심히 노력해야 합니다. 그런데 말입니다, 열심히 노력한다고 해서 누구나 다 잘할 수 있는 걸까요? 글쎄요, 노력은 나도 하고 너도 하는데 결과가 달라지는 이유는 뭘까요? 아무래도 열심히 노력하는 것만으로는 부족한 걸까요? 그럴 바에야 노력을 안 하는 건 어떨까요? 아무래도 지나치게 애쓰는 건 보기 안 좋으니까요.'

　생각만 해도 기분이 좋았다. 움직이는 노랑 구름을 보는 것 같왔다.

진짜는, 이거보다 훨씬 멋질 것이다.

거짓말도 멋지지만 때로는 멋진, 거짓말보다 더 멋진 진실도 있다. 하지만 그런 진실은 많지 않기 때문에 나는 거짓말의 편인 것이다.

이런 변사는 어디에 가면 볼 수 있을까.

회의주의자 변사가 내가 생각하는 식으로 말한다면, 이 변사를 초청한 연단에 앉은 높은 사람은 얼굴을 구길 것이고, 변사는 다시 초청받지 못할 것이다. 그래서 변사는 풀 죽은 상태로, 이제는 변사가 아닌 채로 변사였던 과거를 회상하며 돌아다닐 것이다. 억울하다고 생각할 것이다. 변사는 솔직한 게 죄라면 죄였다. 자신도 납득할 수 없는 생각을 어떻게 사람들 앞에서 큰 소리로 말할 수 있단 말인가. 물론, 세상에는 그런 사람이 더 많기는 하지만 말이다.

풀 죽은 변사를 어디에 가면 만날 수 있는 걸까. 나는 그를 위로해주고 싶다. 당신을 이해하고 지지하는 사람도 있다고. 그에게 나는 이렇게 말할 것이다.

'저도 토마스의 후손이에요.'

'후손'보다는 '후예'가 더 맞는 말 같지만, 후예는 아무래도 느끼하다. 나는 느끼한 단어로 말을 하는 사람들을 잘 견디지 못한다.

'토마스요?'

풀 죽은 변사는 나를 보고 당황할 것이다. 정신 나간 애 아닌가 하면서도 기분은 좋을 것이다. 서로에 대해 잘 알지는 못해도 진심은 통하는 법이니까.

나는 그의 옆에 앉아 플립플랍에 낀 발가락을 꼼지락거리면서 같이 다이어트 콜라를 마시는 상상을 했다. 어쩐지 우리에겐 다이어트 콜라가 어울릴 것 같다. 코카 잎으로 만든 음료를 마신다는 쾌락 옆에 칼로리에 대한 근심을 두는 게 우리 같은 사람들이기 때문이다. 다이어트 콜라가 회의주의자들을 위해 만들어졌다고 한다면 콜라 회사는 기분이 나쁠까?

백과사전을 가져오지 않았더라면 집에 가고 싶어 미칠 지경이 되었을 것이다. 나는 궁금한 게 있으면 그걸 알게 될 때까지 안절부절못했다. 이 말 많은 룸메이트는 여간해서 자려고 하지 않았다.

트렁크 하나는 책으로 가득했다. 그래 봤자 오십 권 정도밖에 안되었지만. 룸메이트에게 책이 가득 든 트렁크는 보여주고 싶지 않았다. 차라리 속옷을 보여주는 게 나았다. 책을 보여주면, 내가 책을 좋아하는 척하는 허영심 강한 애라고 소문을 낼 게 뻔했다. 정말로 내가 책을 좋아하는 이유는 허영심이 강해서였지만 그런 소문이 돌게 하기는 싫었다. 책벌레라거나 문학소녀라든가, 그런 말들은 정말이지 싫다. '후예'만큼이나 징그러운 말이다.

나만 해도 취미나 특기란에 '독서'라고 적는 애들이 싫었다. 유별떠는 건 질색이니까. 끼니때마다 밥을 먹고 아침이면 옷을 입고 학교에 나오는 것을 취미라고 할 수 없는 거 아닌가. 나한테 책을 읽는 것은 밥을 먹거나 옷을 입는 것이나 마찬가지였다. 남들도 다 하는 것을 취미나 특기라고 여기는 것은 어떤 마음인지 궁금했다. 아마 룸메이트 같은 애들은 특기란에 '독서'라고 적고는 뿌듯해할지도 모른다.

걱정이 되기도 했다. 책을 빌려달라고 할까봐. 저런 애와 같은 책을 읽는다는 게 싫기도 하고, 걔가 만졌던 것을 내가 다시 만져야 한다는 것도 싫었다. 내가 결벽이 심한 사람이라서가 아니었다. 책은 엄연한 물건이다. 수백 장의 종이로 이루어진 물건. 그 수백 장의 종이에 읽는 사람의 흔적이 묻는다.

그렇다고 내가 책을 애지중지하는 사람은 아니었다.

나는 더러워진 책이 좋았다. 내가 줄을 치고, 낙서를 하고, 책장을 접은 책. 내가 좋아하는 책일수록 더러워졌고, 두꺼워졌다. 트렁크에 있는 책들은 대개 그런 책들이었다. 읽다 만 단테의 〈연옥편〉 말고는. 나는 한 권으로 된 백과사전과 국어사전, 잡학사전, 고사성어사전, 이야기로 된 동물도감《동물의 신비》, 나무도감, 명언집, 그리고 소설책으로는 《돈키호테》, 《굶주림》, 《달려라, 토끼》, 《테스》, 《이상한 나라의 앨리스》, 《로빈슨 크루소》 같은 것들을 집에서 챙겨 왔다.

아무거나 챙긴 것 같지만 내 나름의 기준이 있었다. 나는 세계 명작이라는 걸 믿지 않았다. 사람들이 고전이라고 하는 책들에는 좋은 게 없지 않았지만, 그렇지 않은 것들도 있었다. 끔찍하게 여기는 작가들의 책은 다시는 안 봤다. 이건 누구라도 그렇겠지만.

나에게는 지루한 게 끔찍한 것이었다. 말이 유창하긴 한데 지루한 사람들이 있다. 헤밍웨이나 찰스 디킨스, 마크 트웨인, 존 스타인 벡 같은 사람들이 그랬다. 헤밍웨이는 재치는 있지만 어휘력이 부족하다. 나는 반짝반짝거리는 말들을 쓰는 사람들이 좋았다. 어눌하더라도 색다른 데가 있는 사람들이 좋았다. 그리고 그런 책들은 몇 문장만 읽어봐도 알 수 있었다.

그런 작가들이 내 옆에 있었다면 목덜미를 끌어안았을 것이다. 애석하게도, 그들은 모두 죽었다. 그래서 나는 죽은 사람들에게 우정을 느낄 수밖에 없었다. 죽음에 대해 생각하는 건 그래서인지도 몰랐다. 나는 그리 불행하지 않았다. 우울에 시달리지도 않았다. 그냥 이 세계는 재미가 없었다. 따분하고 숨이 막혔다. 이 세계보다 저 세계에 재미있는 사람들이 더 많았다.

그렇지 않다면, 왜 저 많은 사람들이 자살을 했겠는가. 특히, 작가들. 작가들이란 좋은 거는 기가 막히게 알아보는 사람들이다. 맛있는 것, 멋진 것, 예쁜 것, 아름다운 것. 그런데 나는 자살한 작가들은 그리 좋아하지 않았다. 작품이 마음에 들었던 적이 별로 없다. 길게 길게 살고 죽을 때까지 쓴 사람들의 작품이 대개 더 좋았다.

책을 좋아하기 시작한 것은 친구를 발견했다고 느꼈기 때문이다. 나는 친구랄 만한 게 없었으니까. 여자애들과 도시락을 먹거나 화장실에 같이 갔지만, 그뿐이었다.

작가일 때도 있었고, 작가가 만든 인물일 때도 있었다. 동의를 얻지 않고 친구로 삼을 수 있다는 점에서 내 입장에서만 본다면 아주 괜찮은 친구들이었다. 그들의 의사와는 관계없이 그들이 나를 지켜주고 있다고 믿었다. 나는 든든해졌다.

꿈속에서 나는 친구들과 만났다. 꿈을 꾸면서 생각했다. '이건 꿈이야'라고.

꿈이라고 해서 덜 좋은 것은 아니다. 곧 끝나고 만다는 초조함은 달콤함을 더 짙게 만들었다. 나는 친구들의 무릎을 벤다거나, 친구들과 딸기가 올려진 생크림 케이크를 먹으며 수다를 떨었다. 가끔은 친구들의 작품에 대해 지적하기도 했는데, 친구들은 기분이 좋지 않아 보였다. 그러면 나는 어쩔 수 없이 항복했다. "좋아하지 않으면 그렇게 말하지도 않아"라거나 "질투가 나서 그랬어"라면서. 친구의 마음이 풀리지 않을까봐 마음을 끓이면서 하나뿐인 딸기를 양보하기까지 했다. 꿈에서 깬 나는 어리둥절했다. 누구에게도 그런 식으로 했던 적이 없으니까.

꿈이란 건 어떤 면에서는 정직해서 내가 생각하는 대로 되었다. 하루 종일 누군가에 대해 생각하면 꿈에서 볼 수 있었다. 그러지 못했다면, 자기 전에 책을 읽으면 됐다. 그러면 그 책을 쓴 작가나 책에 나오는 인물을 만날 수 있었다. 자기 전에 책을 읽는 것은 그런 이유에서였다. 나는 잠 속에서 진짜 인생을 살고 있는 게 아닌가 싶었다.

나는 심난해졌다. 저 지독한 룸메이트를 재우지 않고서는 책을 읽을 수도 잠들 수도 없었는데, 그러다보면 잠이 부족해져 우울해질 게 뻔했으니까.

트렁크에 담긴 내 친구들이 내 꿈으로 올 수 있게 하기 위해 트렁크를 조금 열어두었다. 어쩔 수 없이 보고 배운 것이다. 죽은 언니의 기일에 미구 씨는 온 집 안의 문을 열어두었다.

9.
테니스장이 있는 그림자 안치소

눈을 뜬 것은 7시경이었다. 다섯 시간밖에 못 잔 것이다. 룸메이트는 없었다. 그러고 보니 아침을 먹으라며 날 깨운 기억이 났다.

세면장에는 아무도 없었다.

거울과 창문에 김이 서려 있었다. 썩은 걸레 냄새가 났다. 젖은 휴지를 끊어서 거울의 김을 닦았다. 김을 없애기가 무섭게 또 김이 서렸다. 나는 욕실을 혼자 썼기 때문에 김이 서린 거울 같은 거에는 익숙하지 않았다. 공중목욕탕에 가본 지 이 년은 더 된 것 같았다. 미구 씨도 좋아하지 않았고, 나도 그랬다. 가슴에 있는 수술 자국 때문은 아니었다. 나는 그 보라색 선이 내 가슴 한가운데를 정확히 지난다는 것이 싫지 않았다.

듬성듬성 난 털을 다른 여자들에게 보이는 게 싫었다. 털이 난 것도 아니고 안 난 것도 아닌 모습을. 일을 야무지게 하지 못하는 일꾼이 털을 뽑다 만 칠면조처럼 보였다.

서둘러서 샤워를 했다. 오래 머물고 싶은 공간이 아니었으니까. 원래는 물을 마음껏 낭비하면서 샤워를 하곤 했다. 머리 위에서 쏟아져 내리는 물줄기 아래에서 눈을 감은 채로 입을 벌린다. 그런 건 아무리 해도 질리지 않는 법이다. 본의 아니게 물을 절약할 수밖에 없었다. 샤워 커튼은 치지 않았다. 개비한 지 일 년도 안 됐을 살색 샤워 커튼에는 때가 껴 있었다. 살색과 회색의 조화. 나는 이런 곳에서 하루를 시작하게 된 것이었다.

방에 어떻게 가야 하지?

샤워를 마치고 나서야 문제가 있다는 것을 깨달았다. 몸이 젖었고, 발이 젖었다. 입고 온 속옷과 옷을 다시 입는다는 건 말이 안 된다. 수건으로 닦는다고 해도 충분하지 않다. 나는 수건을 어깨에 걸친 채 서 있기로 했다. 양팔을 허리에 두른 채로. 그 수밖에는 없었다. 한 번도 고민해보지 않은 문제였다. 샤워를 하고 나서는 수건을 걸치고 나오면 됐다. 욕실은 내 방에 딸려 있었으니까. 난 벌거벗은 채로 방과 욕실을 돌아다니곤 했다. 머리는 물론 몸도 충분히 말려야 했으니까.

아무도 없어서 다행이었다. 애들까지 북적였다면, 수건만 두르고 서 있을 수는 없었을 것이다. 목욕 가운 같은 걸 가져올 수는 없었다. 단번에 공주로 소문이 날 테니까. 그러면 피곤해진다. 내가 유별나긴 해도 유별나게 보이고 싶지는 않다.

베이지색 면 치마에 하늘색 셔츠를 입었다. 셔츠에 구김이 가 있어서 찜찜했다. 옷장이 좁아서 옷을 다 걸 수 없었기 때문이다. 방이 얼마나 작은지는 말하고 싶지도 않다.

방의 구조는 이렇다. 일단 문을 열면 옷장인 철제 캐비닛 두 개가 보인다. 캐비닛 내부는 두 단으로 되어 있는데 위에는 선반, 아래에는 쇠봉이 달려 있다. 캐비닛 문 뒷면에 붙은 작은 거울을 보면서 얼굴을 매만지면서 옷을 고르는 구조다. 이 캐비닛은 화장대 겸 옷걸이인 셈이다. 그리고 철제 침대 두 개가 있다. 침대는 왼쪽 벽과 오른쪽 벽에 붙어 있고, 머리는 창문을 향하게 되어 있다. 책상이 없다는 게 유일하게 이 방에서 마음에 드는 점이었다.

Y고등학교에는 아직 교복이 없었다. 이튼스쿨을 지향하는 학교답게 교복 선정에도 신중을 기하고 있다는 게 교장의 설명이었다. 옷을 고를 때 여간 신경이 쓰이는 게 아니었다. 나는 애들과 비슷하게 입고 싶었다. 눈에 띄는 건 내가 좋아하는 일이 아니니까. 그러나 내 옷들은 모두 어느 정도 유별나 보였다.

선풍기 바람에 머리를 말렸다. 나는 한겨울에도 선풍기에 머리를 말리는 게 좋았다. 두피는 늘 차갑게 해야 한다는 게 내 지론이다. 전기요 위에서 잘 때는 등 아래부터 열이 닿게 했다. 일어났을 때 머리가 전기요에 닿아 있으면 하루 종일 기분이 불쾌했다.

기분 좋은 일도 있었다.

기숙사를 나와서 학교로 걸어가는데 경쾌한 소리가 들리는 게 아닌가. 기숙사 뒤편에 테니스장이 있었다. 어쩐 일인지 제대로 된 테니스장이었다. 두 명의 남자애가 파란색 체육복을 입고 뛰어다니고 있었다. Y고등학교 체육복인 모양이었다.

노란 공들이 테니스 코트에 떨어져 있는 모습이 정다웠다. 둘 다 실력은 그저 그랬다. 탕탕 하는 소리는 계속 이어지지 못했다. '끊어지지 마, 끊어지지 마. 계속'이라고 속으로 빌어봤지만, 형편없는 실력이었다.

나는 이 소리가 정말이지 좋았다. 테니스공 치는 소리는 세상에서 가장 멋진 소리로 들렸기 때문이다. 집에 가는 길에 테니스장에 가까워지면 가슴이 두근거리곤 했다. 사람의 몸에서 나온 힘이 공을 쳐서 소리를 낸다. 소리가 다시 공을 친다. 공이 다시 소리를 낸다. 어느 타악기도 그렇게 자연스러울 수는 없을 것이다.

눈을 감은 채로 테니스 경기를 관람하고 싶었다. 눈을 감아도 보일 것 같았다. 노란 공이 날아와 팽팽한 줄을 때리고는 다시 줄을 때리기 위해 날아가는 것이.

파리에 있다는 롤랑 가로스인지 롤랑 가로인지 하는 테니스장을 상상했다. 내가 가고 싶은 곳 중 하나였다. 프랑스 오픈이 끝날 때는 잔디밭 위에 레스토랑이 열린다는 말 때문이었다. 그러니까 테니스 코트 위에서 식사를 할 수 있다는 말이다.

내가 보고 있다는 것을 남자애들이 알아차려버렸다. 애들은 플라스틱 빗자루처럼 뻣뻣해져버렸다. 공을 치고 있기는 했지만, 소리도 어딘지 탄성을 잃어버린 느낌이었다.

그럼에도 불구하고 계속 보고 있을 정도로 나는 뻔뻔하지는 못했다. 혹시라도 '테니스 칠 줄 아니?'라고 묻는다면 난감해질 게 뻔했다. 테니스를 칠 줄 모르는 것은 물론, 테니스 라켓을 잡아보고 싶지도 않다. 그냥 공 소리를 듣는 게 좋다. 테니스를 치게 된다면, 공 소리에 집중할 수 없을 것이다. 라켓이 공을 맞히지 못하면 신경질이 날 것이다. 나는 라켓이 공을 못 맞혀도 신경 쓰지 않고 테니스를 칠 만큼 좋은 성격이 못 된다.

이런 말을 한다면, 남자애들은 테니스 치는 자기 모습을 보여주려 하지 않을지도 몰랐다. 나는 그만 등을 돌렸다.

교실에 도착하니 8시가 조금 넘어 있었다.

내가 문을 열자 휙 돌아보는 애들이 있었다. 경건한 자율학습을 방해했다는 무언의 항의였다. 그 와중에 내가 어떤 걸 입었는지 훑어보는 애도 있었다. 짝은 작은 목소리로 "왔어?"라고 해주었다.

계속 테니스공 치는 소리가 들려왔다. 남자애들이 계속 테니스를 쳐주었으면 좋겠다고 생각했다. 그러면, 좁고 딱딱한 침대와 옷이 제대로 걸리지 않는 옷장과 더러운 훈김으로 가득한 세면장을 참을 수 있을지도 모르겠다고 생각했다. '계속 테니스 쳐줄 거지? 못 쳐도 괜찮아. 부탁이야'라고 말하고 싶을 정도였다.

그만큼이나 간절했다. 하지만 내가 그렇게 말하면 남자애들이 테니스에 흥미를 잃을지도 몰랐다.

어쩌지?

남자애들을 믿을 수밖에 없었다.

이 학교에서 가장 흥미로웠던 점은 선생들이었다. 여자 선생과 남자 선생은 너무 달랐다. 다른 식으로 이상했다.

여자들은 학교를 놀이터로 생각하는 것 같았다. 놀러 온다는 이유로 월급을 받는다면 기분이 좋을까. 대학까지 버젓이 졸업해놓고서 말이다. 모르겠다. 제대로 된 사람도 있었지만.

몇몇 정신 나간 여자들이 부추기는 것 같았다. 옷은 어디서 사면 되는지, 가방을 어떻게 하면 싸게 살 수 있는지, 여자 탤런트가 신고 나온 구두는 얼마인지 등을 알려주는 걸 들었다. 사람이 사는 곳이니 이런 얘기를 할 수도 있다. 그러나 맨날 이런 얘기만 하는 건 문제가 있다. 그들은 애들 생활지도를 한다는 명분으로 복도에 서서 이런 얘기를 떠들었다. 애들한테는 조용히 하라면서 큰 소리로 웃었다.

나는 같은 여자로서 여자 선생들을 볼 때마다 자존심이 상했다. 나도 그런데 남자들은 어떻겠느냐 말이다.

자존심이 없을 것 같던 그 여자들은 의외로 자존심이 셌고, 그 자존심을 매일같이 바뀌는 옷으로 증명하려는 것 같았다. 간혹 예쁜 옷이 보일 때는 기분이 좋기도 했지만, 대개는 끔찍했다. 무취미와 몰취미가 만들어내는 시각적인 공해라는 것을 그때 알았다. 그게 얼마나 무시무시한 건지도.

이 여자들은 '옷을 잘 입는다 = 눈에 띈다 = 화려하다 = 장식이 많거나 번쩍거린다'로 생각하는 것 같았다. 꽃무늬 원피스를 입고 무늬가 있는 스타킹을 신는다거나 귀걸이와 목걸이를 해놓고 브로

치까지 하는 식이었다. 귀걸이와 목걸이 하나만 놓고 본다면 괜찮은 것도 있었지만, 그것들이 모이면 조화가 깨졌다. 그리고 한결같은 긴 생머리. 얼굴이 작은 여자는 귀 뒤에 머리를 꽂고, 얼굴 크기나 모양에 콤플렉스가 있는 여자는 머리를 얼굴 위에 드리운다는 차이가 있을 뿐 모두가 긴 생머리인 것은 마찬가지였다. 그 광경을 매일같이 본다면, 긴 생머리에 유감이 없는 사람이라도 유감이 생기지 않을 수 없을 것이다.

어쨌든, 돈 많은 집안의 딸들로 보였다. 월급을 받아서 자신한테 모조리 쏟아붓고, 그러고도 모자라면 부모에게 손을 벌리는 걸 아무렇지도 않게 생각하는. 그런 건 숨기려 해도 숨겨지지 않는 법이다.

J고등학교에서는 느껴보지 못했던 소감이었다. 그 학교 선생들은, 선생답다고 생각하는 어떤 상을 만들어놓고 그대로 실천하는 경향이 있었다. 검소하고, 고지식하고, 완고하고, 격식을 차렸다. 겉으로만 그런 척한 건지도 모르겠지만 어쨌든 그랬다.

이 학교의 여선생들, 그러니까 Y고등학교의 그녀들은 경쟁의식이 심했다. 누군가 찢어진 청바지를 입고 오면, 다음 날 다른 누군가는 청바지를 걸레처럼 만들어서 입고 오는 식이었다. 나는 찢어진 청바지를 입는 것으로 신세대임을 나타내려는 그 발상이 한심해 보였다. 옷 하나 입는다고 신세대로 바뀌나, 그걸 정말 몰라서 저러는 건가 싶었다. 여선생들이 옷차림이 아닌 분야에서도 경쟁을 해준다면 얼마나 좋을까 싶었다.

여선생들이 아무리 촌스럽고 보기 싫어도 수업만 잘했다면 나도 다른 트집은 잡지 않았을 것이다. 어떻게 그런 수업을 할 수 있느냔 말이다. 수업을 열심히 듣지 않는 학생이라도 수업 수준은 알 수 있다. 그런 건 애쓰지 않아도 저절로 알게 되는 법이니까. 많은 걸 바라지는 않았다. 자신이 알고 있는 걸 정확히 전달해주기만을 바랐다.

다른 과목은 내가 비판할 만한 여력이 안 되고, 문학에 대해 이야기해보겠다. 문학 선생은 앞니가 튀어나왔음에도 귀엽게 생긴 토끼 같은 여자였다. 아니, 앞니가 튀어나와서 귀엽게 보였던 걸까. 어쨌거나 이 여자는 수업을 구연동화처럼 했다.

"여러분. 테스라고 다 알죠? 들어봤을 거예요. 이 테스, 어떤 사람이에요? 불쌍한 사람이죠. 그리고 예뻐요. 원래 소설 주인공들은 다 예뻐요. 예쁘지 않다고 하면 사람들이 관심이나 갖겠어요? 맞아요. 불쌍한 여자예요. 첫날밤에 버림을 받아요. 다른 남자가 있었다고 고백해서 그래요. 테스가 신랑한테요. 정직한 여자죠? 이 이야기의 교훈이 뭐겠어요? 정직이 나쁘다? 아니죠. 정직한 건 좋은 거예요. 안 좋은 건 테스의 과거예요. 우리는 정직해야 돼요. 그런데 아무나 정직할 수 없는 거예요. 잘 살아야 정직할 수 있어요. 그런데, 테스를 보세요. 잘못 살았으면서 정직했죠? 그래서 벌을 받은 거예요."

어린애도 어린애로 취급당하면 기분이 좋지 않은 법이다. 토끼는 열여섯에서 열일곱 살 애들에게 이런 식으로 얘기를 했다. 나는《테스》를 좋아했기 때문에 이런 엉터리 해석에 기분이 상했다. 토끼가 해석한 게《테스》의 주제라면 사람들은 그 책을 그렇게나 많이 읽지 않았을 것이다. 그 책에는 사랑의 신비와 슬픔이 있다. 아름다운 장면들도 가득하다.

　내가 가장 좋아하는 것은, 에인절이 몽유 상태로 테스를 매장하는 부분이다. 에인절은 홑이불을 수의 삼아 테스를 감싸서는 침대에서 들어 올린다. "죽었어, 죽었어, 죽었어!"라면서. 낮에는 경멸하던 그녀의 입술에 키스를 하면서 말이다. 그토록 사랑하던 테스가 자신의 마음에서 죽었음을 선언한 것이다. 이 솔직한 테스가 자기한테 다른 남자가 있었으며, 그 남자의 아이를 낳기까지 했었다고, 에인절을 신랑으로 맞은 첫날에 고백했기 때문이다. 그는 꿈을 꾸고 있다. 몽유 상태다. 테스를 들고 들판과 다리를 건너 폐허가 된 수도원 교회로 간다. 텅 빈 석관에 테스를 내려놓는다. 그리고 에인절은 다시 죽은 듯 잠에 빠진다.

　《테스》를 읽은 사람이라면, 그런 장면을 묘사하지 않을 수 없다.

　토끼는 읽지 않은 게 분명했다. 다른 작품들을 설명할 때도 마찬가지였다. 다이제스트를 또 요약한 글만 읽고 자기 식대로 구연동화를 하며 문학 시간 대부분을 때웠다. 추임새 많고, 한없이 늘어지고, 그럼에도 불구하고 건질 만한 부분은 거의 없는 그런 얘기로. 토끼 아버지가 경기도 교육장이라나 교육감이라나 하는 소문이 있었는데, 만약 사실이라면 그는 정말 양심 없는 교육자임에 틀림없었다.

　청출어람이라고?

　생각할수록 화를 돋우는 말이었다. 청출어람? 그 말을 새기고 싶었으면 제대로 된 선생들을 뽑았어야지.

　화려한 이 여선생들이 차를 거칠게 몰며 퇴근할 때, 남선생들은 차 뒤를 따라갔다. 걷는 사람은 그렇게 보일 수밖에 없다. 남자들은 차를 몰고 다닐 여유도 없는 자신들을 한심해하는 것 같았다. 여자들이 취미 생활로 다니는 직장을 그들은 죽기 살기로 다녀야 했다. 그만둬도 관계없는 사람들과 그만두면 큰일 나는 사람들이 만들어내는 풍경. 대조. 그 빛과 그림자. 숨이 막혔다.

누가 사정을 해도 선생 같은 건 하지 않겠지만, 혹여 하게 되면 나 역시 취미로 학교에 다니는 선생이 될 것이었다. 그런 사람은 선생을 하지 말아야 한다. 절대로.

그때 알았다. 풀이 죽은 남자만큼 가엾은 건 없다는 것을. 그러나 가엾다는 감정은 한계가 있다. 자신을 가엾게 생각하는 남자를 보고 있으면, 화가 난다. 소심하고, 착하고, 말이 없고, 겸손할수록 점점 더 화가 난다. 잔인한 애들은 남자 선생들을 보면 아이스크림을 사달라고 졸라댔다. 돈을 마음대로 쓰고 다니는 여자 선생들한테는 그러지 못하면서. 수업에 관심 없는 애일수록 목소리가 컸다. 그러면 이 마음 약한 남자들은 어쩔 수 없다는 듯 웃으면서 이렇게 말하는 것이다.

"자, 반장."

십 분 후 반장이 검은 비닐봉지를 들고 온다. 입에서 아이스크림이 녹아 없어질 때 이런 생각이 들었다. 저 남자가 녹고 있을지도 모르겠다고. 자기도 모르게 저 남자의 그림자가 녹고 있을지도 모르겠다고. 해수면을 상승시키며 녹아내리는 북극의 빙하처럼.

그림자가 녹아버리면 어떻게 되는 거지? 녹아버린 그림자는 어디로 가는 거지?

남자 선생들 중에서 남자반을 가르치는 국어 선생은 조금 다른 분위기를 풍겼다. 나는 정규 수업이 끝나면 이 남자한테 수업을 받았는데, 다른 여자애들의 반응을 봐도 확실히 다른 데가 있다는 것을 인정하지 않을 수 없었다.

Y고등학교는 이튼스쿨을 지향하는 명문 사학답게 '특특강'이라는 별도의 수업을 운영했는데, 남자 우반과 여자 우반에서 추려진 열다섯 명씩이 한 반에서 일종의 심화 수업을 받았다(그 열다섯 안에 내가 들었으니, 이 특특강이라는 반의 수준을 짐작할 수 있을 것이다). 철문으로 남자 교실과 여자 교실을 나눠놓은 자들이 한편으론 자기네가 만든 규칙을 일시적으로 파괴해 남자애들과 여자애들을 한 반에 섞어놓는 것이 한심했다.

그래도 들을 만은 했다. 나는 수학이나 과학은 거의 이해할 수 없었지만, 선생들의 또랑또랑한 눈빛과 선생다운 태도는 감동적인 데가 있었다. 그래서 거기 앉아 있는 것만으로도 하루 종일 오염되었던 귀와 눈이 정화되는 기분이었다.

국어의 성이 성이었으니, 성이라고 하자. 성은 키가 작고 어깨가 좁은 남자였는데, 얼굴만 본다면 미남이라 할 수 있었다. 그는 위궤양을 달고 사는 사람처럼 늘 이마를 찡그린 채였다. 그러면서 살짝 폼을 잡고 윤동주나 서정주의 시를 외우곤 했다. 여자애들은 그런 성이 김수영을 닮았다고 했지만, 나는 동의할 수 없었다. 어쨌거나 신경을 쓰이게 하는 데가 있는 사람이었다. 성을 보고 있으면, 나도 모르게 이마를 찡그리는 그의 표정을 따라 하게 됐다. 이 남자가 가진 그림자가 여자애들을 사로잡고 있는 거라는 생각이 들었다.

나는 무거운 그림자를 가진 사람들을 보면 그들의 그림자를 맡아 어딘가에 차곡차곡 쌓아두고 싶었다. 그림자는 불행을 빨아들이는 솜 같아서, 계속 끌고 다니면 손쓸 수 없이 무거워지고 만다. 그러면 사람들은 그림자 자체를 포기해버릴 수도 있다. 나는 그런 일을 예방하고 싶었다.

이를테면, 간을 내놓고 다니는 토끼 신세가 될 수 있다. 소중한 것은 가지고 다니면 안 된다. 용왕에게 뺏길 수도 있고, 칠칠맞게 잃어버릴지도 모른다. 자기만 찾을 수 있는 곳에 숨겨두어야 한다.

나는 그림자 안치소에서 일하는 나를 상상했다. 그림자 주인이 그림자를 데리고 방문한다.

"어쩐 일이시죠?"라고 내가 묻는다.

"그림자를 잠시 맡겨두어야 할 것 같아서요"라고 그림자 주인이 대답한다.

형식적인 대답이다. '안녕하세요?'라거나 '굿 모닝' 같은. 그림자 안치소는 불법이기 때문에, 간판 같은 건 없다.

"벗으시죠"라고 내가 말하면 그림자 주인은 그림자를 티셔츠처럼 벗는다. 조심스레 팔을 먼저 빼는 사람도 있고, 목부터 훌렁 벗는 사람도 있다.

그러면 나는 일단 그림자의 키를 잰 후, 우리 집 소들처럼 번호를 매긴다. 체중이나 가슴둘레, 체지방, 혈압 같은 건 재지 않는다. 그래서 뚱뚱한 주인이라도 안심하고 자기 그림자를 맡길 수 있다. 그림자는 자기의 방을 갖게 된다. 방이라기보다는 서랍이라고 해야 할 것이다.

하나의 서랍에 하나의 그림자가 눕는다. 시체 안치소의 서랍을 떠올리지는 말았으면 한다. 그림자는 살아 있는 생명체니까.

그림자를 재워주는 일만 할 수도 있겠지만, 나는 게으른 것을 싫어한다. 빈둥대는 것과 게으른 것은 다르다. 나는 그림자의 습도와 청결도를 관리한다. 그림자가 축축해지면 볕에 내놓고 말리기도 한다. 이불 말릴 때처럼 탁탁 털어주기도 하면서. 뽀송뽀송해진 그림자에는 곰팡이가 슬지 않는다.

그림자 안치소가 자리를 잡으면 직원을 고용한다. 두 명. 나는 그들을 위한 테니스장을 짓는다. 직원들은 연구한다. 어떻게 치면 경쾌한 소리가 나는지. 어떻게 치면 오래 쳐도 지치지 않을 수 있는지. 나와 그림자들은 테니스공이 테니스 라켓을 치는 소리를 듣는다. 빗소리보다 훨씬 듣기 좋은 소리다. 그림자들은 그 소리를 들으면서 활력을 되찾는다.

10.
미치광이 체조

그림자의 안위를 걱정하는 나의 고귀한 마음을 음악이 깨트렸다. 4교시가 막 끝났을 때였다. 점심을 먹어야 할 시간이었다. 스피커를 찢어놓겠다는 작정이 아니라면 왜 저렇게 크게 트는 걸까. 행진곡 풍의 노래였다. 일정한 박자와 템포로 사람의 마음을 괴롭히는.

군인들은 대단하다고 생각한다. 이런 끔찍하고 지겨운 노래를 들으면서 의욕을 고취해야 하니까. 감정과 신경을 모두 말려버려야만 군인이 될 수 있는 것이다. 이해한다. 예민한 사람이 누군가를 쏘거나 포격하라는 명령을 받는다면 미쳐버릴 것이다.

나는 스피커에 불을 지르고 싶었다. 선을 끊어버리는 간단한 방법이 있었지만, 그것보다는 불을 지르고 싶었다. 불타는 스피커가 보고 싶었다. 불에 저 끔찍한 소리가 타다가 펑 하고 터져버린다면, 그래서 없어져버린다면 얼마나 좋을까.

더 놀라운 것은, 아이들이었다. 갑자기 하던 일을 멈추더니 사물함으로 달려가는 게 아닌가. 온순하다고 해야 할까 아님 바보 같다고 해야 할까. 군인이 아닌 사람이 군인처럼 되라는 명령에 따를 필요는 없는 것이다. 나는 사관학교나 군사학교의 학생이 아니었다. 아이들은 그런 학교의 학생들이 할 법한 일들에 불만이 없는 것 같았다.

애들은 입었던 옷들을 벗어 던지고 파란색 체육복으로 갈아입기 시작했다. 체육복을 입고 있던 애들은 여유를 부렸다. 5교시가 체육이긴 하지만, 왜 예쁘지도 않은 저걸 벌써 입고 있나 하는 의문이 풀렸다. 짝이 말했다. "너도 입어." 뭐가 뭔지 모르는 상태에서 체육복을 입었다. '왜?'라고 묻는다고 해도 결과는 같을 것 같았으므로 묻지 않았다.

갑자기 음악이 멈추었다. 불안해졌다. 아니나 다를까. 호루라기 소리가 들렸다. 호루라기 부는 사람의 기도가 막히는 게 아닐까 염려될 정도로 호루라기 소리는 길게 이어졌다. "뛰어"라는 누군가의 소리에 아이들이 우르르 뛰어나갔다. 나도 따라 뛰었다. 왜 뛰는 건지 알 수 없었지만 안 그랬다면 다른 애들에게 밀려 넘어졌을 것이다. 어이가 없어서 웃음이 나왔다.

우리가 갈색 먼지를 이끌고 멈춘 곳은 조회대 아래였다. 입을 벌리자 먼지가 나왔다. 각 반 애들이 모여들기 시작하더니 어느새 줄을 맞춰 섰다. 우리 반 옆에는 남자반 애들이 있었다. 이 학교에 남자아이들이 많다는 건 알았지만 그들을 한꺼번에 본 건 처음이었다. 남자애들은 노골적으로 인상을 구기고 있었다. 발로 흙을 판다든가 하면서.

조회대 위에는 중년 남자 두 명과 남자애 한 명이 있었다. 올백 머리를 한 남자는 체크 재킷을, 스포츠머리는 번들거리는 하얀색 추리닝을 입고 있었다.

북을 치는 소리가 어디선가 들려왔다. 북인지 뭔지 알 수 없었지만 북이라고 해야 할 것 같은 그런 소리였다. 북소리가 멈추고 행진곡이 다시 나왔다. 또 시작이었다. 행진곡에 대한 거부반응이 그때 생겼다.

처음에 스피커에서 나왔던 그 음악이 아니었다. "자, Y체조 시작" 이라고 스포츠머리가 말하며 호루라기를 불었다. 절도 있게. 얼굴이 까만 것으로 보아 체육 선생일 확률이 높았다. 번들거리는 하얀 추리닝 때문인지 남자의 얼굴은 더 까맣게 보였다. 추리닝 옆에서 남자애는 Y체조라고 하는 것의 시범을 보이고 있었다.

"올백, 뭐야?"

옆에 선 애에게 물었다. 얼굴을 돌리지 않은 채로.

"음악. 변태야. 이상해."

얘도 앞을 보고 말했다. 애들에게는 자기 마음에 들지 않는 선생들을 '변태'로 낙인찍는 습성이 있었다.

나는 '변태'라는 말을 좋아했기 때문에, 그 말이 그런 식으로 남용되는 것이 못마땅했다. 알에서 깨어난 동물이 어떤 식으로든 어른이 되는 게 변태다. 나는 개구리를 좋아하지는 않지만, 개구리 알이 올챙이가 되는 과정에 대해서는 경외심 같은 게 있었다. 알 속 볼 펜심만 한 검정 눈 안에 울음주머니가 숨겨져 있다는 것. 논두렁에서 어른 개구리가 목을 놓고 우는 동안, 개구리 알들은 언젠가는 자신들도 그러길 바라면서 변태를 한다. 꾸물꾸물.

음악 선생이 왜 거기에 있었느냐고?

놀라지 마라. 올백은 지휘를 했다. 오케스트라 같은 게 있었냐고? 그럴 리가.

체조를 하기 시작한 아이들을 향해서였다. 이런 지휘자는 아마 세상에 전무후무할 것이다. 심지어 지휘봉도 있었다. 미치광이가 아닌 다음에야 체조하는 애들 앞에서 하는 지휘가 좋을 리 없을 것이다. 팔만 아프고 피차 민망하기만 한 일이다. 백 번 양보해서 파트가 나눠져 있는 매스게임이라면, 지휘자가 할 일이 있을지도 모르겠다. 그렇다고 우습지 않은 것은 아니겠지만.

모두가 똑같은 동작을 하는 체조다. 국민체조 같은 그런 체조. 국민체조의 반 정도를 갖다 베낀 체조. 국민체조를 하지 왜 이런 걸 하고 있는 건지 알 수 없었다.

나는 지휘를 하고 있는 올백의 마음이 궁금해졌다. 그는 어떤 생각으로 이걸 하고 있는 걸까. 이런 걸 하겠다고 슈베르트니 쇼팽이니 하는 것들을 배웠을 리는 없다. 이런 체조에 지휘자가 할 수 있는 일이란, 손을 흔들어대는 것밖에 없는 것이다.

그러나 세상은 넓고 인류는 다양하다. 음악은 지휘를 즐기고 있는 것처럼 보였다. 정말 변태일지도 모르겠다고 생각했다. 음악은

118

배를 내민 채로 꼿꼿이 서서 뭔가를 음미하고 있었다.

하다 하다 이 학교 이름을 따다 붙인 체조마저 있는 것이다. 누군가가 월급을 받으며 이 체조 동작을 고안하고 체조 음악도 작곡했을 것이다. 아마도 저 두 사람일 확률이 높았다. 체조를 만들자는 생각을 한 것도, 체조하는 애들을 향해 지휘를 해보자는 생각을 한 것도 다 교장일 게 분명했다. 뭔가 격조 있는 체조를 만들고 싶었던 게 아닐까. 지휘자가 나와서 지휘를 한다고 체조의 격조가 올라가는 건 당연히 아니지만, 교장은 그런 발상을 할 수 있는 자였다. 그런 머리에서는 그런 생각이 나올 수도 있다. 교장은 정말이지 미친놈인 것이다. 그 미친놈은 교장실 커튼 사이로 이 장면을 지켜보고 있을 것이다. 틀림없었다.

이튼스쿨에도 '이튼 체조'라는 게 있는 걸까? 다리를 폈다 오므리고, 골반을 돌리고, 팔을 휘두르고, 목을 흔들면서 나는 이튼스쿨을 증오했다. 이 상황이 이튼스쿨의 잘못은 아니었지만, 증오는 정확한 대상에게로만 향하지 않으니까.

음악이 끝나자 또 애들이 뛰기 시작했다. 이번에는 모두 그러는 건 아니었다. 기숙사에 사는 애들만 뛰어서 식당으로 가고 있었다. 나는 완전히 지쳐버려서 아무것도 먹고 싶지 않았다. 그런데도 나역시 식당으로 향하고 있었다.

체육 시간인데 발레를 했다.

"발레 시간이 따로 있어? 대단한데?"

온갖 허례허식을 모아놓은 학교였다. 한숨인지 비웃음인지 알 수 없는 게 나왔다. 바닥은 웬일인지 진짜 나무였다. 두 벽면이 유리로 되어 있었고, 바(bar) 같은 것도 붙어 있는 제대로 된 연습실이었다.

"발레만 하는 건 아니고. 무용 시간이야."

"시간표에 체육 시간이라고 쓰여 있잖아."

"목요일 체육은 무용이야. 무용 선생님이 따로 있어."

체육보다는 무용이 나았다. 밖에서 하지 않는 것만으로도 그랬다.

나는 수학보다도 체육이 싫었다. 수학은 이해할 수 없다는 점에서 엄밀히 말하면 싫어한다고도 할 수 없는 과목이었지만, 어쨌거나 수학 시간에 억지로 해야 하는 것은 없었다. 그러나 체육 시간은 달랐다. 운동장에 나가야 하고, 운동장을 뛰거나 아니면 앉았다 일어났다를 반복해야 했다. 땀을 흘리는 게 체육의 유일한 목적이 아닐까 싶을 정도로 덜떨어진 일들만 해야 하는 시간이었다.

뭔가를 두드리는 소리와 함께 무용 선생이 나타났다. 팔자걸음으로 걸어 들어와 서더니 양손에 쥔 나무 막대기를 엑스 자로 교차시켜 여러 번 두들겼다. 신기하게도 듣기 좋은 소리였다. 땡중들이 치는 목탁 소리와는 달리 맑고 여음이 없었다.

"얘들아, 스트레칭 좀 해봤니?"

무용이 물었다. 별다른 반응이 오지 않자 무용은 바닥에 주저앉더니 이상한 포즈를 취했다. 배와 골반을 바닥에 닿게 한 뒤 상체는 세우고, 하체는 다이아몬드형으로 만들더니 발바닥끼리 붙였다. 포즈 자체로는 웃겼지만, 무용이 하니 웃기다는 생각이 들지 않았다. 역시

몸이 길면 유리하다. "자, 개구리 시작"이라고 하자 애들은 그 포즈를 흉내 냈다. 나도 머뭇거리며 따라 했다.

"다들 했니? 어때, 시원하지? 개구리 포즈를 해야 몸이 풀려. 네 시간 앉아 있느라고 부었던 다리가 풀리면서 얇아지는 것 같지 않니? 거기, 그렇게 하면 안 되지. 다시 선생님을 본다!"라더니 무용은 일어나 앉았다.

"1번, 다리를 골반 너비로 벌린 상태로 선다. 2번, 뭐라고? 무릎을 꿇어 엎드린다. 3번, 양팔은 어떻게? 어깨 너비보다 조금 넓게 벌린다. 4번, 상체를 들어야겠죠? 여기까지 해봐. 아직 무릎은 하지 말고. 상체만 완성형을 합니다."

라고 말하고는 무용은 애들을 살폈다.

"자기 어깨가 이렇게 좁아? 이러면 상체를 들기가 어려워. 더 벌려야겠죠?"

나한테 다가오더니 내 손을 양옆으로 벌린 뒤 내 어깨를 잡아 뒤로 젖혀줬다. 견갑골이 잠시 서로를 붙잡았다.

무용 선생은 머리를 정수리 가까이 포니테일로 묶고 다녔다. 멋지다고 생각한 적이 있는 여자였다. 이마가 납작하고 코가 낮았다. 화려하고 눈에 띄는 게 예쁜 거라고 알고 있는 여선생들 사이에서 단연 눈에 띄었다. 무엇보다도 걸음이 멋졌다. 양발을 밖으로 향하게 해서 걷는 걸음.

"자, 이제 양발을 붙인다. 붙였니? 다리 모양이 길쭉한 마름모가 돼야 되는 거예요. 다음, 붙인 다리를 엉덩이 쪽으로 끌어당긴다. 그

럼 어떻게 되겠어? 길쭉한 마름모가 납작한 마름모가 되겠지? 고개
는 더 하늘로 들고. 치골을 바닥으로 눌러봐. 딱 붙여야 돼. 개구리
가 바닥에 딱 붙어 있잖아. 바위처럼 보이게 위장하잖아. 그러려면
치골을 눌러야 돼."

치골, 이란 단어를 저렇게 자연스럽게 발음할 수 있다니.

"괄약근도 조이고. 그러면서 치골을 더 눌러봐."

웃는 애들이 있었다. 이 애들은 여고생다운 순진함을 내보이고
있었다. 웃을 만한 상황이 전혀 아니었다. 답답한 애들이다.

무용은 그 단어들을 의학용어처럼 발음했다. 아니면 시장에서 물
건을 파는 사람처럼. '여기 괄약근 있어요'라든가 '오늘 치골이 아주
싱싱해요'라는 식으로.

우리는 그 상태로 십 분 정도 바닥에 붙어 있었다. 치골을 바닥에
붙이고, 괄약근을 조인 채로. 무용이 남자애들 수업은 어떻게 할지
궁금했다. 게네한테도 똑같이 치골을 붙이라고 할까? 괄약근도 조
이라고 할까? 그런데 남자들한테도 괄약근이 있나? 남자가 괄약근
을 조이면 어떤 기분이 들까? 나는 두 개의 덩어리와 한 개의 막대
기로 이루어진 남자의 신체 구조에 대해서는 알고 있었지만, 그게
다였다.

정말 몰랐다. 두 개의 공과 한 개의 막대기 사이의 연관성에 대해
서도 알지 못했다. 이를테면, 두 개의 공이 테니스공만 한지 아니면
탁구공만 한지도 몰랐다. 울음주머니를 부풀리는 개구리처럼 그럴
수 있나? 부풀려진 두 개의 공에 대해 생각하니 머리에 열이 났다.

두 개의 방울이 남보다 큰 애들은 가슴이 큰 애들처럼 달리기가 힘든가? 그럴지도 몰랐다. 더 힘들 것도 같았다. 브래지어라도 할 수 있는 여자애들에 비해…….

내가 남자의 몸에 대해 확실히 말할 수 있는 것은, 젖꼭지가 앵두씨만 하다는 거였다. 하지만, 대추씨만 한 애들이 있을지도 몰랐다.

'쁠리에'를 하는 순간, 무용 선생이 좋아졌다. 발뒤꿈치를 붙이고 양발을 바깥으로 벌린 채로 주저앉는 게 쁠리에라는 동작이었다.

"드미 쁠리에"라면서 반만 내려갔다가 "그랑 쁠리에"라면서 끝까지 내려갔다. 무릎이 바닥과 수평이 되었다. 무용은 드미 쁠리에와 그랑 쁠리에를 오갔다.

나는 웃음이 나왔다. 무용의 발이 너무 귀여웠던 것이다. 정확히 말하자면, 무용 선생의 작은 발이. 나보다도 작은 것 같았다. 분홍 신 안에 든 작은 발은 공중과 마룻바닥을 오가며 선을 그었다. 작은 발이 움직일 때 무용의 묶은 머리도 움직였다.

말의 엉덩이를 보는 것 같았다. 짙은 갈색의 윤기가 흐르는 말이 발을 뗄 때마다 꼬리가 흔들린다. 꼬리가 흔들리면 말도 흔들린다. 갈색 말의 발에 분홍 신을 신겨준다면 어떨지 생각했다. 흐뭇한 광경일 것이다. 말이 움직이기 시작하면 몇 분도 안 돼서 찢어져버리고 말겠지만.

남은 시간 동안, 우리는 드미 쁠리에와 그랑 쁠리에를 오갔다. 한번도 느껴보지 못한 고통이 허벅지에 느껴졌다.

다음 날, 우리는 체육 시간 내내 모래를 뒤졌다. 이튼스쿨을 지향하는 신설 학교는 여전히 공사 중이었고, 일손이 부족한 모양이었다. 운동장의 모래를 뒤져서 모래가 아닌 걸 골라내라고 체육이 말했다. 조회대에서 하얀 추리닝 차림으로 있었던 그 남자는 솔선수범하며 모래를 뒤졌다. 돌멩이라고 하기에는 너무 큰 돌들과 유리나 못 같은 것도 나왔다. 골라내고 또 골라내도 자꾸 나왔다. 나는 모래를 뒤지는 일에는 별로 불만이 없었다. 열을 내며 운동장을 뛰어다니는 일보다는 나았다.

나는 무용의 말 엉덩이 같은 뒤통수와 개구리를 생각했다. 쁠리에를 할 때도 무용은 개구리에 대해 말했다. 쁠리에를 깊이 할수록 높이 뛸 수 있다고. 구부리는 것은 뛰기 위해서라고. 구부리기에 가장 능한 게 개구리라고. 진짠지 아닌지는 중요하지 않았다. 마름모 꼴로 구부러진 개구리 다리를 생각하면 기분이 좋아졌으니까.

11.
연필꽂이의 쓸모

기숙사 사감이 남자애들을 좋아한다는 소문이 났다. 사감은 키가 크다면 남자로 보일 수도 있는 조건을 갖춘 여자였다. 근육질이었고, 머리털이 빳빳했다. 교장은 사감이 법대를 나와 사법고시를 준비하던 사람이라며, 이런 데 계시기에는 아까운 분이라고 했다.

짐작컨대, 사감은 추리닝을 입는 것도 사감 업무 중 하나라고 생각하는 것 같았다. 자주색 아니면 초록색 추리닝을 입었는데, 이 색들은 얼굴색이 안 좋은 사감의 얼굴을 있는 그대로 드러내는 데 탁월한 효과가 있었다. '아주 열심히 일하고 있습니다'라는 주장을 드러내기에도 좋았다.

그의 고지식함이 교장의 마음에 들었으리라 생각한다. 고지식한 사람은 부리기 좋을 뿐만 아니라 일도 열심히 하니까. 기숙사 사감에게 창의성은 필요 없으니까.

애들은 사감을 싫어했다. 음침하다거나 촌스럽다는 이유를 들었다. 나이가 얼만지 알 수 없기 때문이라고 말한 애도 있었다. 그게 사람을 싫어할 만한 이유가 되나? 그러나 말이 되고 되지 않고는 중요하지 않다. 이 세계에서는 우기는 사람이 이긴다. 효과적으로 우기기 위해서는, 목소리가 크거나 끈질겨야 한다. 나 같은 사람은 애초에 승산이 없는 것이다.

"남자애들을 한 명씩 자기 방으로 부른대."

아무도 듣는 사람이 없는데도 룸메이트는 목소리를 낮춰서 말했다.

"왜?"

"바둑 두자고. 음침하지?"

"혼자 못 두잖아."

"여자애를 부르면 되지."

"너 둘 줄 알아?"

"아니."

룸메이트의 말만 듣고 사감을 욕할 수는 없었다. 바둑을 좋아한다면 그럴 수 있을 것 같았다. 테니스를 아무리 잘 치는 사람이라도 상대 없이 혼자 칠 수는 없으니까.

나는 약해 보이는 사람한테 약했다. 약하면서 비굴하지 않은 사람.

사감은 그런 점에서 괜찮은 사람으로 보였다. 게다가 미구 씨에게 따로 부탁을 받았는지 사감은 내게 잘해줬다. 그래 봤자 이름을 불러준다거나, 새벽에 불을 켜놓은 걸 눈감아주는 정도였지만.

"그게 다가 아니야."

"또 뭐가?"

"바둑을 아주 못 둔대."

"못 둬도 둘 수 있는 거지. 좋아하나보지."

"그게 아니라니깐. 자기가 이길 때까지 잡아둔대."

"사감이 계속 진다고?"

"응. 웃기지 않니?"

"결국 마지막에 한 번은 이기는 거야?"

"그런가봐"라더니 이어서 말했다. "그러니까 못 두는 게 아니라는 거지."

"그러면?"

"일부러 지는 거라고. 그런 것 같지 않니?"

"나야 모르지."

나도 사감이 일부러 지는 걸 거라고 생각했다. 바둑 한 판을 두는데 얼마나 시간이 걸리는지 모르겠지만, 천천히 지는 것을 연습하는 사람이 있다. 왜 그래야 하는지는 모르겠지만. 룸메이트의 추측대로 남자애들을 잡아두기 위해 그러는 걸까?

사감은 추리닝을 입은 채로 기숙사의 불을 끄고 돌아다녔다. 아무도 없는 줄 알고 세면장의 불을 끈 적도 여러 번이었다. 애들은 꺅하고 소리를 질렀다. 마치 그가 불을 끄기를 기다렸다가 있는 힘을 다해 지르는 것처럼. 나는 그 소리가 정말 소름 끼치도록 싫었다. 놀이터에서 어린애들이 갑자기 빽 하고 소리를 지르는 것만큼이나 공포스러웠다. 나에게는 다년간의 훈련으로 획득한, 듣기 싫은 소리를 음소거하는 능력이 있었지만, 그런 유의 소리에는 속수무책이었다. 그런 소리는 다른 귀로 빠져나가지 못한다. 마치 귓속에 들어온 파리처럼 나갈 길을 찾지 못한다.

여자애들은 자신이 좋아하는 것이나 싫어하는 것에 대해 의사 표명을 하기 위해 이 세상에 태어난 사람처럼, 무언가에 대해 환호하거나 아니면 야유를 했다. 다른 경우의 수는 없었다. 전문적인 방청객이 되기 위해 태어난 아이들이었다. 이 아이들에게 부끄러움이란 없는 것처럼 보였다. 아줌마가 될 소질을 가지고 태어난 애들이었다. 게네를 보면서 나이가 어린 아줌마도 있을 수 있다는 것을 알았다. 아줌마 파마를 한다고 해서 아줌마가 되는 것은 아니다. 50대에 긴 생머리를 고수하고 있다고 아줌마스러움이 감춰지는 것이 아니듯이.

"꼴 보기 싫어 죽겠어. 추리닝을 없애버릴까? 입을 추리닝이 없다면 저 여자는 복도를 돌아다니지 못할 거야."

룸메이트가 말했다. 소름이 돋았다. 내 옷도 없애버릴 수 있는 애 같았다. 악의는 없지만 심심한 걸 못 견뎌 누군가를 미워하는 걸 동력으로 삼아 살아가는 애였다. 내 룸메이트가 유달리 나쁜 애는 아니었다. Y고등학교에 다니는 많은 애들이 내 룸메이트와 비슷했다.

사감은, 추리닝이 없다면 정말로 돌아다니지 않을지도 몰랐다. 사감이라면 마땅히 추리닝을 입어야 한다고 생각하는 것 같았으니까. 추리닝이 업무 의욕을 고취시키기라도 하듯 그것을 입은 그녀의 얼굴에는 충만함이, 혹은 유도 선수가 허리띠를 졸라맬 때의 결의 같은 것이 가득했다. 유도 선수와 다른 점은 목을 꽁꽁 싸맨다는 것이었다. 사감의 목은 늘 지퍼를 끝까지 올린 추리닝으로 가려져 있었다.

옛날 사람이었다. 답답하고, 착하고, 또 답답한. 애들은 사감에게 반항하는 자신의 모습을 즐기는 듯했다. 학교에서 억눌려 있던 것을 사감에게 풀었다. 사감은 무서운 척, 엄숙한 척하고 다녔지만 그게 척일 뿐이라는 걸 누구나 알 수 있을 만큼 연기가 어리숙했다. 연기자였다면 당장에 잘릴 만한 그런 연기.

나는 이런 약한 사람에게는 반항할 마음이 들지 않는다. 사감이 하는 말에는 어떤 변명도 하고 싶지 않았다. 왜냐하면, 엄숙한 척 얼굴을 바꾸는 것을 보고 싶지 않기 때문이다. 그런 모습을 보면 기분이 아주 나빠졌고 사감에게 바보 같은 짓 좀 그만하라며 화를 내고 싶었다.

내가 사감에게 화를 내기 전에 사감이 먼저 내게 화를 내는 일이 생겼다. 말하자면, 라면 때문이었다.

당시는 봉지 라면이 그야말로 대유행이었다. 라면 봉지 안에서 모든 것이 이루어졌기 때문에 간편했다. 라면 봉지 안에 스프를 뜯어 넣고 뜨거운 물을 넣고 기다리기만 하면 된다. 설거지 따위는 필요 없다. 덜어 먹을 그릇도 필요 없다. 라면 봉지가 냄비인 동시에 그릇이다. 처음에 이 라면을 먹었을 때의 맛을 잊지 못한다.

그러나 기다리는 건 지겨웠다. 정수기 물은 충분히 뜨겁지 않았다. 라면 끓이는 시간의 몇 배가 걸렸다. 환경호르몬도 걱정이었다.

"끓이는 게 아니라 불리는 거 같지 않니?"

"그래도 맛있잖아."

룸메이트는 언제나 단호했다. 자신의 의견을 결정하는 데 시간이 걸리지 않았고, 결정된 다음에는 그 의견을 큰 목소리로 주장했다.

"좋은 생각이 있어."

나는 캐비닛 안에 처박아두었던 사발만 한 도자기를 꺼냈다. 그 도자기는 Y고등학교 개교 기념품이었다. 연필꽂이라고 했지만, 그러기에는 쓸데없이 거대했다. 지름이 달걀 프라이보다 길 것 같았다. 게다가 조악한 당초무늬에 학교 이름까지 박혀 있었다. 그러니 캐비닛에 처박힌 건 이 연필꽂이의 예견된 운명이었다.

"네 것도 줘봐."

이 크고 무겁기만 한 두 개의 연필꽂이를 세면장에서 씻었다. 그러고는 그 하나에 라면과 스프를 넣고 뜨거운 물을 부었다. 다른 하나를 그 위에 뚜껑 삼아 덮고서 기다렸다. 오 분이 지났을 때 뚜껑을 열었다. 라면은 맛있을 게 분명한 모습을 하고 있었다.

"그럴듯하지?"

"그러게."

못마땅한 표정으로 라면을 시식하던 룸메이트의 표정이 바뀌었다.

"오오, 천잰데?"

룸메이트는 역시 단호했다. 봉지 라면에 대한 애호를 순식간에 저버렸다. 예상했던 것보다 훨씬 괜찮은 맛으로 연필꽂이는 보답했다.

"어쩜 이런 맛이 날 수 있지? 완전 신기해."

감탄이 이어졌다. 나도 우쭐해졌다. 끓인 것 같은 맛이 났다. 면발에 탄력이 살아 있었다.

"라면에서 탄력이란 게 이렇게 중요한 건지 몰랐어."

라면을 끓일 때는 안 먹을 것 같던 룸메이트는 끝까지 젓가락을 놓지 않았다. 심지어 연필꽂이 라면을 한 그릇 더 먹었다.

이 연필꽂이 라면은 일주일도 안 돼서 온 기숙사로 퍼졌다. 동편에서 서편으로, 그리고 남자 층으로도. 어딘가에 버려져 있던 연필꽂이들이 쓰이게 된 것이다.

내가 퍼트렸냐고? 나는 아무것도 하지 않았다. 라면을 광적으로 좋아하지도 않았고, 아무리 흉물스러워도 개교 기념품을 라면 그릇으로 쓰자고 대놓고 애들을 부추길 만큼 뻔뻔스럽지도 못했다. 그런 일은 조용히 할 때 재미가 있는 법이다. 나는 그저 그 못생긴 연필꽂이를 라면 익히는 데 사용할 생각을 했다는 것에 스스로 만족했을 뿐이다.

연필꽂이 라면을 전파시킨 것은 룸메이트였다.

문제는 세면장에서 발생했다. 세면장의 세면대에 연필꽂이들이 쌓이기 시작한 것이다. 물로만 슬쩍 헹궈내 파나 당근 같은 스프 건더기가 말라붙은 채로. 기숙사 청소부 아줌마는 설거지는 자기 일이 아니라고 생각했는지 그것들을 그대로 내버려뒀다. 세면대에 쌓이는 연필꽂이 양이 점점 많아졌다. 획기적인 열풍을 몰고 온 연필꽂이 라면의 인기가 시들해지면서 연필꽂이가 그런 식으로 버려진 것이다. 그리고 봉지 라면이 부활했다.

어느 날 그 광경을 교장이 봤다. 여자 세면장에 개교 기념품이 쓰레기로 전락해 쌓여 있는 것을. 마침 사감은 부재중이었다.

교장은 남자 세면장에서도 더러워진 연필꽂이들을 발견했다. 남자애들과 여자애들을 철벽으로 완벽하게 차단시키고 있다고 생각해왔던 교장은 충격에 빠졌다. 문물 교류가 있는 것으로 보아 철벽에 구멍이 생겼다고 판단했을 것이다.

기숙사로 돌아온 사감은 추리닝으로 갈아입기도 전에 교장의 호출을 받는다. 교장은 이런 식으로 말했을 것이다.

'이런 건 집단적인 학교 모독 행위입니다. 이 일을 모르고 계셨단 말입니까? 사감 선생님처럼 훌륭한 분께서?'

그리고 이렇게도.

'더 문제는 이 일이 여자 숙소와 남자 숙소에서 동시에 발생했다는 사실입니다. 우연적으로 그런 일이 발생할 수 있다고 생각하세요? 왔다 갔다 하는 거예요. 철문 관리에 소홀함이 없었다고 자신할 수 있으십니까?'

그 연필꽂이가 개교 기념품이 아니었다면, 거기 Y고등학교라는 이름이 새겨져 있지 않았다면 잔소리를 듣고 말 일이었다. 라면을 먹고 그릇을 치우지 않은 일에 불과했으니까.

반나절도 안 돼서 범인이 색출됐다. 룸메이트와 나는 사감실에 불려 갔다.

사감의 방에는 작은 책상과 의자 하나, 침대, 작은 차 테이블이 전부였다. 책상의 간이 책꽂이에는 '기숙사 일지'라는 인덱스가 붙은 노란 파일과 법전 한 권, 스님이 쓴 명상서 한 권이 있었다. 그게 다였다. 누군가와 둘이 앉아서 오랫동안 바둑을 둘 만한 곳으로 보이지 않았다.

사감이 의자에 앉더니, 우리에게는 침대에 앉으라고 했다. 여전히 추리닝 지퍼를 목까지 올린 채였다. 그녀는 우리를 밤낮으로 감시하는 대가로 고작 그런 곳에서 먹고 자고 하고 있었다. 친구의 일기장을 훔쳐본 기분이었다. 나는 고개를 들 수가 없었다.

"누가 시작한 거야?"
"하석이가요. 하석이가 개발했어요."
룸메이트가 나를 보더니 말했다. 나는 '개발'만 했을 뿐이다. 그 애는 이렇게 문제가 되도록 널리 전파한 게 자기라는 이야기는 하지 않았다.

사감은 한숨을 쉬더니 내게 물었다.
"정말이야?"
나는 고개를 끄덕였다. 룸메이트의 공로에 대해서는 말하지 않았다. 나는 고자질을 잘 못했다. 그런 걸 하고 있는 나를 견딜 수 없었기 때문이다. 고자질을 할 바에는 내가 잘못을 했다고 시인하는 게 나았다. 달랑거리는 추리닝 지퍼가 볼수록 거슬렸다. 수의에도 지퍼를 달아달라고 유언할 여자다. 사감에 대한 미안함이 커질수록 추리닝이 더 신경 쓰였다.

"꼭 거기에다가 해야 했니?"

좀 생각을 하고 나서 대답했다. "네"라고.

'아니요'라고 했다면 별 문제 없었겠지만 그렇게 대답할 수는 없었다. 연필꽂이로는 쓸모가 없었지만 라면 그릇으로서는 쓸모가 있어서 거기에 라면을 담은 것이다. 그러므로 꼭 거기에 해야 했던 것이다. 이런 문제에 대해서도 거짓말을 해야 하나.

"네?"

"네."

그렇게 묻는다면 이렇게 답할 수밖에 없는 것이다.

"뭐라고?"

사감은 다시 한숨을 쉬더니 말을 이었다.

"그럼 남자애들은 뭐야? 게네도 그런 행동을 한 걸 어떻게 설명할 거야?"

"남자애들도 그렇게 먹어요? 전 아는 애 없는데요."

룸메이트가 끼어들더니 말했다.

"너는?"

사감이 나를 보고 물었다. 뭐라고 해야 할지 알 수 없었다. 사감은 다시 물었다.

"하석이는? 아는 애 있어?"

"게네한테 물어보세요. 친하시잖아요."

어떻게 그런 말이 튀어나왔는지 모르겠다. 내가 가장 경멸하는 식의 이야기가 내 입에서 나와버린 것이다. 사감의 방에 들어오자마자 소문이 사실일 리 없다는 것을 확인했으면서도. 사감은 잠시 멍한 표정을 짓고 있었다. 내 말을 이해하지 못한 것처럼.

사감의 눈동자가 움직였다. 내 눈동자도. 사감이 내 뺨을 때렸다. 나도 놀라고, 룸메이트도 놀랐지만, 때린 사감이 제일 놀랐다. 아무 소리도 나지 않았다. 숨을 쉬는 것도 조심스러웠다.

눈물 같은 건 나지 않았다. 아프지도 않았고, 분하지도 않았으니까. 사감의 손바닥이 내 얼굴에 잠시 닿았던 것뿐이다. 비에 젖은 낙엽이 어쩌지 못하고 땅에 떨어지는 것처럼.

사감은 때린 게 아니라 맞은 듯한 얼굴을 하고 있었다. 내가 아무렇지 않아 보여 더 화가 난 얼굴을. 나는 화를 잘 내지 않는다. 그건, 힘들기도 하고 피곤한 일이니까. 큰 소리로 얘기하는 것보다 몇 갑절의 에너지가 드는 일이니까.

그런 일을 해봤자 내 손해다.

12.
물빛 서점

"솔직히 말해봐. 너한테 열쇠가 있다는 게 정말이냐?"

사감이 물었다. 힘없는 목소리로. 이 사건의 전모를 밝힐 의지가 있는 것 같지 않았다.

어떻게 알았지? 힘없는 기습 공격이었지만 내 눈빛은 흔들렸다. 그걸 사감은 보았을지도 모른다.

"방 열쇠요?"

일단 시침을 뗐다. 나는 다시 아주 차분해졌다. 역시 때린 쪽보다는 맞은 쪽 마음이 편한 것이다.

"아닌 거 알잖아."

"없는데요."

"뭔 줄 알고 없어?"

방심했다. '없는데요'가 아니라 '뭔데요?'라고 했어야 했다.

"무슨 말씀이신데요?"

"계속 그럴 거야?"

숨이 막혔다. 사감의 추리닝 지퍼를 내리고 싶었다. 그러면 더 이상 사감의 입에서 질문이 나오지 않을 것 같았다.

"비상계단 문 열쇠."

사감은 힘을 내서 말했다.

"그 문 열고 남자애를 만나러 나갔다며?"

"그런 거 아니에요."

"나간 거 맞잖아."

"네, 나가기는 했어요."

나는 당당했다. 잘못한 게 없었으니까.

"언제 나갔었어?"

룸메이트가 끼어들었다. 얘는 비밀이라는 게 뭔지 끝까지 모를 거다. 사람들이 그걸 왜 가지려 하는지도.

"열쇠는 누가 줬니?"

"몰라요."

정말 나도 알고 싶었다. 누군가가 열쇠를 흘리고 간 것이다. 그것은 비상계단으로 통하는 층계참에 떨어져 있었다.

사실 문은 열려 있었다. 그날은 말이다. 그래서 주운 열쇠를 사용할 필요가 없었다. 문고리를 오른쪽으로 비틀어보니 어떤 저항도 없이 돌아가서, 나는 잠시 숨을 멈췄다가 다시 그것을 돌렸을 뿐이다.

그러나 나는 사감한테 그 사실을 말하지 않았다. 그 사실을 밝히면 모든 책임이 사감에게 돌아가니까. 기숙사의 일부 문들을 잠그는 것은 사감의 의무니까.

사감이 말하는 '비상계단'이란 2층과 3층을 오가는 계단을 말했다. 남자 숙사와 여자 숙사를 오가는 계단이다. 계단은 오가기 위해 만들어진 것이지만, 이 기숙사에서는 달랐다. 그곳은 아무도 가지 말아야 할 공간이었다. 7반과 6반 사이의 잠겨 있는 철문처럼. 철문에는 쇠사슬이 감겨 있었지만, 기숙사의 남자 층과 여자 층을 오가는 문에는 아무것도 없었다.

층계참에는 동그란 창문이 있었다. 컴퍼스를 대고 그린 것처럼 반듯한 원이었다. 원의 배꼽을 가로선과 세로선이 가로지르고 있어서 네 개의 색을 들이지 않은 단무지가 모서리를 맞대고 있는 것처럼 보였다.

그 창문은 열리지는 않았지만, 거기서 테니스장이 보였다. 처음 그 창문 앞에 섰을 때, 남자애들이 테니스를 치고 있었다. 방음이 꽤 잘되는지 공이 라켓을 치는 소리는 들리지 않았다. 그때 그 애들인지는 알 수 없었다. 시력이 나빠서 노란 공이 이편에서 저편으로 날아다니는 것도 눈을 가늘게 모아야만 보였다. 그래도 로열석을 획득한 기분이었다. 그 애들에게 들킬까봐 신경 쓰지 않아도 되기 때문이었다. 나는 귀머거리가 된 심정으로 그 애들의 테니스를 오래도록 지켜보았다.

나는 이런 말을 하지 않았다. 하고 싶지도 않았다. 아무도 믿어주지 않을 테니까. 테니스 치는 걸 보려고 비상계단 문을 열고 나갔던 거라고? 네. 테니스 잘 치니? 아니요. 이런 대화를 할 수는 없으니까.

거짓말을 좋아하게 된 건 이런 이유에서다. 진심을 말하는 것보다 거짓을 말하는 편이 낫다. 상대방을 위해서라기보다는 나를 위해서. 이상한 말을 하고 있다는 식으로 보는 눈에 나를 유기(遺棄)하고 싶지 않으니까. 나는 자존감이 강해서 누가 뭐라고 해도 화가 나지 않는데, 처음부터 그런 건 아니었다. 화가 나지 않은 척하는 훈련을 거듭한 결과다. 화를 내는 것은, 다른 사람들이 한 잘못을 자신에게 보복하는 것이라고 생각했기 때문이다. 바보처럼.

훈련은 별 게 아니다. 듣고 싶지 않은 말을 내 달팽이관을 미끄럼틀 삼아 반대편 귀로 흘려보내는 것이다. 이 훈련이 성과를 거둘수록 내 성적은 떨어져갔다.

죽음을 생각하게 된 것도 이곳에서는 나를 믿어줄 사람이 없을 것 같아서였다. 저세상이 이 세상보다 사람이 훨씬 많다. 이 세상 사람 수는 저세상 사람 수에 비한다면 보잘것없다. 그렇게 많은 사람 중에서 나를 이해할 만한 사람이 없을 리가 없다. 확률적으로. 그러나 그와 꼭 만날 수 있다는 보장은 없다. 그곳에 많고 많은 사람들의 사연을 분류해 잘 맞을 것 같은 사람들끼리 만나게 해주는 부서가 있다 하더라도, 내 차례가 언제 올지는 알 수 없다. 만난다 하더라도 말이 통할까? 각각 다른 언어를 쓰는 수백 개 나라에서 온 사람들은 그곳에서 어떻게 의사소통을 할까? 통역사가 따로 있을까? 바벨탑은 오래전에 무너져버렸는데.

그래도 눈으로 확인하고 싶다. 다른 세상은 어떨지 궁금하다. 그곳에서는 거짓말을 진심처럼 하지 않아도 되지 않을까? 낙관하지는 않는다. 그곳도 사람이 사는 곳이니까(그곳 사람들이 죽은 사람이라 불리는 건 이 세상에서다). 따라서 그곳에는 공해와 소음과 살인과 치정과 배신과 음모와 노략질과 몰이해와 편견과 불신이 없다고 보장할 수는 없다. 그곳도 사람이 사는 곳이니까.

가끔이지만 내가 수학을 모르는 사람이라는 게 아쉬울 때가 있다. 수학만이 자연의 이치를 명쾌하게 설명하는 학문이라는 말을 들으면. 이를테면, 피보나치 수열이라든가, 1부터 100까지의 수를 모두 더하는 문제 같은 것들을 보면 정말 그럴지도 모른다는 생각이 든다. 1부터 100까지 죄다 더하면 얼마가 되느냐는 문제가 나왔을 때 나는 단번에 알았다. 서로의 짝을 맞추면 된다는 것을. 수박의 짝은 수박 그물, 장미의 짝은 가시, 신호등의 짝은 횡단보도, 이런 식으로 짝을 맞추면 문제가 쉽게 풀린다는 것을.

$$1+2+3+\cdots\cdots+98+99+100 =$$

1의 짝은 100, 2의 짝은 99, 3의 짝은 98이며, 짝의 합은 101. 모두 50개의 쌍이 만들어진다. 101×50이 된다. 이렇게 간단한 문제는 없다고 생각했다. 어떻게 그런 일이 있었는지 모르겠지만, 어렸을 때 나는 수학 영재였다. 몇 번의 기적으로 수학 영재가 된 것이다. 지금 생각하면 다른 애들보다 문제의 속마음을 알아차리는 데 능했기 때문이 아닐까 한다.

1의 짝이 100이고, 2의 짝이 99이고, 3의 짝이 98이듯, 나의 짝도 어딘가에 있을 거라는 희망이, 그때만 해도 있었다. 지금은 잘 모르겠다. 세계란 1부터 100까지로만 되어 있지 않았고, 4와 99는 이미 죽었을 수도 있고, 100보다 얼마나 더 큰 수까지 이어져 있는지 알 수 없는 무한이다. 무한은 암흑. 눈을 떠도 보이지 않는다. 눈을 감는다면? 그래도 보이지 않는다.

남자애들은 이미 비상계단으로 통하는 층계참을 아지트로 삼고 있었다. 분했다. Y고등학교에서 담배를 피우기에 그보다 더 좋은 장소는 없어 보였다. 꽤 오랫동안 담배를 피워왔던 냄새가 났다. 하지만 담배꽁초는 보이지 않았다. 겁이 많은 애들이었던 것이다. 이미 말했듯이 나는 담배를 피우지 않는다. 하지만 담배를 피우기 좋다고 생각되는 장소는 좋아했다.

그곳에는 뭐랄까, 어둠과 고요와 적당한 눅눅함이 있었다. 적당한 무질서와 적당한 더러움도. 잡동사니를 널어놓은 내 방 같은 친근함이 있었다. 한마디로 아늑했다.

이토록 좋은 곳을 이제야 알게 되다니. 스케이트보드와 자전거, 농구공 같은 게 널려 있었다. 널려 있는데도 묘하게 질서가 있었다. 그곳을 이용하는 애들이 나름대로 그곳을 아끼고 있다는 증거였다. 농구공 옆에 열쇠가 떨어져 있었다.

나는 그것을 남자애들이 여자애들한테 주는 선물이라고 생각했다. 여자 숙사와 남자 숙사의 공동 공간을 자기네만 쓰는 게 미안하기도 했을 것이다. 양심적인 애들이었다. 그래서 나도 보답으로 무언가를 두고 가기 시작했다. 그림엽서 한 장, 요구르트, 과자, 볼펜 같은 것들을. 그쪽에서도 보답이 왔다. 셔틀콕, 헬로키티 방석, 손수건 같은 것들이.

기숙사에는 갈 데가 없었다. 누군가와 방을 같이 쓴 적이 없던 나는 기숙사에 들어와서 알게 되었다. 혼자 있는 시간이 있어야 숨을 쉴 수 있다는 것을. 1층에 체력단련실이라는 데가 있었지만, 거의 잠겨 있었다. 사람에게는 혼자 있을 만한 시간이 필요하다. 절대적으로.

그런 나에게도 아지트라고 할 만한 곳이 생긴 것이다. 그렇다고 외출을 자제할 수는 없었다. 밖에도 아지트가 있었으니까.

내게 외출은 습관이자 취미였다. 외출증 발급은 간단했다. '교재 구입'이라거나 '병원'이라거나 '위생용품 구입' 같은 이유를 적으면 통과였다. 거의 '병원'이라고 적었다. 거짓말이 아니었다. 학교에만 있으면 머리가 아팠다. 겪어보지 않은 사람이라면 잘 모를 것이다. 편두통이라는 게 얼마나 무시무시한지. 딱따구리가 머리 한쪽만 쪼아대는 것 같았다. 딱따구리 녀석은 얼마나 재빠른지 잡으려고 하면 어디론가 사라졌고, 방심하고 있으면 다른 쪽에서 나타나 쪼아댔다.

나는 타이레놀만 먹었다. 큰 바위 얼굴들이 고통스러워하는 광고를 만든 회사이기 때문이다. 진통제를 만드는 다른 회사들 광고는 지루했다. 자기네 회사가 만든 진통제가 얼마나 빨리 효과를 나타내는지에 대해서만 떠들었다. 타이레놀 광고를 만든 회사만 두통의 고통을 이해한다고, 공감한다고 말하는 것 같았다. 진심인지 아닌지는 몰라도 이런 건 꽤 중요하다. 진심처럼 보이게 만드는 것 말이다. 네 명인지 다섯 명인지의 미국 위인 얼굴들이 인상을 찌푸리다가 타이레놀을 먹으면 잠잠해진다. 워싱턴과 제퍼슨, 링컨만 알아보았다. 미국을 건국하고, 영토를 넓히고, 흑인 노예를 해방시킨 대통령이라도 두통에는 별수 없다는 이 광고가 나는 좋았다.

그 바위산 이름이 러시모어라고 한다. 정말이지 멋진 이름이다. 계속(more)해서 돌격(rush)해대는 느낌. 영어치고는 운치 있다. 오래도록 인디언 땅이었다니 인디언 말을 영어식으로 바꾼 건지도 모르지만. 이 산이 휴화산이나 활화산이었다면 멋지다고는 생각하지 않았을 것이다. 러시모어는 화강암으로 된 산이다. 그러니까, 계속 돌격하는 화강암 산인 것이다. 나는 이 불가능에 도전하는 무모함이 기분 좋았다.

교문으로 향하는 출입구가 가까워지면 머리가 시원해지는 기분이 들었다. 타이레놀을 먹는 것보다 나을 때도 있었다. 기분이 아주 안 좋을 때는 담장에 올라가 밖으로 뛰어내렸다. 치맛자락이 넓게 펴지며 땅을 덮는 걸 보는 게 좋았다. 플레어스커트는 낙하산처럼 안전하게 펴졌다. 학교 담을 뛰어내려보지 않은 사람도 있을까? 당신이 고등학생이거나 중학생이라면 당장 해보라고 하고 싶다. 그건 정말이지 기분 좋다. 담장을 뛰어넘는 그 순간의 상쾌함이란.

걸린 적도 있다. 치마의 먼지를 털며 일어났을 때 생활지도 선생과 마주쳤다.

"일어나."

안 그래도 일어나는 참이었다. 번쩍거리는 하얀색 추리닝을 즐겨 입는 체육 선생이 몽둥이를 들고 있었다.

"외출증 끊어야지. 무단 외출이 벌점 몇 점인지 알지?"

이 학교에는 벌점이란 게 있었다. 지각, 조퇴, 무단 외출, 결석 등등에 벌점이 부과되었고 이게 쌓이면 유기정학 → 무기정학 → 퇴학이 되는 망할 시스템이었다. 학교를 그만두는 건 두렵지 않다. 한번 그랬는데 두 번이라고 못 할 게 없다. 미구 씨와 아빠만 없다면. 이 망할 벌점 제도의 문제는, 학생에게 벌점이 주어질 때마다 부모에게 통보하는 데 있었다.

이런 식의 지질한 협박은 정말이지 싫었다. 그래서 나는 벌점 같은 치사한 것에 농락당하지 않겠다고 결심했다.

"여기요."

나는 외출증을 내밀었다. 담임이 도장을 찍어준 정식 외출증이었다. 체육은 한참이나 들여다보았다. 반 장짜리 종이쪽지에 볼 만한 게 뭐가 있다고. 그는 이해하지 못하는 것 같았다. 외출증을 끊고서 담장을 넘는 심리를. 그러니 내가 만약 외출증이 없었더라면 절대 담장을 넘지 않았을 거라는 것도 알 리가 없었다.

144

학교를 벗어나면 머리가 갠다. 병원을 갈 필요가 없어진 나는 동네를 산책한다. 지어진 지 이십 년은 되었을, 5층짜리 아파트들과 아파트 주민들도 가지 않을 것 같은 낡은 상가 건물이 길 사이로 늘어서 있다. 사람들은 베란다에 자신들의 조각을 남겨놓고 어딘가에 숨어 있었다. 주황색 나일론 끈으로 된 빨랫줄에 빨래들이 매달려 있다. 베란다 문을 열어놓은 집의 빨래는 바람에 호응한다. 얼룩박이 고양이들은 하품을 하고, 경비는 모자를 비뚜로 쓴 채로 졸고 있다. 그 길을 걷다보면 마음이 노곤해졌다.

아지트는 '자유센타'라는 건물 안에 있다. 자유센타는 교회를 뺀다면 이 동네에서 가장 높은 건물이다. 마음을 더 써준다면, 빌딩이라고 불러도 될 만한 규모였다. 자유센타 앞은 초록색으로 '자유스포츠센타' 라고 쓰인 노란색 셔틀버스 두세 대쯤이 점령하고 있었다. 꽃집과 자전거 가게와 문방구가 있고 안으로 들어가면 1층에 과일 가게와 속옷과 양말을 함께 파는 가게와 화장품 가게 등이 있다. 그리고 물빛 서점. 사실 이때는 그렇게 부르지 않았다. 남들은 이곳을 '자유문고'라고 불렀다. 자유라든가 평화, 민주, 통일 같은 걸 대체 왜 건물이나 가게 이름으로 붙일까? 일본에도 '자유문고'라는 서점이 있을까? 그러니까 '지유가오카분코'라고 읽는.

평범한 서점이었다. 지하철역에 있는 서점보다 낫다고 하기 어렵다. 노끈도 안 푼 문제집과 참고서가 천장까지 쌓여 있다. 한쪽에 잡지 코너가 있었고, 소설과 시 같은 것들이 마구잡이로 섞여 있는 매대가 구석에 있었다. 이 서점이 좋은 것은, 아무리 시간을 죽이고 있어도 눈치 주는 사람이 없다는 점이었다. 나는 자유문고에 서서《좀머 씨 이야기》라든가《상실의 시대》,《천 년의 사랑》같은 걸 읽었다. 살 수도 있었지만, 그건 좋은 생각이 아닌 것 같았다. 사면 자유문고에서 시간을 보낼 이유가 없어지기 때문이었다.

이 서점을 아지트로 삼은 진짜 이유는 아직 말하지 않았다. 자유센타 지하에는 거대한 스포츠센터가 있었다. '물빛 서점'이라는 별칭에서 눈치챈 사람이 있을지도 모르지만, 그 스포츠센터 안에는 수영장이 있었다. 레인이 열 개가 넘는 꽤 큰 수영장이었다. 서점에 서서 소설책이나 시집 같은 걸 뒤적거리고 있으면 지하에서 물 냄새가 올라왔다. 락스가 섞인 물 냄새. 나는 락스 냄새는 끔찍했지만, 수영장에서 나는 미량의 락스가 함유된 물 냄새는 좋아했다. 그것도 아주.

이상한 일이었다. 락스 냄새는 싫어하면서 락스가 섞인 물 냄새는 좋은 것은.

수영장을 내려다보지 않아도 느낌이 왔다. 수영하는 사람이 얼마나 되는지. 내가 자유문고에 가는 건 주로 오후였기에 사람이 얼마 없었다. 수영장을 내려다봐도 눈이 안 좋아서 사람들이 수영을 얼마나 잘하는지는 알 수 없었다. 누군가가 물에 있다는 것, 그 사람이 앞으로 나아가고 있다는 것, 잠시 멈췄다는 것 정도만 알 수 있었다. 내가 다녔던 수영장처럼 귀여운 수영 강사가 있었다고 해도 나는 알아볼 수 없었을 것이다.

수영 강사에게 삐삐를 치고 싶었다. 하지만 삐삐를 친다 해도 나

에게는 받을 전화가 없었다. 사서함에 음성을 남기는 건 싫었다. 기
다리는 건 내 체질이 아니다.

13.
너구리 코트 혹은 사랑은 오류

여자애들은 왜 화장실을 같이 갈 수밖에 없는가?

나는 이 문제를 국민학생 시절부터 고민해왔다. 여자애들에게 '화장실 같이 갈래?'라는 건 '도시락 같이 먹을래?'라거나 '우리 집에 올래?'와 같은 말이다. 이런 얘기를 너무 많이 들어도 귀찮고, 듣지 않아도 문제가 된다. 그렇다는 걸 알게 되었다.

화장실을 같이 가는 행위에는 많은 것들이 포함된다. 일단 복도를 지나서 화장실에 가야 한다. 화장실 문을 열고 하나의 칸에 같이 들어간다. 비좁은 화장실 한편에서 친구의 오줌 소리를 들으면서서 있다가 친구가 볼일을 끝내면 교대한다. 그러면 다른 한 친구는 다시 오줌 소리를 듣는다. 어떻게 보면 공평하다고 할 수 있을지도 모르겠다.

운이 없을 때는, 생리대를 교환하는 것을 지켜봐야 한다. 요령껏 눈을 돌린다고 하더라도 생리대 바스락거리는 소리는 들릴 수밖에 없다. 쓴 생리대나 피 묻은 휴지를 우아하게 처리하는 법도 모른다. 돌돌 말아주기만 해도 다행이다.

그러고는 밖으로 나와 함께 교실로 돌아가는 것이다. 진절머리가 나는 일이다.

언젠가부터 화장실에 같이 가자고 하는 애들이 사라져버렸다. 갑자기 애들의 의식구조가 획기적으로 바뀐 건 아니었고, 나한테만 그랬다. 그 사실을 깨달았을 때, 애들은 나를 보면서 쑥덕거리고 있었다. 화장실 안에 있을 때는 아무 문제가 아니었지만, 오고 가는 길에 애들이 나를 쳐다봤다. 여자 교실 복도를 혼자 다니는 애들에게 보내는 눈길에 나는 아무렇지 않은 척했다. 그런 일엔 익숙했으니까.

나는 혼자서 복도를 걸어 다녔고, 그 먼 길을 지나서 화장실에 갔다. 뒤통수가 따가웠다. 하지만 식당에 같이 가자는 애들은 있었고, 말을 걸면 대답이 돌아오기는 했다. 이전에 비해서 답이 묘하게 짧아진 것 같았지만.

나는 묻고 싶었다. 내가 무엇을 잘못했는지. 하지만 그럴 수 없었다. 누구에게 물어야 하는지 몰랐으니까.

룸메이트와의 관계도 예전 같지 않았다. 룸메이트가 끊임없이 질문하고 내가 대답하는 식이었는데, 언제부턴가 내가 묻고 있었다. 그러면 그 애는 간단하게 대답했다.

내가 그 애한테 얘기하지 않은 것들 때문일까? 아니면 트렁크 안에 있는 것들을 보여주지 않아서? 말없이 2층으로 통하는 비상계단을 오가서? 아니면 자기편을 들어주지 않아서? 자기가 준 편지를 버렸다는 걸 알게 되어서 그런지도 몰랐다. 편지라기보다는 쪽지라고 해야겠지만.

그 애는 언제부턴가 내게 색색의 펜으로 쓴 쪽지를 보내곤 했는데 자기 이름을 밝히지 않았다. 별다른 내용은 없었다. 그것들이 넘쳐날 지경이 되어버렸을 때 마침 그 애가 내 쓰레기통을 보게 되었다. 미안하기는 했지만 사과할 수도 없었다. 그러면 그 쪽지들을 그애가 보냈음을 알고 있었다는 걸 시인하는 꼴이 되니까.

언제부턴가 그 애는 나를 보면서 묘한 웃음을 짓곤 했다. 의미하는 게 있는 웃음이었다. 내가 모르는 걸 자기는 알고 있다는 뜻 같기도 했고, 네가 비밀로 하는 게 뭔지 안다는 뜻 같기도 했다. 그리고 어색해 보였다. 말을 하고 싶은데 애써 참는 티가 났다.

"너 왜 그렇게 웃어?"

참다 참다 물었다. 제대로 된 대답이 돌아오지 않을 걸 알면서도 물을 수밖에 없었다. 질문이란 꼭 대답을 바라고 하는 것이 아니다.

"내가 내 마음대로 못 웃어? 너한테 허락 맞고 웃어야 하는 거였어? 몰랐네."

"계속 그럴 거니?"

"내가 뭘?"

"내가 뭘, 이라고 말할 수밖에 없어? 몰라서 그래?"

"응. 내가 어떻게 웃는데?"

150

나는 맥이 풀려서 더 말하고 싶지 않았다. 룸메이트는 나를 빤히 보다가 말했다. "기분 나빠." 그리고 이어서 말했다. "뭔가 너만 알고 있는 게 있다고 과시하고 있잖아. 나는 좋아하는 애 얘기도 해줬는데……."

억울했다. 나는 궁금하다고 한 적이 없다. 그 애가 자신 안에 있는 흥분을 식히기 위해서 말할 누군가가 필요했던 것이고, 운 나쁘게도 그 누군가가 내가 되었던 것뿐이다. 룸메이트가 좋아하는 애는 묘한 소문이 있는 애였다. 누군가는 도벽이 있다고 했고, 누군가는 타락한 애라고 했다. 룸메이트는 둘 다 믿을 수 없다고 했다. 누군가가 흠집을 내기 위해서 그런 말을 만들었다는 거다.

한번은 요상한 걸 목격한 적이 있었다. 그 남자애가 자를 들고 화장실에 들어가는 걸 봤던 것이다. 팔을 부자연스럽게 몸에 붙이고 걸었기 때문에 단연 눈에 띄었다. 그 애는 셔츠 안에 자를 넣은 채로 자 끝을 간신히 잡고 있었다. 나도 자와 각도기로 별별 걸 다 재는 사람이었기 때문에, 그 애가 뭘 하려는 건지 알 수 있었다. 그 애에 대한 룸메이트의 숭고한 마음을 지켜주기 위해, 나는 자제심을 발휘해 그 재미있는 일을 전하지 않았다.

"나는 그러면 안 돼?"

룸메이트가 불만이라는 듯 말했다.

"무슨 말이 그래? 내가 그런단 거야?"

"너는 항상 그러잖아. 너만 알고 있는 듯, 다른 사람이 있건 말건 혼자 웃고 있잖아. 뭐냐고 물으면 웃는 걸로 때우잖아. 다시 물으면 다른 생각했다고 하고." 그러고는 쐐기를 박았다. "너는 거짓말을 하잖아. 거짓말쟁이잖아. 그래서 널 믿을 수 없어."

나는 얼굴이 붉어졌다.

내가 거짓말쟁이라고? 거짓말을 좋아한다고 해서 거짓말쟁이인 것은 아니다. 나는 기분이 상해버렸다. 거짓말쟁이라는 말속에 있는 '거짓말'에는 고상함 같은 건 전혀 없으니까.

'쟁이'라는 단어는 모욕적이다. 협잡꾼, 야바위꾼, 거간꾼 같은 단어에 붙은 '꾼'만큼이나. 꾼이 붙어버리면 단어는 저속해지고 마는 것이다. 《어린왕자》에 나오는 인물 중에 내가 유일하게 싫어하는 사람도 주정꾼이다. 말하는 게 마음에 안 들기도 하지만, 주정꾼이라는 이름 덕이 크다. 꾼이 들어가버리면 다 우스워지고 마는 것이다. 미원이 들어간 음식이 느끼해지는 것만큼이나 필연적인 일이다. 야경꾼 같은 단어는 예외지만. '방범·방화 등을 목적으로 야경(夜警)을 도는 사람'이 야경꾼의 사전적 의미지만 내게 야경꾼은 야경(夜景)을 좋아하는 사람, 그래서 밤에만 걷는 사람이다. 그러니까 밤의 산책꾼이다.

누군가가 나를 고용해준다면, '밤의 산책꾼'을 직업으로 삼아도 나쁘지 않을 것 같다. 나는 물론 산책을 좋아하고 밤에 하는 산책은 더 좋아하지만, 매일 하지는 않는다. 누군가가 돈을 준다면, 의무감과 책임감을 가지고 매일 밤 산책을 할 수 있을 것이다. 밤을 아름답게 하는 것들과 아름답지 못하게 하는 것들을 채집하고, 분류하면서. 그러니까 밤의 아름다움에 대해 연구하는 사람이 될 것이다.

그런 일에 골몰하면 죽고 싶다는 생각도 사라질까? 저세상에는 어쩐지 밤은 없을 것 같다. 늘 환하고, 밝고, 빛날 것 같다. 내가 그런 세상을 신뢰할 수 있을까? 사람에겐 그림자가 있어야 하고, 낮에게는 밤이 있어야 하는데. 아마 별도 보이지 않을 것이다. 별이란 어두워야 보인다.

내가 거짓말을 좋아하는 것도 아름다움 때문이다. 있는 그대로 말하는 것은 아름다움과 거리가 멀다. 나는 미적 수준이 높은 사람이라서 아름다움에 민감할 수밖에 없다.

어쨌든, 나는 룸메이트한테 거짓말 같은 건 한 적이 없었다. 이슬람교를 믿는다고 했던 것 말고는. 그건 나를 지키기 위해 어쩔 수 없이 한 말이었다. 뭔가에 대해 이야기하지 않는 것을 거짓말이라고 할 수 있나?

"내 머릿속에 있는 말들을 죄다 끄집어내서 너한테 일일이 알려 줘야 하는 거야? 그건 너무 이상하지 않아?"

그렇게 말하고는 나는 한숨을 쉬었다.

올가미에 걸린 것이다. 피장파장의 오류와 우물에 독 풀기의 오류가 함께 있는 올가미에. 그래서 픽 웃어버렸다. 그런 오류가 나오는 맥스 슐먼의 단편 〈너구리 코트〉가 생각나서.

"이거 이거, 이런 웃음 말야"라면서 룸메이트는 내 입을 향해 손가락질했다. "정말 기분 나쁘거든."

룸메이트는 바르르 떨었다.

이 애한테 〈너구리 코트〉를 이해시킬 수 있을까? 남자 주인공이

폴리 에스피에게 그랬던 것처럼, 생각하는 법을 가르칠 수 있을까?

〈너구리 코트〉에 대해 이야기할 사람이 내게는 없었다.

교장의 훈화가 얼마나 바보 같은지 말할 사람이 내게는 없었다.

순결 사탕이 얼마나 거지 같은지 이야기할 사람이 내게는 없었다.

나는 소설을 20대가 쓴 소설과 그렇지 않은 소설로 분류했다. 20대가 쓴 소설은 대개 읽을 만하지 않다. 무지막지하게 햄버거를 덮고 있는 머스터드와 케첩만큼이나 과잉된 자의식이 뿌려져 있기 때문이다. 그럼에도 불구하고 빛나는 소설이 있기는 하다. 그런 작가들은 자신들이 20대라는 것을 의식하면서 30대가 되면 인생이 끝날 것처럼 바들바들 떨지 않는다. 청춘이니 빛이니 꿈이니 하는 낯 뜨거운 말들을 쓰지 않는다. 그런 말들이 얼마나 촌스러운지 알 정도의 감각이 있다. 이를테면, 〈너구리 코트〉가 그런 감각 있는 소설이다. 원제는 'Love is fallacy'다. 철없고 귀여운 데가 있는 20대만 쓸 수 있는 소설이라고 생각했는데, 이 소설이 출간된 시기를 확인하니 작가가 30대 초반일 때였다.

이걸 어떻게 설명한담? 어쨌거나 이 소설은 깜찍하다.

이 소설에도 멍청한 룸메이트가 나온다. 피티인지 퍼티인지가 이

154

름이다. 얘가 너구리 코트를 갖고 싶어서 안달이 나는 것으로 이야기는 시작된다. 너구리 코트가 유행했던 것이다. 퍽이나 오래된 소설이라는 것을 알 수 있다. 진짜로 너구리 코트라는 게 유행했던 적이 있을까? 닭 털로 만든 목도리가 유행했다는 것만큼이나 황당하다. 알 수 없다. 유행이란 어처구니가 없는 것이다.

어쨌든, 남자 주인공은 아름답지만 지적이지는 않은 여자를 똑똑하게 만들기로 한다. 폴리라는 여자다. 폴리가 무슨 말을 할 때마다 지적한다. 남자가 보기에 여자는 오류투성이기 때문이다. "우연의 오류에 대해 알아볼까"라거나 "성급한 일반화의 오류에 대해 잘 들어봐"라며 그녀를 교화한다. 속이 터지는 걸 참고 말이다. 폴리가 예쁘니까 그럴 수 있다.

예쁜 여자를 좋아하는 것은 나도 남자 주인공 못지않다. 그렇기 때문에 내가 룸메이트를 잡고 이것저것 대화를 시도하는 장면이 잘 그려지지 않았다. 그 애는 오래도록 쳐다볼 만한 얼굴이 아니었다.

폴리는 그야말로 청출어람이어서 남자 주인공한테 배운 오류들로 남자를 골탕 먹인다. 이 소설의 대미를 장식하는 게 바로 '우물에 독 풀기'다. 다 알지 않나? 우물에 독을 타면 아무도 물을 먹을 수 없게 된다. 내가 '거짓말쟁이라서 믿을 수 없다'면 나는 아무 말도 할 수 없게 된다. '최하석 = 거짓말쟁이 = 그러니 믿을 수 없음'이라는 공식이 성립되기 때문에. '아니야, 나는 거짓말쟁이가 아니야'라고 해도 거짓말이고 '그래, 나는 거짓말쟁이야'라고 해도 진실이 아니다. 그러므로 나는 아무 말도 할 수 없게 돼버리는 것이다.

나는 길게 한숨을 쉬었다. 그리고 룸메이트에게 물었다.

"너, 그래서, 나, 기분, 나쁘라고, 나를, 따라, 한, 거야? 내가 너한테 한 것을 흉내 내서 한번 당해보라고? 그런 거야?"

나는 이해력이 떨어지는 룸메이트를 위해서 어린아이에게 설명하듯 차근차근 말했다.

"꼭 그런 것만은 아니야."

"그러면?"

"말하고 싶지 않아."

"듣고 싶은데?"

나는 룸메이트를 바라보고 있었다. 그 애의 입술이 벌어질까 궁금해하면서. 룸메이트는 세차게 고개를 저었다.

"듣고 싶은데?"

나는 다시 말했다.

그래도 아무 말이 없어 "그럼 어쩔 수 없지" 하고 한발 물러났다. 하지만 그 애가 뭐라고 말하고 싶은지는 계속 궁금했다.

"너처럼 말하면 어떤 기분일지 궁금했어."

드디어 나온 룸메이트의 말에, 나는 웃어버렸다. 그리고 다행이라는 생각이 들었다. 이 애도 다른 애들처럼 나를 무시하기로 한 게 아닐까 생각했기 때문이다.

"이럴까봐 내가 얘기 안 한다고 한 거야."

"미안."

미안했다. 어쨌든, 이 애는 아직은 나를 무시하지 않고 있으니까.

"또 웃네. 웃지 마. 기분 나빠."

"그래, 미안."

그래도 웃음이 나왔다.

그러니까 얘는 나를 닮고 싶었던 것이다. 누군가가 나를 닮고 싶어 하는 건 기분 좋은 일이다. 내가 아무리 냉랭한 사람이어도 이런 일이 생기면 몸이 따뜻해지는 기분이다. 중심에서 시작된 열기가 온몸으로 퍼지면서 손끝과 발끝이 저릿저릿해진다.

어쩔 수 없다. 나는 이 못생기고 촌스러운 아이가, 아줌마 같은 아이가 좋아졌다. 그리고 내가 아줌마스러움에 대해 오해하고 있을지도 모른다는 생각이 들었다.

나는 룸메이트를 보면서 나이가 든다고 아줌마가 되는 게 아니라고, 애초부터 아줌마로 태어나는 사람이 있다고 생각했었다. 그러니까 남을 의식하고, 유행에 민감하고, 남이 갖는 건 자기도 가져야 하고, 늘 다수의 의견에 따르려고 하는 취향이나 성향을 타고난 사람이 '아줌마'라고.

그런데 내가 잘못 생각했을지도 모른다는 생각이 들었다.

얘네 부모는 분명히 좋은 사람일 것이다. 달콤하지만 흠이 있는 과일을 사서 돈을 절약할 것이고, 타인의 불행에 슬퍼하면서 동시에 자신들의 안위를 다행으로 여길 것이며, 성공하려면 공부를 열심히 하는 수밖에 없다고 생각할 것이다. 미구 씨와 아빠가 그러는 것처럼. 그리고 자신의 딸을 지극히 사랑할 것이다. 부족함이 많은 저 애를.

미구 씨와 아빠도 나를 사랑할까? 얼마나 사랑할까?

끝까지 피하고 싶은 두려운 질문이었지만 할 수밖에 없었다. 같이 있으면 어색한 사람들이 서로를 사랑한다고 할 수 있을까? 나는 그들에게 마음 놓고 어리광을 부려본 적이 없다. 뭔가가 그럴 수 없게 만들었다. 미구 씨와 아빠는 내게 한 번도 큰 소리를 친 적이 없었는데 나는 그게 이상했다. 그들이 나를 조심스러워하는 만큼, 나도 그랬다. 사랑하지 않는 건 아니었지만 그렇다고 사랑하는 것도 아니었다. 나는 사랑이 뭔지 몰랐지만, 그렇다고 사랑이 아닌 것을 사랑으로 오해할 정도로 분별이 없지는 않았다.

나는 미구 씨와 아빠에 대해 생각했다. 이 말은 중요하다. 그들은 내가 의식적으로 생각하지 않으면 저절로 생각나지 않는 사람들이었기 때문이다. 반면 영재 씨는 생각하지 않아도 생각나는 사람이었다.

영재 씨는 지금 무얼 하고 있을까?

마침 집에 가야 할 때였다. 미구 씨 전시회도 있고 언니의 기일도 돌아왔기 때문이다.

"있잖아"라고 말하며 룸메이트를 보았다.

"아니다"라고 다시 말했다. 그 일에 대해서는 어떻게 물어봐야 할지 몰라서.

"애들 때문에 그래?"

"응."

"너도 그런 걸 신경 써?"

이 애가 이런 말을 할 줄 아는 애였나.

"나는 안 믿어."

"뭐를?"

"네가 밤마다 계단에서 남자애를 만난다는 말. 그리고 네가 이전에 다녔던 학교에서 남자애랑 문제를 일으켰다는 소문도."

룸메이트는 내 눈치를 보면서 말했다.

그러니까 내 짐작이 맞았다. 애들은 나를 작정하고 따돌렸던 것이다. 따돌림을 처음 당한 건 아니었지만 그런 일은 여러 번 겪는다고 무덤덤해지지 않는다. 애들은 나한테 관심을 보이다가 내가 시큰둥해하면 나를 미워하고 무시하곤 했다. 그런 일이 반복되자 나는 내가 애들이 미워할 만큼 정말 형편없고 고약한 애일지도 모른다고, 그래서 미구 씨와 아빠도 나를 사랑할 이유를 찾지 못하는 건지 모른다고 생각하게 되었다.

"그건 진짜야."

"밤마다 남자애를 만난다고? 넌 나랑 같이 방에서 잤잖아?"

"그거 말고."

J고등학교에서의 일을 퍼뜨린 건 누굴까? 누구라도 상관없기는 하지만.

"남자애랑 정말 잤어?"

룸메이트의 얼굴이 붉어졌다.

"잤어. 하룻밤."

어쨌든 난 그 남자애의 팔을 베고 커튼을 덮고 교실에서 하룻밤을 보냈었다. 룸메이트의 짐작과는 차이가 있지만, 설명하고 싶지는 않았다.

"대단하다, 정말."

룸메이트는 진심으로 말하는 것 같았다.

14.
프로작과 7월의 쥴

프로작을 만난 것은 노르웨이의 숲에서였다.

정확히 말하면, '노르웨이의 숲을 좋아하세요?'라는 방에서였다. 집에 오자마자 컴퓨터 전원을 켜고 내 방 전화선을 빼내서 컴퓨터와 연결시키고는, 파란 화면에 'atdt 01410'이라는 의미를 알 수 없는 문자가 뜨기를 기다렸다. 숫자가 뜨면 전자음이 들렸다. 띠······띠띠띠띠······띠띠띠띠띠······이이이띠······잇. 나우누리에 오신 것을 환영합니다, 라는 말이 보이면 접속된 거였다.

파란색 화면 속에 있던 수많은 방들. 네모와 선으로 연결되던 방들.

새 학교 기숙사에 들어가기 전부터 나우누리에 접속하곤 했지만, 거기에 빠지지는 않았다. 여러 방들을 둘러봐도 내 흥미를 끌 만한 건 별로 없었기 때문이다. 영퀴방에 들어가서 영화 퀴즈를 내거나 풀면서 시간을 때우는 게 다였다. 영퀴방을 위한 문제은행 같은 게 있는지 사람들이 내는 문제는 많이 겹쳤다.

'당신이 아는 가장 긴 영화 제목은?'이라는 질문이 나오면 〈당신이 섹스에 대해 알고 싶어 하는 모든 것. 그러나 차마 물어보지 못했던 것들〉이라고 누군가가 타자를 치면, 또 다른 누군가가 〈닥터 스트레인지러브 혹은 : 나는 어찌하여 근심을 멈추고 폭탄을 사랑하게 되었는가〉라고 답하는 식이었다. 그러면 또 다른 사람들이 그 제목들의 글자 수를 셌다.

오타가 하나라도 있으면 정답으로 인정되지 않았다. '영화의 아버지는?'이라거나 '세계 최초의 유성 영화는?'이라거나 '우리나라 최초의 극장은?' 따위의 영화에 대한 흥미를 가로막는 지루한 질문들이 나오기 시작하면 나는 인사도 하지 않고 그 방을 빠져나오곤 했다.

****
노르웨이의 숲을 좋아하세요?
****

그날은 이런 제목의 방이 개설되어 있었다. 비틀즈의 노래가 아니라면 좋겠다고 생각했다. 〈미셸〉이니 〈헤이 주드〉니 〈옐로 서브마린〉이니 하는 노래들을 들어본 적은 있었지만, 나는 그 노래들에 대해 별로 할 말이 없었기 때문이다. 말을 하지 않고 듣기만 하는 것도 나름대로 좋았지만, 비틀즈 음악에 대한 이야기는 들어도 팔꿈치만큼의 흥미도 생기지 않을 것 같았다.

다행히 무라카미 하루키의 소설 방이었다. 내가 입장하자 아홉 명이 되었다. 여덟 명의 사람들은 《상실의 시대》 원제가 '노르웨이의 숲'이라며, 비틀즈의 노래와 하루키 소설의 연관 같은 걸 길게도 얘기하고 있었다. '상실의 시대'가 낫느냐 아니면 '노르웨이의 숲'이 낫느냐를 놓고도 의견이 오갔다. '노르웨이의 숲'이 좋다는 쪽으로 의견이 기울었을 때쯤, 가만히 있던 사람이 이야기를 시작했다.

이 소설은 다른 나라에서도 원제와 다른 제목으로 출간되었다고. 프랑스는 '불가능한 발라드', 독일은 '나오코의 미소', 이탈리아는 '도쿄 블루스'라고 했다. '상실의 시대'에 노래가 많이 나오기는 하지만, 그렇다고 '발라드'나 '블루스'라는 단어를 넣어 제목으로 붙이는 건 적절하지 않은 것 같았다. 나는 이런 의견을 말하지는 않았다.

토론의 열기가 식자 사람들은 말수가 적어졌지만 얼마나 이 소설을 좋아하는지, 이 소설이 얼마나 자기에게 의미가 있는지에 대한 이야기가 이어지고 있었다. 이렇게 진지해지는 건 아무래도 좀 그렇다. 나올까 말까 하고 있는데 갑자기 토론이 벌어졌다. 나오코냐 미도리냐 하는 문제를 놓고서.

한 사람만을 빼고 모두 나오코를 지지했다. 나는 인사만 해놓고 거의 잠수 중이었다. 사람들은 격론을 벌이고 있었다. 카멜 코트가 어울리는 여자는 흔치 않다거나 남자를 만만하게 보지 않는 일본 여자의 미덕이 있다거나 펠라치오를 그보다 멋지게 할 수는 없을 거라는 등의 이유를 들면서. '첫사랑이란 그런 것이다'라며 선불교적인 말을 한 사람도 있었다.

나오코를 지지하지 않은 유일한 사람이 바로 '프로작'이었다. 미도리가 왜 좋냐고 사람들은 프로작에게 물었다. '그냥 좋아요'라고 그는 답했다. 말이 안 통하는 사람들에게 말을 하고 싶지 않을 때, 나도 그렇게 말했다.

프로작은 내게 물었다. 그때까지 나는 거의 말을 하지 않고 있었다.

줄 님은 누구신가요?

저는 레이코.

'오'라는 글자와 함께 여덟 개가 넘는 느낌표들이 쏟아졌다. 하지만 아무도 이유를 묻지 않았다. 그랬더라도, 나는 프로작처럼 말하고 사람들의 야유를 샀을 것이다. 이전까지만 해도 나는 레이코에 대해 특별한 감정을 가져본 적이 없었다. 나오코냐 미도리냐 하는 문제를 놓고 생각해본 적도 없었다. 와타나베보다는 나가사와 선배가 낫다고 생각한 적은 있었지만. 그날의 정팅은 지지부진하게 끝이 났다.

나와 프로작은 둘이 채팅을 했다. 정팅이 끝나기 전에 프로작이 귓속말로 말했던 것이다. 나와 더 말을 하고 싶다고. 프로작이 방을 개설하고 나를 초대했다. 그가 하지 않았더라면, 내가 했을 것이다. 우리는 다른 사람들이 하는 것처럼, 나이나 사는 곳에 대해서는 서로 묻지 않았다. 짐작하고 있을 뿐이었다. 프로작은 남자고, 나는 여자라는 것을 서로 짐작하고 있었다.

* *

프로작 | 줄 님. 줄 님은 왜 줄 님인가요?

줄 | 《로미오와 줄리엣》을 따라 하는 거예요?

프로작 | 그 책에 그런 말이 나와요? 셰익스피어도 읽었어요?

줄 | 아니요. 그런 건 읽지 않아도 아는 거죠. 《제인 에어》도 그렇고
《로빈슨 크루소》도 그렇잖아요.

줄 | 그런 책을 읽는 사람은 없다고요.

줄 | "로미오 님, 당신은 왜 로미오 님인가요?"라고 줄리엣이 말하
잖아요. 가문끼리 원수잖아요.

프로작 | 저는 가문 따위 없습니다. 막돼먹은 집 자식이에요.

프로작 | 아, 왜 줄 님인지 안 말했어요!

줄 | 7월에 태어나서 줄이에요. 줄라이를 줄여서. 로빈슨 크루소가
프라이데이를 금요일에 만나서 프라이데이의 이름이 프라이데이가
된 것처럼.

줄 | 다른 달은 줄여도 이런 느낌이 나지 않아요. 어거스트나 노벰버
같은 건 줄이기도 애매하잖아요. 줄은 딱 떨어져요.

프로작 | 아아. 난 〈줄 앤 짐〉의 그 줄인 줄 알았어요. 그래서 내가
짐이었다면 좋았을 거라고 생각했어요.

프로작 | 우리 방의 이름을 '줄 앤 짐'이라고 하면 딱이잖아요. 딱
떨어지죠.

줄| 너무 작위적이지 않나요?

프로작| 역시 그럴까요? 그런데 줄 님이 스스로를 줄이라고 하는 건 이상하지 않나요?

줄| ?

프로작| 그런 이름은 만나는 사람이 붙여줘야 하는 게 아닐까요? 로빈슨 크루소가 프라이데이에게 그런 것처럼.

줄| 아무도 그렇게 안 불러주니까요.

줄| 저 그런데…… 갑자기 나갈 수도 있어요.

프로작| 화난 거예요?

줄| 아녜요. 진짜예요.

프로작| 진짜로 화났다고요?

줄| 화 안 났 어 요.

줄| 프로작 님은 왜 프로작 님이세요?

프로작| 약을 좋아해서요.

줄| ??

프로작| 프로작 몰라요?

프로작| 프로작은 약이에요. 우울증 약. 아주 예쁘게 생겼어요. 민트색과 하얀색으로 된 캡슐이에요.

줄| 어떤?

프로작| ?

줄| 어떤 하얀색이냐고요.

프로작| 뭐라고 해야 되지? 야광 느낌의 흰색은 아니에요.

줄| 음. 그럼 이불깃 같은 하얀색?

프로작| 그 색이 아니라고 하면 큰일 날 것 같네요. 그렇다고 하죠.

줄| 우울증?

프로작| 네.

줄| 죄송해요.

프로작| 우울증을 앓지 않는 사람도 있나요?

줄| 맞아요.

프로작| 농담이에요. 우울하지만 우울증은 아니에요.

프로작| 아마 나오코도 프로작을 먹었을 거예요. 그때 프로작이 있었다면. 이건 우울한 사람들을 행복하게 만들어주는 약이니까요. 1969년이던가요. 소설의 배경이?

줄| 나오코가 프로작을 먹었더라면 안 죽었을까요?

줄| 쓸데없는 가정이지만.

프로작| 그래서 가정이 좋아요…….

프로작| 나는 우울증 약에 의지하면 안 될 것 같은 여자는 싫어요. 그래서 나오코는 부담스러워요.

프로작| 그러면 나도 그 약을 먹고 싶을 것 같거든요.

줄| 단지 그뿐이에요?

프로작| 무슨?

줄| 미도리를 택한 이유가 미도리를 좋아해서가 아니라 나오코를 좋아하지 않기 때문에 어쩔 수 없이?

프로작| 하하.

> **프로작|** 줄 님. 누구 좋아해본 적 없죠?
>
> **줄|** …….
>
> **프로작|** 다 보여요.

＊＊＊

분했다. 적절한 말이 생각나지 않았던 것이다.

프로작이 ^^ 같은 이모티콘을 쓰지 않는 게 마음에 들었다. ^^가 싫어서는 아니었다. 프로작에게는 ^^가 어울리지 않았다. 그런 걸 쓰지 않더라도 웃고 있는 이 남자의 눈썹을 볼 수 있었다. 눈과 입은 보이지 않지만.

단호하게 부정했지만, 나는 사실 셰익스피어를 읽어버렸다. 셰익스피어를 읽었다고 말한다면, 어쩐지 지루한 사람이라는 인상을 줄 것 같았다. 하다못해 나는 《제인 에어》도 읽고 《로빈슨 크루소》도 읽은 사람이었다. 그것도 여러 번.

《제인 에어》는 교훈적인 데가 있어 그저 그랬지만, 《로빈슨 크루소》는 내가 아주 좋아하는 책 중 하나다. 그 책을 처음 읽기 시작했을 때 나는 깊고 깊은 늪으로 빨려 들어가는 것 같은 기분이 들었고, 그 기분은 시간이 지나도 사라지지 않았다. 내 발목과 종아리와 허벅지에는 그때 묻었던 진흙 냄새가 계속 남아 있었다. 하지만 이런 이야기는 하고 싶지 않았다.

우리는 다음 날 다시 만나기로 하고 헤어졌다. 접속한 지 네 시간이 더 지나 있었다. 별 이야기도 하지 않은 것 같은데. 미구 씨나 아

빠는 나를 부르지 않았다. 불이 꺼진 거실에는 커튼 자락만 날리고
있었다.

15.
나의 눈깔과 너의 눈깔

드디어 미구 씨 전시회 날이 왔다. 우리 셋이 옷을 차려입고 태평양 갤러리에 갈 날이. 나는 이날만을 기다려왔다. 그간 아빠도 미구씨도 나에게 아무런 말을 하지 않았기 때문이다. 집에 오면서 어떻게 이야기해야 할지 몇 번 예행연습을 했지만, 헛수고였다. 아무런 질문도 받지 못했던 것이다. 미구 씨와 아빠가 화가 난 건지 아닌 건지도 알 수 없었다.

아무것도 모르는 걸까? 그건 말이 안 된다. 내가 집에 오기 전에 나에 대한 소식이 먼저 왔을 것이다. 사감은 내가 일으킨 문제에 대해 이야기했을 것이다. 남자애들과 밤마다 만났다는 식으로 미구씨에게 이야기했을 것이다. 이번에는 혼날 각오를 하고 있었다. 그런데 미구 씨와 아빠는 아무런 말이 없다. 화가 난 것 같지 않아서 더 두려웠다. 무언가를 참고 있는 것 같았다. 그런 모습은 본 적이 없었다. 미구 씨의 전시회가 끝날 때까지 기다려야 하는 건가?

차라리 빨리 이야기해버렸으면 좋겠다고 생각했다. 별것도 아니니까. 테니스장에 대한 이야기를 납득시킬 자신은 없었지만. 집에 도착한 날 밤, 프로작과 이야기를 하면서도 귀는 거실 쪽을 향해 열어놓고 있었다.

집은 너무나 조용했다. 집에는 텔레비전이 있던 적도 없었고, 거실에서 음악을 듣는 사람도 없었지만 이렇게 조용했던 적은 없었다. 미구 씨나 아빠는 거실을 오갔고, 냉장고를 열었고, 소파에 앉았고, 화초에 물을 주기도 했다. 나는 내 방에 있었지만 발소리만으로도 그 모든 것을 알 수 있었다.

난이었다. 동양란. 아빠는 양란을 싫어했다. "징그러워." 의견 표현을 잘 안 하는 아빠가 무언가에 대해 그렇게 말하는 것은 드문 일이었다. 저렇게 살면 지루해져서 죽지 않을까 싶을 정도로 아빠는 지루하게 살았는데, 그런 아빠가 일다운 일을 하는 게 난을 돌보는 것이었다. 테라스에 내놓고 바람이나 공기를 난에 묻힌다. 그리고 다시 거실로 들어와 붓으로 난의 잎사귀를 턴다. 붓도 세 가지쯤 된다. 중간 붓, 가는 붓, 납작한 붓. 어쩔 때는 하얀 융으로 난을 닦기도 했다.

아빠는 이 일을 매일같이 반복했다. 꽃은 피지 않았다. 난은 자주 죽었다. 죽은 걸 인정하지 않고 어떻게든 살려보려고 애써도, 결국 새로운 난을 들여야 했다. 양란이었다면 죽지 않았을까? 어렸을 때 나는 아빠가 난을 죽이는 일을 한다고 생각했다. 정성스럽게 난을 죽이는 사람이라고.

그런가 하면 미구 씨는 비공식적으로 음악을 듣는 사람이었다. 미구 씨는 혼자가 되면 음악을 들었다. 그러다 나나 아빠가 들어오면 전축을 껐다. 배가 부르면 숟가락을 내려놓는 것처럼. 그러고는 작업실로 들어가는 것이다. 그런데 그 얼굴은 배부른 사람의 얼굴이 아니었다.

나는 이런 부모와 함께 자랐다. 아빠는 아빠 방에서, 미구 씨는 미구 씨 작업실에서, 나는 내 방에서 혼자 놀았다. 동생이나 언니가 있었다면 얼마나 끔찍했을까라고 생각하며 나는 혼자만의 시간을 즐겼다. 그래도 그날 밤엔 이건 아니라고, 날 혼자 내버려두는 건 뭔가 잘못됐다고 생각됐다.

잘못돼도 단단히 잘못된 것 같았다. 내가 한 일이 그렇게 문제가 있는 걸까? 엄밀히 말해, 난 아무것도 한 게 없었지만, 아무것도 한 게 없다고 증명할 수 없기 때문에 무언가를 한 사람이 되고 만 것이다.

프리뷰인데도 사람이 너무 많았다. 빨간 립스틱을 바른 미구 씨는 환하게 웃었다. 미구 씨의 그림은 집에서 많이 봤지만, 갤러리 벽에 걸린 것을 본 건 그때가 처음이었다. 하얀 벽에 걸려 있으니 다른 그림처럼 보였다. 얼마 안 돼서 작은 동그라미 모양의 빨간 스티커가 그림 옆에 붙었다.

"저거 뭐야?"라고 나는 용기를 내서 물었다. 정말 궁금했던 것은 아니다.

"팔린 거야."

미구 씨는 밝은 목소리로 말했지만, 나와 눈을 마주치지는 않았다.

처음 본 작품도 있었다. 미구 씨가 나와 아빠를 위해 차려주었던, 한 가지 색깔이나 한 가지 자음으로 통일한 식탁도 그녀의 작품이었다. 미구 씨는 자기가 차린 식탁을 사진으로 찍은 후, 그 사진에 있는 색들을 이용해 추상화를 그렸다. 나는 피식하고 웃음이 나왔다. 결국 우리를 위해 차린 게 아니라 자기 작품을 위해 차린 식탁이었던 것이다. 그래도 꽤 볼 만한 그림이었다. 미구 씨 말이 맞았다. 같은 하얀색도 미묘하게, 조금씩 달랐다. 그 색들이 캔버스에서 자신을 증명하고 있었다.

초록색 안경을 쓴 화가 같은 사람이 양팔을 들고서 다가왔다. 그 팔은 파도처럼 순식간에 나를 안았다. 나는 이 여자의 살에 파묻혀버렸다.

"얘구나?"

나를 안은 그 여자는 미구 씨에게 물었다.

"응. 닮았지?"

미구 씨의 목소리가 쓸쓸했다. 미구 씨와 이 여자는 그동안의 안부를 그런 식으로 물었다. 그들은 오랫동안 보지 않았던 것 같은데, 일주일 만에 본 사이처럼 거리감이 없었다.

"똑같다, 어쩜."

"그치?"

"너랑 똑같아."

"나랑?"

미구 씨는 믿기지 않는다는 목소리로 되물었다.

"고등학교 때 너랑 똑같아. 앨 보니 나도 고등학생으로 돌아간 것 같아."

여자는 최소한 미구 씨가 고등학교 때부터 알던 사람임이 드러났다. 나는 여자에게 고개를 최대한 숙여 공손히 인사했다.

이상했다. 미구 씨에게 아는 사람이 그렇게나 많다는 것, 그 사람들이 모두 나를 안다는 것, 그리고 그들이 초록색 안경 여자와 마찬가지로 나를, 그리고 미구 씨를 대견스럽게 여긴다는 것이. 나는 점점 기분이 나빠졌다. 아빠의 얼굴도 어두워졌다. 미구 씨는 필사적으로 눈물을 참고 있었다. 갤러리가 아니었다면, 미구 씨는 절대 눈물을 참지 못했을 것이다.

밤 10시에 프로작을 만났다. 누군가와 이야기하고 싶은 기분이 아니었지만, 프로작을 낙심시키고 싶지 않았다.

* *

줄| 우울한 것과 우울증의 차이는 뭔데요?

프로작| 우울증이라면 프로작을 먹겠죠.

프로작| 왜요?

줄| 기분이 별로예요. 그런데 왜 별론지 모르겠어서 더 별로예요.

프로작| 나한테 프로작이 있어요.

줄| 왜요?

줄| 안 먹는다면서요?

프로작| 안 먹어요. 그냥 보고만 있는 거죠.

줄| 왜요?

프로작| 우리 정말 바보 같은 거 알아요? 계속 왜요? 왜요? 왜요?

프로작| 하하.

줄| 왜요?

프로작| 왜요?

프로작| 웃고 있죠?

줄| 왜요?

프로작| 왜요는 이제 그만. 웃었으면 됐어요.

줄| 대답 안 했어요.

프로작| ?

줄| 왜 갖고 있는지.

프로작| 예뻐서요.

프로작| 정말 예뻐요.

프로작| 왜 레이코예요?

줄| 주름살 가득한 얼굴을 구기면서 웃잖아요. 그게 좋아요.

줄| 그럼 미도리는요?

프로작| 말을 재밌게 하잖아요. 다음번에도 식후에 불구경을 준비
해놓을게. 이런 말을 하는 여자니까요.

줄| 그런 말을 했어요?

프로작| 옥상에서 불구경하면서 키스한 건 알죠?

줄| 그랬나?

줄| 미도린 별로.

줄| 기분 나빠.

프로작| ??

줄| 남자들의 이상형을 조합해서 만들어진 여자 같아요.

줄| 다리가 예쁘고. 예쁜 다리를 막 드러내는 짧은 치마를 입고. 또 착해요. 효녀인 데다가, 요리도 잘해. 심지어 용돈을 모아서 요리 책이랑 주방도구 같은 걸 사기도 하고.

줄| 말이나 돼요?

프로작| 그리고 서점 주인의 딸!

줄| 그게 결정적이죠.

줄| 남자들은 간호사. 사서. 서점 아르바이트생한테 약하지 않아요?

프로작| 난 간호사는 별로.

프로작| 예리하네요, 줄 님. 미도리가 서점 딸이라서 좋았던 걸까요?

줄| 다른 얘기해요.

프로작| 이를테면?

줄| 이를테면.

줄| 약국?

프로작| 약국?

줄| 프로작이라는 남자는 어떻게 프로작을 좋아하게 된 건가. 알 것 같아요. 시간을 거슬러 올라가면. 약국이 있는 거죠. 프로작은 미모의 약사가 있는 약국을 매일같이 지나다니며 생각해요. 저 여자는 왜 웃지 않는 걸까? 그러면서 약사 생각을 하면서 잠들고. 또 이런저런 거를 하는 거죠.

프로작| 이런저런 게 뭐예요?

줄| 상상하는 그것 말고 모든 것.

프로작| 계속해봐요.

줄| 그리고 생각해요. 저 여자의 하반신은 어떻게 생긴 걸까. 약국에서는 늘 상반신밖에는 볼 수가 없으니까. 그래서 하반신을 보기 위한 계획을 세우는 거예요.

프로작| 어떤?

줄| 약을 가지고 달아나기로 한 거예요. 그런데 프로작은 약에 대해서 모르기 때문에 기준이 없어요. 그래서 예쁜 약을 훔치기로 해요. 무작정. 바로 그 약이 프로작인 거예요.

프로작| 도주 계획은?

줄| 그거는 아직.

프로작| 약사의 하반신은 보나요?

줄| 보게 해드릴까요?

프로작| 제발요.

줄| 이 약사는 아래에는 파자마를 입고 있었어요. 분홍색과 하늘색 돼지가 그려진. 그래서 프로작은 실의에 빠지고.

프로작| 빠지고?

줄| 프로작이 남았다는 결말이에요.

줄| 시간이 흐르고. 프로작이라는 이름으로 PC통신을 하고 있는 거죠.

줄| 시간이 흘렀지만. 약사 여자를 잊은 건 아니에요. 하얀 가운을 입은 여자의 상반신을 볼 때면 흠칫 놀라거든요. 조건반사적으로.

프로작| 역시.

줄| 역시?

프로작| 소질이 있어요.

프로작| 그대의 의혹과 회의를 축하합니다. (풍자적으로)

줄| 멋지다.

프로작| 아쉽게도 내가 한 말이 아니에요.

줄| 그래서?

프로작| 그래서!

프로작| 황지우.

줄| 누구?

프로작| 시인. 내가 좋아하는 시인. 막 쓰는 것 같은데 좋아요.

프로작| 아침에 집을 나서는데 골목 어귀에서 우연히. 똥개 한 마리와 눈이 마주쳤다. 그 똥개의 눈이 하두 맑고 슬퍼서 나는. 고개를 가우뚱하고 그놈을 눈깔이 뚫어져라 들여다보았다.

줄| 이게 시예요?

프로작| 안 좋아요? 줄 님도 이런 거 좋아할 것 같은데?

줄 | 좋은데. 이런 시도 있나 해서요. 리듬도 없고, 행도 없고.

프로작 | 교과서에 있는 시들은 그렇죠.

줄 | '눈깔이 뚫어져라 들여다보았다'에서요. 이 눈깔이 내 눈깔인 걸까요. 아님 똥개의 눈깔인 걸까요?

프로작 | 새로운 시선!

줄 | 눈이 아니라 눈깔이라서 좋아요.

프로작 | 나의 눈깔과 너의 눈깔.

프로작 | 내 눈깔이 뚫어지도록, 네 눈깔을 뚫어지도록 들여다본다.

줄 | 네 눈깔이 내 눈깔을 뚫어지도록 보는 것을 나는 본다.

* *

나는 그리고 물었다. 황지우라는 사람이 혹시 말랐거나 인상을 쓰냐고. 프로작은 웃으면서, 황지우는 거의 유일하게 뚱뚱한 시인이라고 했다. 나는 성에 대해 이야기했다. 우리 학교에 실패한 시인 분위기를 풍기는 남자가 있다고. 눈썹이 진하고, 어깨가 좁은 남자라고, 늘 이마를 찡그리고 있다고. 프로작은 자기도 그런 남자한테 국어를 배운 적이 있다고 했다.

프로작의 선생은 실패한 군인 같았다고 했다. '군인?'이라고 물었더니 '폭군'이라고 정정했다. 프로작의 선생은 기분이 내키지 않으면, 의자를 들어 올려 남자애들을 찍었다고 했다. 나는 우리 학교 선생들도 형편없지만 그런 사람은 없다고 했다. '그 사람, 서정주나 윤동주를 줄줄 외워요'라고 했더니 자기네 선생도 그랬다고 했다. 의

자로 애들을 찍으면서 〈별 헤는 밤〉을 읊는 선생이라니, 잘 상상이
되지 않았다.

사실 미도리가 별로인 이유는 따로 있었다. 옷 입는 게 마음에 들
지 않았다. 하루키가 묘사하는 그녀의 옷은 내 취향이 아니었다. 나
는 레이코보다는 하쓰미 쪽이었다. 하늘색 원피스에 빨간 구두를
신는 그녀의 감각. 옷을 예쁘게 입고서 당구를 치는 모습 같은 것들.

예쁜 것들에게는 정말이지 어쩔 수가 없다.

이 사람도 그것을 안다. 나도 모르게 한숨이 나왔다.

16.
왈츠이어야만 하는 이유는 없다

언니의 기일이면 아빠는 검정 양복을 입고 검은 넥타이를 맸다. 그러고는 전지가위처럼 생긴 걸로 밤을 깠다. 힘들게 하나의 밤을 까면 물에 담갔다. 나는 옆에 앉았다가 못생긴 밤이 나오면 입을 벌렸다. 그렇게 얻어먹는 밤 맛은 말로 설명하기 어렵다.

"이만하면 됐어."

아빠는 나보다 밤의 생김에 관대했다.

"못났는데?"

그러면 내 차지가 되는 것이었다. 하지만 오늘은 그럴 수 없었다.

밤을 까고 나서는 병풍을 세우고, 작은 상을 편다. 상 위에는 몇 가지 없다. 사과와 배, 곶감, 백합을 꽂은 화병, 그리고 언니 사진이 담긴 액자가 전부다.

아빠가 제문을 쓰고 있었다.

“뭐라고 쓴 거야?”

“이름이 뭔지, 언제 죽었는지, 언제 태어났는지, 또…….”

“어떤 사람이었는지는 안 써?”

“…….”

최재인. 1960년에 태어나서 1980년에 죽은 내 언니.

언니는 대학교를 다니다 죽었다. 한 번도 수재가 아닌 적이 없던 사람이다. 친구한테도 인기 있고, 부모님한테는 좋은 딸이고, 흠을 잡을 데가 없는 인간이었다. 나와는 달라도 너무 다르다. 모범생인 데다가 모난 데가 없는 착실한 여자애다. 재미없다.

기일이라고 해서 언니에 대해 이야기를 하는 일은 많지 않았다. 미구 씨도, 아빠도, 나도 원하지 않았으니까.

“우리 딸.”

이렇게 부른다는 것은 심상치 않다. 나는 고개를 숙이고 탕국에 들어 있는 무의 개수를 세고 있었다.

“우리 딸.”

미구 씨가 나를 다시 감상적으로 불렀다.

“네?”

“할 얘기가 있어.”

“언니 얘기요?”

미구 씨는 고개를 저었다.

“하고 싶지 않지만 해야 돼. 네가 성인이 되면 이야기하려고 했는데…….”

"엄마랑 얘기했어. 지금 하자고."

아빠가 말했다.

"말 안 해도 알아요. 언니가 얼마나 뛰어난 학생이었는지."

그러니까 내 부모는 뛰어난 학생이었던 언니에 대해 이야기할 것이다. 나의 학교생활을 직접적으로 비난하지는 않으면서. 언니처럼 훌륭한 학생까지는 아니더라도 학생의 본분을 다해달라는 말을 우회적으로 전달하려고 할 것이다.

나는 이 '언니'라는 말이 정말이지 마음에 들지 않았다. '언니'가 아니라면 '언니'라고 부를 일이 없을 텐데 '언니'가 있어서 '언니'라는 말을 할 수밖에 없는 이 상황도. 그리고 그 '언니'가 죽어버려서 '언니'라고 부른다고 해도 나를 바라보지 않는다는 것도.

언니라고는 하지만, 나는 언니에 대해 진지하게 생각해본 적이 별로 없다. 아니 생각하고 싶지 않다. 그녀는 내가 아니더라도 미구씨와 아빠의 관심을 받고 있으니까. 본 적도 없고, 당연히 언니라고 불러본 적도 없다. 나이 차는 스무 살이 난다. 우연히도 나를 낳은 부모에게 오래전에 죽은 딸이 있었던 것뿐이다. 그렇게 생각하고 싶었다. 그녀가 20대 초반에 죽은 것은 안타까운 일이었지만, 약 오르는 일이기도 했다.

어떻게 하더라도 나는 이 여자를 이길 수 없는 것이다. 진지하고 모범적인 인생을 살다가 대학을 졸업하기 전에 죽은 뛰어난 여자를. 내가 언니를 이길 수 있는 방법은, 즉 부모의 관심을 되찾을 수 있는 방법은, 죽는 것이 유일했다. 언니보다 더 일찍. 그리고 더 애절하게.

나는 죽어서라도 사랑이라는 걸 듬뿍 받고 싶었다. 내가 언니보다 사랑스럽지 않다고 해도 불쌍하게 여겨진다면, 사랑 비슷한 걸 얻을 수 있다. 그럴지도 모른다고 생각했다.

언니는 우리와 함께 살고 있다고 해도 과장이 아니었다. 미구 씨나 아빠는 내가 아닌 다른 아이를 키우는 부모 같았으니까. 나는 그들의 애정을 독차지한 적이 없다. 그들은 내가 사라져도 잘 몰랐고, 내가 아파도 마음을 끓이지 않았고, 내가 공부를 잘하든 못하든, 어떤 일을 저지르든 놀라지 않았다.

"재인이가 고3때 집을 나간 적이 있었어. 열일곱 살. 이 년을 월반했으니까."

미구 씨가 물었다.

"그런 사람이 가출을 해요?"

좀 뜻밖이었다.

"올 때가 지났는데 안 오는 거야. 그때 살던 집 앞 골목에 가로등이 있었는데, 10시가 되면 재인이가 가로등을 껐어."

"가로등을 껐다고요?"

"그때는 그랬어. 해가 저물기 시작하면 가로등을 켜. 그리고 12시가 되기 전에 가로등을 끄는 거야."

아빠가 말했다.

"왜 12시예요?"

"12시가 통금 시간이라 그때부턴 길에 사람이 없으니까. 재인이는 가로등 끄는 걸 좋아했어. 뭘 하겠다고 우긴 적이 없었는데 그 일만은 예외였어. 어릴 때부터. 자기가 끄지 못하게 하면 울어버렸어."

"12시가 지나면 길에 아무도 없어요? 한 명도?"

"걸을 수는 있지만 얼마 못 걸어. 경찰서로 잡혀가 유치장에서 날이 밝을 때까지 있어야 됐어. 12시가 넘어서 돌아다니면 수상한 사람으로 간주했어. 그때는 그랬어."

"간첩 같은?"

미구 씨는 고개를 끄덕이고는 말을 이었다.

"그런데 그 애가 열일곱 살이던 어느 날, 집에 안 들어왔어. 하루가 지나고 이틀이 지나도 소식이 없었어. 혹시 연락이 올까봐 나는 전화기만 보고 있었어. 화장실에서 볼일을 볼 때도 문을 열어놨고, 샤워를 할 때도 물줄기를 아주 약하게 해서 혹시 전화벨이 울릴까 귀를 기울였지. 네 아빠는 경찰서를 뛰어다니고, 전단도 만들어서 길거리에 붙였어."

생각보다 심각한 가출이었던 것이다.

"어쨌든 찾았잖아요. 그 뒤로 대학에 갔고."

나는 그 이야기의 결말을 알고 있었다. 최재인이 집으로 돌아온다는 것을 알고 있었다. 그래서 새삼 진지하게 그 이야기를 꺼내는 미구 씨를 견디기 힘들었다.

"네 아빠는 전단지를 붙이다 끌려간 적도 있어."

"왜요?"

"70년대였으니까. 뭔가를 붙이는 건 위험한 일이었어. 그땐 그랬어."

이번에는 아빠가 말했다.

"재인이가 실종되기 전에는 사람들이 그렇게 많이 사라진다는 걸 몰랐다. 애들이 학교에 안 나와도 통금을 어겨 경찰서에 끌려간 거라고, 곧 다시 학교에 올 거라고 생각했지."

아빠는 내가 어릴 때까지 어느 사립대학의 선생이었다.

"알고 보니 통금을 어기는 바람에 끌려가서 돌아오지 못한 사람이 수도 없이 많았어. 그 부모들은 진이 다 빠져 있었고, 서로를 위로했어. 불쌍한 사람들은 서로를 위로해. 사람들이 나를 제일 불쌍히 여겼어. 실종자 중에서 재인이가 가장 어렸으니까. 찾다 찾다 그런 순간이 와. 죽었는지 살았는지만 알았으면 좋겠다, 시체라도 찾았으면 좋겠다, 씻겨서 새 옷을 입혀 장례라도 치러줄 수 있으면 좋겠다."

아빠가 말을 이었다.

"마지막으로 가보는 데가 시체 안치소야. 어린 여자 시체가 나왔다는 소식이 들리면 그곳으로 달려갔어. 연고가 없는 시체는 의대로 보내져 해부용으로 쓰인단 소문이 돌았거든."

아빠가 미구 씨를 보더니 말했다.

"이건 네 엄마한테도 처음 하는 말인데, 시체 안치소 서랍이 열리는 소리가 들리면 마음이 복잡해졌어. '이번엔 재인이었으면 좋겠다'라는 생각과 '아니다, 어딘가에 살아 있을 거다. 우리 딸은 그럴 거다!'라는 생각이 교차했어."

"얼마 만에 찾았는데요?"

"삼 개월."

아빠가 이 말을 했을 때 갑자기 미구 씨가 웃음을 터뜨렸다.

"딸을 잃어버렸는데도 배가 고프더라. 아빠랑 고기를 구워서 쌈에 싸 먹고 있었어. 먹는데 맛있는 거야. 쑥갓 향이 좋았어. 한심했어, 내가 너무 한심했어. 그러고 있는데 전화가 왔어."

미구 씨가 말을 이었다.

"나랑 아빠랑 쳐다봤지. 아주 짧은 순간이었지만, 눈빛으로 네 아빠한테 말했어. 받으라고. 기억나요?"

아빠는 고개를 끄덕였다.

"부산의 경찰서였어. 인상착의가 일치하는 여자아이가 발견됐다고."

"언니였어?"

"어느 병원 6인실에서 네 언니를 봤는데…… 우리를 보고 웃더라. 자살 기도를 했다가 실패한 거였어."

"어떻게?"

"약을 먹었대. 수면제를 모아서 부산의 어느 호텔로 간 거야. 해운대 쪽이 보이는 방을 얻었어. 원래는 수면제를 먹고 바다에 뛰어들려고 했겠지. 그런데 수면제에 취해서 움직일 수 없었던 거고."

"근데 무슨 고등학생한테 돈이 그렇게 많아요? 세 달 동안 돌아다니다가 호텔에 묵을 만큼이나?"

"부산으로 가기 전까지 돈을 벌었대. 마산 산업단지에 있는 방직 공장에 취직해서."

"마산이요? 왜 마산이었대요?"

나는 마산이라는 도시에 대해 딱히 아는 게 없었다. 더군다나 1976년의 마산에 대해서는. 까만 바다와 공장으로 가득한 회색 거리만 막연히 떠올랐다.

"그 시절에 고등학교 졸업장도 없는 여자애가 무슨 일로 돈을 벌수 있었겠니? 남의 집 식모로 들어가거나 공장에 가는 수밖에 없었지. 식모도 할 수 없었겠지. 신원도 불분명한 애를 누가 써주려고 했겠어. 공부 잘한 건 졸업을 하지 않으면 아무 소용도 없고. 재인이도 그걸 알았겠지. 똑똑한 애니까."

"자살하려고 가출한 거였대요?"

"죽으려고 집 나간 거냐고 어떻게 물어봐? 그렇게는 못 물어보겠더라."

미구 씨가 말했다.

"집으로 돌아오는 기차에서 물어봤어. 무얼 제일 먹고 싶으냐고. 고개를 젓더라. 아무 생각이 없대. 그래서 다시 물었어. 재인아, 뭐하고 싶냐, 하고 싶은 건 있을 거 아니냐고. 재인이가 한참을 생각하더니 이렇게 말했어. '왈츠. 왈츠가 듣고 싶어요.' 그러고는 창에 머리를 기대고 눈을 감았어. 집에 와서 며칠을 자고 일어나더니 전축을 자기 방으로 옮겨달라고 하더라. 그전에는 음악을 거의 듣지 않았어. 음악 실기시험 보느라 베토벤을 들으면서, 자기가 왜 베토벤의 3악장과 5악장을 구별할 줄 알아야 하느냐고, 〈운명〉과 〈황제〉 정도만 알면 되는 거 아니냐고 어이없어하던 애였어. 늘 시간이 부족하다고 생각하던 애였으니까.”

아빠가 먼 데를 보면서 말했다.

“그래서 왈츠를 들었어?”

“집에는 이렇다 할 왈츠 음반이 없어서 내가 음반을 구해 왔어. 슈베르트, 쇼팽, 브람스, 무소륵스키, 쇼스타코비치, 슈트라우스…… 당시에는 쇼스타코비치를 듣는 건 불법이었어. 우리나라가 그랬다. 어쨌든 구할 수 있는 건 다 구해 왔어. 아무런 소리가 안 나 방문을 열어보면 헤드폰으로 듣고 있어. 구석에 웅크리고 앉아서. 불은 켜지도 않고. 그렇게 며칠을 보냈어.”

“왜 왈츠래요?”

“처음엔 이유를 몰랐어. 마산 있을 때 이야기를 잘 안 했으니까. 어느 날인가 웃으면서 그러더라고. 동네 중국식당에 밥을 먹으러 갔을 땐가, 얘가 텔레비전을 뚫어져라 보고 있는 거야. 왜 그러니? 했더니, 남진이랑 나훈아라면 끔찍하대. 마산에 있을 때 같이 일하던 여자애들이 그 노래만 들었대. 깍깍대면서. 라디오에서 남진의 〈님과 함께〉가 나오면 나훈아 팬들은 기겁하며 채널을 돌려버리기도 했대. 그 호들갑이 싫었대. 어쨌거나 그때 생각했대. 왈츠를 듣고 싶다고. 왈츠를 잘 알지도 못하면서 그냥 그런 생각이 들었대. 남진이랑 나훈아를 들으면서.”

집에 온 언니는 학교에 가지 않았다. 가겠다고 해도 미구 씨와 아빠는 보내지 않을 작정이었지만. 언니는 그렇게 일 년을 보내고 다시 학교로 돌아간다. 두 살 많은 애들과 다니다가 한 살 많은 애들과 같이 학교를 다니게 된 것이다.

"아무렇지도 않아 보였어. 사람들은 걔를 이상하게 봤지만, 재인이는 남들 말에 흔들리는 애가 아니니까. 다시 돌아간 학교에서 다시 1등을 했지. 걔는 시험이 가까워지면 잠을 안 잤어. 아침에 깨우러 들어가보면 책상에 엎드려 눈을 붙이고 있는 거야. 밥을 먹을 때도 책을 보고, 화장실에 갈 때도 책을 가지고 들어갔어."

언니는 무사히 고등학교를 마치고 대학에 간다. 우리나라에서 제일 공부를 잘하는 애들이 들어간다는 대학에. 전공은 독문학. 이건 나도 알고 있었다. 집에 언니가 읽던 독일어로 된 원서들과 헤세, 괴테, 토마스 만, 카프카, 무질 같은 사람들의 소설책이 잔뜩 있었으니까. 세로쓰기로 된 책.

"우리는 안심했어. 모든 게 다시 제자리로 돌아간 것 같았으니까. 저녁 먹기 전에 집에 돌아와서 나랑 같이 상을 차리고, 설거지를 했어. 술에 취해서 온 적도 있지만 그 정도는 다들 하니까 신경 안 쓰자 했어. 담배를 피우는 것 같았는데 그것도 그러나보다 하고 넘겼어. 말이 없어진 거 말고는 똑같았어. 집 나가기 전이랑. 착하고 착한 딸, 나보다 더 어른스러운 딸이었어. 가로등 끄는 일도 계속했고."

"그런데 아니었던 거지. 다시 사라졌어. 2학년 봄에."

"우리는 다시 재인이를 찾는 생활로 돌아가야 했지."

"전화만 울리기를 바라면서. 다른 데서 전화가 오면 처음에는 화가 났는데, 점점 화낼 힘도 없어졌어. 일 년 정도가 지났어. 그리고 재인이가 돌아왔어. 늦은 여름에."

"9월 아니었어?"

아빠가 말했다.

"9월이면 여름이지. 늦은 여름."

미구 씨가 말했다. 그러고는 이어서 말했다.

"혼자가 아니었어."

"혼자가 아니라니?"

"병원에 가자고 하더라. 인큐베이터에 여자애가 누워 있었어. 삼 개월 동안 거기 있었다고 하더라. 작고 파란 애였어. 재인이를 닮은 부분도 있지만 닮지 않은 부분이 더 많았어. 엄마, 예쁘죠? 이름은 내가 지었어요, 하는데 화를 낼 수 없었어. 아무 말도 할 수 없었으니까."

나는 어쩐지 불길한 느낌이 들어 배가 아프려고 했다.

미구 씨는 이어서 말했다.

"하석이라고, 여름의 돌이란 뜻이에요. 내가 돌을 좋아하니까. 작지만 차돌처럼 단단해 보이지 않아요?"

"지금 무슨 말을 하는 거예요?"

나는 듣고 싶지 않았다.

"그게 너야. 작고 파랬어."

나는 아빠의 얼굴을 봤다. 아빠는 나와 눈을 마주치기 싫은 것 같았다.

"넌 정말 착했어. 잠투정도 없고, 낮잠도 잘 자고, 울지도 않고, 손을 타지 않는 아기였어. 재인이가 그러더라. 엄마, 나도 그랬어요?

라고. 나는 너를 보고 있을수록 화가 났어. 네가 예쁘긴 했지만, 나는 내 딸이 더 좋았으니까. 그럴수록 재인이가 나한테 너를 안겨주는 거야. 그러면 나는 더 어쩔 줄 몰라 하고."

그리고 이런 이야기가 이어졌다.

나를 남기고서 최재인은 다시 사라진다. 돌아오지 않는다. 미구씨와 아빠는 직감한다. 그녀가 영원히 돌아오지 않기로 했음을. 최재인이 한 번 했던 실패를 다시 할 사람이 아님을. 그러면서도 기다린다. 최재인이 마음을 바꿀지도 모르는 희박한 가능성에 기대어. 그녀의 시체는 어디에서도 발견되지 않는다. 미구 씨와 아빠는 나를 자식으로 키우기로 한다.

미구 씨는 울지 않고 말했다. 참으려고 온 힘을 다하고 있었다.

"이렇게밖에 말할 수 없는 나를 이해해줘. 너를 보고 있으면 재인이가 생각나서…… 너를 보는 게 좋기도 하고 괴롭기도 했어. 재인이가 죽고 없는데 제 엄마도 찾지 않고 방실방실 웃고만 있는 너를 보면, 너무 미워서 쳐다보기도 싫었어. 네가 나를 '엄마'라고 잘 부르지 않게 된 것도 내 탓이 크겠지. 그런데 나는 재인이를 낳았을 때도 다른 엄마들이랑은 달랐어. 아기가 좋아지지 않고 괴롭기만 했어. 너도 알다시피 나는 내 일이 더 중요한 사람이니까. 아기가 있으면 아무것도 못하니까. 재인이가 대학에 갔으니 이제 내 일을 할 수 있겠다 생각했는데, 널 키우게 된 거야. 그래도 예뻤어. 얼마나 예뻤는지 몰라. 우리는 너에게 어떤 부담감도 주고 싶지 않았어. 너를 키우기로 하고는 네 아빠와 약속했어. 그냥 지켜보자고. 칭찬도 야단도 치지 말자고. 재인이가 그렇게 된 게 나 때문인 것 같았으니까."

"언니랑 나를 낳은 사람은요?"

"몰라."

아빠가 말했다.

"알고 싶지도 않아."

미구 씨가 말했다.

"대단하네…… 아픈 애를 버리고 간 거예요?"

내가 말했다.

"그때는 네 심장에 이상이 있다는 걸, 그래서 몸이 파랗다는 걸 아무도 몰랐어. 우리도 재인이가 떠난 후에야 알게 됐어."

알았더라면, 최재인은 떠나지 않았을까?

아빠가 내게 시집 한 권을 건넸다.

"이게 뭐예요?"

"재인이가 사라질 무렵에 읽던 거야. 이 시집에만 낙서한 흔적이 있더라."

폴 발레리의 《해변의 묘지》였다. 1973년 12월 15일에 발행된, 1판 1쇄였다.

17.
아무런 것도, 그러나 전부를

미구 씨의 이야기가 끝이 났다. 미구 씨는 어떤 식의 변명도 하지 않았고 울지도 않았다. 언니의 과거를 듣는 동안 주변 사물의 외양이 바뀌는 것 같았다. 난 잎은 한없이 늘어나 보였고, 천장이 움직이는 듯했다. 바뀌지 않은 것은 오직 나였다.

"아빠. 이걸 나보고 믿으라고?"

아빠는 난처한 웃음을 지었다.

나는 방금 부모를 잃었고, 언니를 잃었고, 엄마를 얻었으며, 외할머니와 외할아버지를 얻었다. 그리고 언니인 줄 알았던 엄마가 대단한 사람이라는 걸 알게 되었다. 나를 낳아놓고 버린 엄마. 언니를 엄마라고 부르고 싶지는 않지만 어쨌든 그랬던 것이다.

역시나 언니는 당해낼 수가 없는 사람이었다. 인생의 재미를 몰랐던 모범생인 줄로만 알았는데 그렇지도 않았다. 스물하나에 인생을 완료해버렸다. 더 해보고 싶은 게 없었던 걸까? 더 살더라도 별다른 게 없다는 걸 알았던 걸까?

남자를 알았고, 나를 낳았고, 죽는다. 죽어버린다. 완벽한 증발. 깨끗하다. 시신이 없고, 무덤도 없고, 당연히 비석도 없다. 그래서 생일이 기일이 된다. 끝내주는 이야기다. 이건 뭐 히스클리프보다 더 신비스럽다. 히스클리프는 죽은 다음 무덤은, 비석은 남겼으니까. 그 비석에는 죽은 날짜가 새겨져 있었으니까. 연기처럼 공중에 흩어지고 싶었던 걸까? 해변의 묘지보다 더 근사한 무덤에 묻히고 싶었던 걸까? 언니는, 어디에도 남지 않음으로써 어디에나 남을 수 있게 되었다.

발레리 시집을 읽었다. 거의 유일한 단서였으니까. 나는 그 시집을 다 읽고, 시집 뒤에 실린 역자의 말까지 다 읽고, 발레리라는 사람에 대한, 그의 삶과 죽음에 대한 조사까지 했다.

발레리 집안 사람들은 지중해 연안 세트 시에 있는 해변 묘지에 묻혔다고 한다. 발레리도 그랬고. '이토록 많은 대리석이 망령들 위에서 떠는 이곳이 나는 좋아'라는 부분이 마음에 들었다. '대리석'과 '망령'의 자리가 바뀐 게 아닌가 싶기도 했지만. 떨고 있는 대리석이라……. 러시모어 산 같은 건가?

어쨌든, 밥을 먹지 않거나 잠을 자지 않거나 하지는 않았지만, 계속 언니에 대해 생각했다.

왜? 왜? 왜?

나는 그간 수집해온 자살 방식들을 떠올렸다.

일단, 가장 빠르거나 가장 확실하다는 자살법은 제외다. 죽은 나를 발견할 사람이 나를 원망할지도 모를 방식도 싫다. 가스 오븐에 얼굴 처박기, 높은 곳에서 떨어지기는 그래서 제외됐다. 다른 사람을 곤란하게 만들고 싶지도 않았다. 찻길로 돌진하기는 그래서 빠졌다. 죽은 후의 내가 지금의 나와 알아볼 수 없을 정도로 달라지는 것도 별로였다. 익사체가 되기는 그래서 곤란했다.

뱀을 사용한 클레오파트라의 고전적인 방법이 가장 끌렸다. 하지만 그런 희귀한 뱀을 어디서 구한단 말인가? 동맥을 끊는 것은 불가능했다. 동맥은 몸 깊은 곳에 있으므로. 그렇다고 정맥을 끊고 피가 응고되지 않도록 물에 담그고 있는 방법을 쓰지도 못할 것 같았다. 나는 피를 끔찍이 무서워하므로.

집이 빌 때면 나만의 가사(假死) 체험을 하곤 했다. 아주 간단하다. 하이볼 잔에 포도주를 가득 채워 마시면서 체온보다 높은 온도로 반신욕을 한다. 그러면 피는 차가운 쪽에서 뜨거운 쪽으로 흐른다. 흐르려고 안간힘을 쓴다. 좌심방과 우심방이 한 쌍의 권투 글러브처럼 내 몸에 전속력으로 부딪힌다. 열네 살에 알았다. 욕조에 반쯤 누운 채로 술을 멈추지 않고 마시면 죽지 않을 리가 없음을. 그것도 아주 황홀한 기분으로.

술을 먹고 욕조에 잠겨 있으면, 아주 기분이 좋았다. 세상에서 가장 못된 일 중의 하나라는 생각이 들었기 때문이다. 더 나쁜 일이 훨

썬 많겠지만, 어쨌든 그때의 기분은 그랬다. 담배를 피우거나 '근본 없는 남자와 붙어먹는 것'—미구 씨 표현을 빌린다면—보다 더 나쁜 일을 하고 있는 것 같았다. 이해할 수 없는 건, 그다음 날의 나는 긍정적이고 명랑한 인간이 된 듯한 착각에 빠진다는 것이다. 처음에는 내가 전날의 악행을 은폐하기 위해 긍정적이고 명랑한 척 연극을 하는 줄로만 알았는데, 그게 아니었다. 실제로 삶의 의욕 같은 게 솟구쳤다. 계속 그 일을 저지르고 싶어서 사는 게 아닐까, 정말 그렇다면 나는 괜찮은 걸까 아니면 일종의 정신착란 상태가 아닐까 하는 생각마저 들었다.

목을 졸리는 것도 꽤 흥분되는 일이라고 들었다. 남자가 목을 매달아 죽게 되면 거기가 아주 단단해진다는 말이 내 흥미를 끌었다. 그렇다면 여자도 그럴 것이다. 짜릿함을 느낄 수 있을 것이다. 하지만 목을 매다는 것은 싫다. 어쩐지 형태가 마음에 들지 않는다. 내 목을 졸라줄 누군가가 있다면, 나는 기꺼이 그 방법을 택할 수 있을 것 같았다. 나는 누구에게 말할 수 있을까? 내 목을 졸라줘, 라고.

언니 이야기를 듣고 나서야 나는 내가 왜 그랬는지 알았다. 죽고 싶어 하는 피가 내게로 전해진 것이다. 그런 건 내가 거부한다고 해서 될 일이 아니라는 것을 안다. 본 적도 없는, 아니, 본 적은 있으나 기억하지 못하는, 오래전에 죽어버린 여자의 피가 내 몸속을 흐르고 있다는 게 기적처럼 느껴졌다.

그녀에게도 미쳐버릴 것 같은 봄이 있었을 것이다. 낮에는 기분이 좋다가 밤에는 울음이 터지는 일들이 이 여자를 흔들었을 것이다.

언니가 남겼다는 발레리 시집은 그런 요상한 마음이 들어 있는 책이었다.

나는 시집을 읽다가 깜짝 놀랐다. 시집이 원래 이렇게 대단한 건지, 아니면 이 시집이 대단한 건지 알 수 없었지만, 어쨌거나 언니는 이런 시집을 읽을 줄 아는 사람이었던 것이다. 나는 시집 같은 건 읽지 않는 사람이었지만, 그런 건 단박에 알 수 있었다. 태양에 눈이 부시기 때문에 어쩔 수 없이 눈을 찌푸리는 것처럼, 그런 깨달음은 본능적인 일이다.

시집의 26쪽과 28쪽, 36쪽, 70쪽이 접혀 있었다. 내가 보기에도 접을 만한 시들이었다. 나는 28쪽에 있는 시가 제일 마음에 들었다. 〈제쳐놓은 노래〉라는 시였다.

> 무얼 하니? 뭐든지 조금씩
> 넌 무슨 재능이 있지? 몰라,
> 예측, 시도,
> 힘과 혐오……
> 넌 무슨 재능이 있지? 몰라……
> 무얼 바라니? 아무런 것도, 그러나 전부를
>
> 무얼 아니? 권태를,
> 무얼 할 수 있지 ? 꿈꾸는 걸
> 매일 낮을 밤으로 바꾸려고 꿈꾸는 걸.

무얼 알지? 꿈꿀 줄을,
권태를 갈아치우려고.

무얼 바라지? 내 행복을.
무얼 할 생각이지? 앎,
예측. 능력을 얻을 작정이야,
아무짝에도 쓸모없지만.
무얼 겁내니? 의욕을
넌 누구니? 아무것도 아니야!

어디로 가니? 죽음으로
어떤 조치가 있겠는가? 그만두기,
개 같은 팔자로
더 이상 되돌아가지 않기
어디로 가니? 끝장내러 간다
무얼 할 것인가? 죽음.

아는 건 권태, 하는 건 몽상.

헌 권태를 새 권태로 갈아치운다는 것도 마음에 들었다. 물건만
낡아가는 게 아니다. 사람도, 생각도 낡아가고 권태도 낡아간다. 오
래될수록 좋아지는 것도 있다지만, 그런 것들은 새것이었을 때도
좋았을 거다. 그리고 권태는 애초부터 쓸 만하게 만들어진 것이 아

니다. 언니는 낡아버린 권태들을 견딜 수 없었던 걸까?

이해가 안 되는 부분이 있다.

개 같은 팔자로 더 이상 되돌아가지 않기. 개 같은 팔자. 개 같은 팔자? 무슨 말인지 모르겠다. 좋다는 건가, 아니면 나쁘다는 건가. 이런 시를 쓸 수 있는 사람이 '좋다 아니면 나쁘다'라는 식으로 단정적으로 말할 리가 없을 것 같아서 더 모르겠다. 내가 아는 '개 같은 팔자'란 팔자가 좋다는 얘기다. 일하지 않아도, 누워서 잠만 자도, 밥을 주는 주인이 있고, 잠을 잘 데가 있다. 이게 개 같은 팔자다. 그런데 이 사람이 말하는 개 같은 팔자도 그런 건가?

뒤에 각주를 달아주었다면 좋았을 것이다. 다른 두 구절 뒤에 각주가 달려 있었다. 하나는 '매일 낮을 밤으로 바꾸려고 꿈꾸는 걸' 뒤에, 바보라도 알 수 있는 이 구절 뒤에 달려 있었다. '불가능한 것을 꿈꿀 수 있다는 의미'라고. 틀린 말은 아니었지만 너무 고지식했다. 다른 각주는 잘난 체가 심했다. '무얼 할 것인가? 죽음' 뒤에 달아놓은 것인데 무슨 말인지 요령부득이었다. '하지만 발레리는 그래도 무언가를 해야 한다는 파우스트적인 생각으로 곧장 돌아가는 듯하다. 그래서 제목이 〈제쳐놓은 노래〉인 것 같다.'

대체 이게 무슨 말인가? 파우스트적인 생각이란 무슨 말인가? 괴테의 《파우스트》를 말하는 것 같은데, 나는 괴테라면 딱 질색이었다. 그의 글을 읽으면 세상 이치를 통달한 사람한테서 이런 것도 모르냐며 야단맞는 느낌이 자주 들었기 때문이다.

나는 이 시에서 무엇보다도 예측과 혐오 모두 재능일 수 있다는,

발레리라는 사람의 생각이 마음에 들었다. 이 시를 조금 더 빨리 읽었다면, 나는 특기란에 '혐오'라고 쓰고 '내가 혐오하는 것들'이라는 제목의 목록까지 별지로 첨부할 용기를 냈을지도 모른다. 나는 Y고등학교를 혐오했다. 그야말로 '아무런 것도, 그러나 전부를'.

목록	이유 혹은 설명
청출어람 돌	언어도단의 전형적인 예. 다이너마이트를 던지고 싶다
실력은 없으면서 외모 단장에만 신경을 쓰는 선생들	애씀에도 불구하고 봐주기 힘든 모습. 시각 공해
아이스크림을 사주는 선생들	어쩔 수 없다는 표정을 하고 지갑을 내미는 그 모습이 마음을 괴롭게 한다
사복 착용	게으른 행정. 애들의 미의식은 참혹하다. 화려하면 멋지다고 생각하는 선생들을 닮아가고 있다. 일종의 청출어람
학교 건물	파르테논 신전을 비슷하게 흉내 내지도 못한, 못생기기만 한 건물. 이 학교가 자존심 없고 무능력함을 상징
이튼스쿨	솔직히 이튼스쿨에게는 사죄하고 싶다. 당치도 않은 곳에서 고생하고 있다
점심시간이 시작될 때 나오는 미친 행진곡	정말이지 미쳤다. 단두대를 부활시켜서 스피커들의 목을 일제히 자르고 싶을 정도다
미치광이 체조	이튼스쿨에서도 이런 괴상한 걸 하고 있을까?
언어도단 그 자체인 우열반	우반에도 멍청한 애들이 가득하다. 존재 이유를 알 수 없는 우반
여자 교실과 남자 교실 복도를 가로지르는 철문	인권유린의 실례
사감 목까지 올린 추리닝의 지퍼	내가 다 숨이 막혀 죽을 것 같다

이튼스쿨 추종자인 황 교장	이 모든 부조리의 시작이자 근원
마호가니 무늬를 흉내 낸 교장실 탁자	쓸데없이 길고, 크고, 웅장하다. 권위의 표상
훈화 시간	인권유린의 또 하나의 예. 학생은 교장의 말씀을 수첩에 받아 적어야 한다
훈화 수첩	쓸모없는 말들로 가득한 언어의 쓰레기장. 세상에서 가장 지루한 표현법으로 가득하다
순결 사탕	추가 설명 필요

〈별지 붙임: 최하석이 혐오하는 목록〉

순결 사탕에 대해서는 설명이 필요하다. 교장은 지성과 인성, 심성, 체력과 함께 순결을 목표로 삼았다. 'Y고등학교 학생들이라면 순결을 지켜야 한다. 이건 선택이 아니라 필수다. 정결한 몸에 정결한 마음이 깃든다. 사탕을 먹으면서 순결할 것을 약속하자. 내 몸은 배우자의 것이다. 몸이란 한번 낡기 시작하면 걷잡을 수 없게 되어 버린다. 인생이 망가질 수 있다. 인생이 망가진 학생은 Y고등학교에 있을 필요가 없다. 순결하지 못하다는 것을 알게 되면 바로 퇴학이다.' 일주일에 한 번은 꼭 이런 이야기를 들어야 했고, 그러고 나면 선생들이 바구니에 담긴 순결 사탕을 나눠 주었다.

사탕 맛은 좋았다. 나는 분별 있는 사람이라서 사탕 자체를 미워하지는 않았다. 사탕을 아작아작 깨물어 먹으며 생각했다.

순결은 달지 않다고. 달콤한 것은 순결 바깥에 있다고. 그런 거추장스러운 것을 간직하고 있는 내가 한심했다. 순결을 잃은 채로 순결 사탕을 먹을 수도 있었을 텐데. 그랬다면 깨물어 먹지 않고 핥아 먹었을 텐데. 그럼 사탕은 더 달고 기분도 거지 같지 않았을 텐데. 순결 사탕을 나눠 주는 선생들을 보면 교회 주일학교가 생각났다. 달콤한 것들을 먹이면서 예수를 믿으라고 하던 그곳이. 그때만 해도 나는 순진해서 교회에서 주는 것들은 먹지 않았다. 먹어버린다면 믿을 수밖에 없다고 생각했기 때문이다.

스무 살이 되기 전에 죽는다면 언니를 이길 수 있을지도 모른다는 생각이 들었다. 그런데 언니의 첫 자살 시도도 열일곱 살 때였다. 나는 왜 그랬는지 알 것 같았다. 그때를 넘기면 죽지 못할 거라고 여겼을 거다. 내가 그런 사람이라서 잘 안다. 가장 아름다운 순간에 멈춰야 한다. 낡기 전에 사라져야 한다. 완결된 이야기에 뭔가를 더 붙이는 건 억지로 늘려놓은 대하소설이나 다름없으니까.

내가 상상해본 죽음 중에는 이런 것도 있었다.

기차의 식당 칸에 앉아 술을 마신다. 식당 칸은 새마을호에만 있나? 아니면 무궁화호에도 있나? 아무래도 상관없다. 식당 칸만 있으면 된다. 하얀 식탁보가 깔려 있다면 좋겠다. 키 작은 꽃 한 송이가 꽂힌 화병도 있다면 더 좋을 것이다. 너무 많은 걸 바라는 건가? 최후의 만찬인데 이 정도는 바라도 되지 않나? 어차피 바람이다. 바라는 건 내 마음대로다. 기차가 천천히 움직일수록 더 좋다. 취하기 전에 목적지에 도착해버리면 곤란하니까. 술, 술을 마셔야 한다. 식당 칸에는 맥주만 있나? 아니면 소주나 위스키도 있나? 어떤 술이라도 상관없다. 술맛을 모르는 사람에게 술이란 취하기 위해서 마시는 거니까. 술을 마실 줄 모르는 나도, 거기서는 마실 수밖에 없을 것이다. 누군가와 마주 보고 앉아서. 옆에 앉는 것은 싫다. 같이 바다가 있는 도시의 호텔로 가서 잔다. 왜 바다냐고? 산 아래 있는 호텔에서 그런다는 건 잘 상상이 되지 않으니까. 그리고 아침에 아무도 깨어나지 않는다.

하지만 현실의 나는 그런 곳에 같이 갈 남자가 없었다. 아니, 남자와 키스를 해본 적도 없었다.

커튼을 덮고 같이 누워 있었던 남자애랑 키스를 하려고 했지만, 실패했다. 키스는 물론이고 더한 것도 하겠다는 게 그날 밤의 계획이었다. 그 애가 내 손을 만지고, 목덜미를 쓰다듬는 건 기분이 좋았다. 몸에 있는 모든 털들이 바짝 서는 기분이었다. 그런데 그 애의 손이 점점 얼굴로 다가오자 나는 두려워졌다. 그래도 그 애가 억지로 하려 했다면, 거절하지 못했을 것이다. "불편해. 난 벗을까봐"라며 먼저 옷을 벗은 건 나였다. 팬티스타킹만 남자 나는 양손을 교차해 가슴을 가리고는 이렇게 말했다. "벗겨줘." 그 남자애는 마치 여러 번 해본 것처럼 능숙하게 스타킹을 벗겨냈다. 능숙해서, 기분이 조금 상했던 것도 같다. 하지만 그렇다고 그 애를 밀어낼 수는 없었다. 그런 건 불공정하니까.

최재인에 대해 생각한다.

집을 나갔고, 공장에서 일했고, 수면제를 모았고, 호텔로 가서 마지막 밤을 보내려고 한다. 그 밤이 마지막 밤이 되었다면 어땠을까?

별로 좋은 가정이 아니다. 그렇다면, 나는 없다. 나를 낳아줬다는 언니에 대해 생각하는 이 순간조차 없어져버린다. 언니가 죽지 않은 것은, 고마운 일이다.

그런데 이 여자는 집에 돌아와 왈츠를 듣는다. 왈츠라고? 라벨과 요한 슈트라우스 2세의 왈츠를 듣다가 나는 맥이 빠지는 기분이 들었다. 세상으로부터 충분히 사랑받아 자신도 세상을 충분히 사랑한 사람이 만든 음악 같았다. 그런 음악을 들으면서 누군가를 미워하는 것은 불가능했다.

나는 슈트라우스의 〈빈 기질〉과 〈남국의 장미〉와 라벨의 〈볼레로〉와 〈스페인 랩소디〉가 마음에 들었다. 춤을 추기 위해 만든 음악이 겠지만, 나는 춤을 추지 않아도 좋았다. 춤을 추는 나를 상상하면 됐으니까. 상상 속에서 나는 바람을 붙들고 왈츠를 추고, 바람은 나를 허공에 매달아준다. 내 모습은 코코슈카의 그림 〈바람의 신부〉 속 여자 같다.

언니는 어떤 마음으로 왈츠를 들었을까? 나를 낳았다고 언니가 엄마가 될 수는 없다. 내게는 미구 씨와 아빠가 있으니까. 언니는 내 자매일 뿐이다. 자식을 두고 죽어버리는 괘씸한 엄마 같은 건 엄마라고 할 수 없다.

나는 시한부 인생이다. 스무 살이 되기 전에 죽어야 한다. 빠를수록 좋다. 그러므로 나와 함께 죽어줄 남자애가 시급히 필요했다. 아니면 사랑으로 나를 죽여줄 남자도 괜찮다. 난 그 남자에게 말할 것이다. '내 목을 졸라줘'라고. 그러면 겁 많은 나도 죽을 수 있을 것이다.

컴퓨터를 켜고 '자살 수집가' 폴더를 열었다. 거기에는 정리되지 않은 짧은 메모와 자살 방법, 이런저런 공상들이 있었다. 일기도 산문도 아닌 그저 그런 글들이 적힌 파일들이 있었다. 컴퓨터가 생기고 나서부터 노란색 서류 가방 모양의 폴더를 열 때면, 나는 무슨 신성한 의식을 집행하는 사도가 된 듯한 기분이 들었다.

18。
자살 수집가

나는 천성적으로 자살에 끌렸다. 속눈썹이 파르르 떨리는 미녀, 섬세하게 무두질한 가죽 장갑, 소독차가 뿜어내는 백색 스모그에 그랬던 것처럼. 그래서 자살의 사례들을 수집하기 시작했다. 우표나 기념주화, 희귀한 단추, 서핑보드를 수집하는 사람들처럼.

어느 날 '그것'이 시작된다. 나는 신문 기사를 오리는 것으로 시작했다. 그러나 신문은 자살보다는 피살, 아니면 죽음의 전모가 드러나지 않은 '의문사'라고 하는 죽음의 양식을 편애했다. 자살은 양식 있는 시민들이 관심을 가질 만한 '장르'가 아니기 때문이었다.

자살은 신문보다는 책에 자주 등장했다. 역사가들이나 소설가들은 자살이라는 소재를 애호하는 듯했다. 클레오파트라, 안토니우스, 베르테르, 테스, 안나 카레니나, 마틸드 드 라 몰……. 나는 이들이 자살 고안자들 아닌가 생각했다. 이 정도면 '자살 권장가'가 아닌가 의심이 드는 작가들도 있었다. 그들은 자살은 인간이라면 전부를 걸고 해볼 만한 일이라고 주장하는 듯했기 때문이다.

나는 내 식대로 그 방법을 궁리했다. 정적 속에서 걷거나 깨금발로 뛰어다니며.

콩콩.

아기 강시들이 양팔을 앞으로 내민 채 내 주위를 뛰어다녔다.

콩콩콩.

팔을 앞으로 내밀면 왜 머리는 뒤로 젖혀지는가.

*

그 세계는 뾰족하지도 완만하지도, 단단하지도 부드럽지도 않다. 그렇다고 살바도르 달리의 시계 그림처럼 흐느적거리지도 않는다 (말로 표현할 수 없는 어떤 것들을 생각하고 있을 때의 내가 좋다).

네 개의 부드러운 모서리를 지닌 방이라고 하면 어떨까. 부드러운 모서리. 마음에 드는 표현이다. '자애로운 네로 황제'나 '육식주의자 기린' 같은 말처럼. 작은 호(弧)를 그리는 부드러운 네 개의 모서리 안에서 나는 자살을 생각했다. 자살에 대해 생각했다.

'자살을 생각했다'와 '자살에 대해 생각했다'는 다르다. '자살을 생각했다'에서는 내가 나를 죽이겠다는 의지, 어떤 비극성, 절벽 같은 게 연상된다면 '자살에 대해 생각했다'는 좀 느슨하다. 어떻게 보면 '나의 자살'보다는 '남의 자살'에, 자살의 방식이라든가 자살자들의 심리에 관심이 있는 사람의 문장이다. 나는 '생각했다'와 '대해서 생각했다' 사이의 어디쯤 있었다.

스티로폼보다 따뜻하고 라텍스 침대보다 말랑말랑한, 그 좁은 방에 처박히기 위해서는 따분한 직선의 길을 지나야 했다. 고난의 행군.

'고난의 행군로'를 지나면 있는 부드러운 모서리의 방

'부드러운 모서리의 방'에 가까워지면 나는 점점 희박해졌다. 나는 엷어진 내가 마음에 들었다. 그 방 안으로 들어가면, 나는 아무것도 하지 않았다. 탄소와 산소를 교환하기 위한 기능적인 행위 말고는.

없어진다는 것은 기분 좋은 일이다. 하지만 사람들 눈에는 내가 보였다. 그들은 내 이름을 불렀다. 나는 얼굴을 찌푸렸다.

총알 과녁 그리기 놀이를 했다.

급소로 여겨지는 부분에 검정 사인펜으로 동그라미를 친다. 명치 아래, 목의 핏줄이 지나는 행로, 관자놀이 같은 데에.《백 년 동안의 고독》에 나오는 아우렐리아노 부엔디아 대령에게 배운 방법이다. 그는 의사에게 '바로 거기'에 표시해달라고 했다(의사가 잘못된 곳에 표시를 해줘서 대령은 죽기까지 오래 걸렸다).

거기에 대고 손가락 총을 쏜다. 부드럽게.

빵.

나는 어디를 맞으면 바로 죽을 수 있는지 알고 있었다. 나만 아는 것은 아니었다. 신문에서 배운 것이다. 치정, 배신, 복수가 함유된 살인 기사에는 죽음에 이르는 정확한 방법이 게시된다. 부검의와 법의학자는 전문지식을 나누어준다. 살인자, 살인청부업자, 도청꾼들, 미행꾼들의 견해도 유익했다. 기자들은 고수들의 비법을 받아쓰기했다. 나는 그것들을 가위로 오렸다.

햇볕에 달궈진 철로에 등을 대고 눕기도 했다. 나는 하루에 여섯 번만 지나가는 기차 시간을 알고 있었다. 겁이 많은 나는 기차가 다니지 않는 시간에만 철로에 누웠다. 시간표에 없는 기차가 지나지 않을까 마음을 졸이면서.

철로에 누우면 낮은 산과 산에 있는 무덤들이 보였다. 그래서 무덤에도 누워봤다. 낮은 산에 있는 무덤답게 봉분이 낮았다. 게다가 비석이 없었고, 무덤들은 제각각이었다. 나는 그 무질서를 애호했다. 잔디와 잡풀과 들꽃이 제멋대로 자란 무덤에 누워 생각했다. 죽은 내가 죽은 자들 옆에 누워 있는 풍경을. 어릴 때의 일이다.

바로 그 상상 속 풍경이 되살아났다.

책꽂이 위에 있던 검정 나이키 운동화 상자를 꺼냈다. 파리 시체가 먼지 이불을 덮고 누워 있었다. 종이는 누렇게 변했는데 글자는 너무 선명해서 벌레처럼 보였다. 종이의 양분을 빨아먹고 살이 오르는 벌레. 그런데 왜 이 벌레들이 시체처럼 보이는 거지?

죽어서 발견된 검정 아기 새 떼들에 대하여 생각한다. 나의 아기 새 떼들. 이 아기 새 떼들은 영국 어딘가의 초등학교에서 발견됐다고 했다. 기분이 이상했다. 아기 새 떼들과 초등학교.
과다하게 발효된 열매를 먹은 것이 문제라고 밝혀졌다. 아기들은 열매를 먹고 취한 것이다. 그러니까 이 새들의 사인은 알코올중독이거나 음주 비행, 아니면 둘 다였다. 이 검정 아기 새들에게 알코올에 의존하는 유전자가 있을지도 모른다는 생각이 들었다. 아니면 알코올 성분에 취한 채 하늘을 나는 기쁨을 맛본 적이 있거나. 이해할 수 있었다. 죽도록 좋은 일은 죽을 줄 알면서도 마다하기 힘든 것이다.

죽지 않은 새들도 있다.

이 아기들은 많이 다친 채로 발견되었다. 내가 조류트러스트협회 회원이었다면, 이 새들의 향후 먹이 채취 행동 양태에 대해 연구했을 것이다.

이 **죽을 뻔한 새들**은 앞으로 그 문제의 열매를 먹을까 먹지 않을까?

추측해보자면 그럴 수도 있고 그러지 않을 수도 있을 것이다.

순간의 즐거움을 잊지 못하는 새는 다시 먹을 것이고, 제 몸을 지키려는 새는 먹지 않을 것이다. 확률적으로, 다시 먹지 않는 새가 더 많을 것이다. 안전이란 안전한 거니까. 그런 유전자를 가진 새가 더 많이 살아남았을 것이고, 더 많은 후손을 남겼을 것이다. 진화란, 그런 거니까.

신나는 일이다. 산 사람보다 죽은 사람을 더 가깝게 느끼는 것. 산 동물보다 죽은 동물에게 더 애정을 갖는 것.

저기, 취한 새들이 하늘을 날아간다.

19.
개구리에게 키스하지 말 것

나는 '자살 수집가' 폴더 안에 있는 글을 이리저리 이어 붙였다. 일종의 유서를 쓰는 기분으로. 도무지 마음에 들지 않았다. 유서를 제대로 쓰기 위해서라도 더 살아야 하는 게 아닌가 하는 생각이 들었다. 나는 얼마 살지 않았고, 읽은 책도 얼마 없고, 문장력도 그저 그랬다. 유서를 쓰고 있는 내가 너무 평범해서 기분이 상해버렸다. 기분을 바꿔야 했다. 그리고 내 인생을 바꿔야 했다.

J고등학교에 전화해서 표를 찾았다. 내겐 시간이 얼마 없었다. 나는 다리를 떨기 시작했다. 내가 가장 싫어하는 짓을 하는 내가 싫었지만 다리가 떨리는 걸 어쩔 수 없었다. 껌이 있었다면 딱딱 소리를 내 흉측하게 씹었을지도 모른다.

누구냐고 물으면 거짓말을 하려고 생각했었지만, 전화를 받는 선생은 그런 건 묻지 않았다. 수업 중이라고 한 시간 후에 다시 걸라고 했다. 한 시간 후, 공중전화에는 줄이 너무 길었다. 기다리다 지쳐서 다시는 전화를 걸지 않겠다고 생각했다.

이틀이 지나서 다시 전화를 했다. 목요일이었다. 그 이틀 사이에 기괴한 일을 겪었다. 그 일이 없었더라면, 다시 전화를 하지 않았을 수도 있다. 나는 기분 전환이 필요했다. 그리고 빨리 남자를 만나야 하기도 했다.

"여보세요?"

표가 받았다.

"여보세요?"

표가 다시 한 번 말했다.

"저예요."

"어, 하석이니?"

표는 작은 목소리로 말했다. 누구냐고 물었다면, 가만히 수화기를 내려놓으려고 했다. "반갑지 않으시면 끊을게요"라고 했더니 표는 어쩔 줄 몰라 하며 헛기침을 했다.

"토요일 괜찮으세요?"

"괜찮지."

"강남역 타워레코드, 3시?"

"좋아."

표는 기쁨을 숨기지 못했다. 그럴수록 나는 기쁘지 않았다. 나는 표가 좀 쌀쌀맞게 굴어주기를 바랐다. 그래야 도전 정신이 생긴다는 것을 표는 모르나? 나는 새침한 남자가 좋다.

나한테 생긴 기괴한 일이란, 성과 관련된 일이었다. 성이 둘이서 백일장에 가자고 했을 때부터 의심했어야 했다. 나는 백일장에 한 번도 나가본 적이 없었다. 백일장이라는 게 좋지는 않았지만, 공식적으로 수업을 빠져도 되므로 나로서는 마다할 입장이 못 됐다. 다른 애들보다 조금 국어 성적이 좋다는 이유만으로 나는 백일장에 나갔다.

백일장이 끝났는데도 성은 이런저런 핑계를 대면서 시간을 끌었다. 산책을 하자고 했고, 다리가 아파질 만하자 이제는 드라이브를 하자고 했다. 엉덩이가 납작한 성의 남색 프라이드를 타고 도착한 곳은 Y고등학교가 있는 동네의 한 아파트였다. 우리는 돌고 돌아서 학교가 있는 동네로 왔던 것이다. 그 동네 아파트는 대개 낡은 편이었는데, 그중에서도 아주 낡아 보이는 그런 아파트였다. 성은 자기네 집을 구경시켜주겠다고 했다.

뭔가 일이 이상하게 돌아가고 있는 것 같았지만 한편으로는 궁금하기도 했다. 나한테 일어날 일과 성이 사는 집에 있는 물건들이. 나는 남의 집에 가본 적이 거의 없었다.

성의 집은 5층이었는데, 엘리베이터가 없었기 때문에 계단으로 올라가야 했다. "재밌지 않니? 이런 데?" 마치 재미를 위해서 이런 불편함을 감당한다는 식이었다.

집에 들어가자마자 성은 어디론가 전화를 걸었다. 중국집이었다. 성은 내게 묻지도 않고, 간짜장 두 개를 시켰다. 단무지를 두 개 달라는 말도 황급하게 보탰다.

"봐라. 배달원이 얼마나 씩씩대면서 올라올지."

"멀어요?"

"아니, 바로 요 앞이야. 아파트 상가에 있어."

정말 고약한 사람이라는 생각이 들었다. 간짜장을 먹고 왔더라면, 배달원을 5층까지 걸어 올라오게 하지 않아도 됐을 것이다.

성의 예언대로 되었다. 배달원은 철가방을 시끄럽게 열더니, 그릇들도 탁탁 소리 나게 내려놨다.

"지금 뭐하는 겁니까?"

성은 배달원을 보면서 낮은 목소리로 말했다.

"제가 뭐요."

배달원은 성의 기세에 눌린 것 같았다.

"단무지 두 개 달라고 했을 텐데요?"

"못 들었는데요."

나는 배달원이 거짓말을 하고 있다고 생각했다. 철가방 안에는 단무지가 하나 더 있을 것이다. 나는 성이 그걸 열어보겠다고 할까 봐 조마조마했다. 성은 어쩐 일로 아무 말도 안 하고 돈을 주고 거스름돈을 받았다. 그러더니 천 원을 배달원에게 주었다. 팁이라며.

애들이 이래서 성을 정신병자라고 하나보다 싶었다. 나는 배달원을 따라 나가고 싶었다. 성이 말했다. 자기를 예뻐하는 선생님이 간짜장을 사줬던 일을 잊지 못한다고. 그러니까 자기가 나를 예뻐한다는 건가? 내가 자기를 잊지 못할 게 분명하다고 주입하는 건가?

거실에는 소파가 없어서 우리는 바닥에 앉아서 간짜장을 먹었다.

신문지를 깔고서. 성은 또 그렇게 말했다. "재밌지 않니? 이런 거?" 나는 이 사람의 생각을 정말이지 파악할 수가 없었다.

"나는 안다. 철가방 안에 단무지가 있었다는 거."

자신의 젓가락에 매달린 단무지를 매섭게 노려보면서 성은 이렇게 말했다. 그는 내가 마음을 졸인 것도 눈치챘을 것이다. 아니, 나를 괴롭히기 위해서 그런 건지도 몰랐다. 정말 기괴한 사람이었다.

성은 앨범을 꺼내더니 자신의 빛나던 시절을 자랑하기 시작했다. 국민학교 때 받은 개근상장까지 자랑할 기세였다. 성과 잘 어울리는 예쁘장한 여자가 나타났다. 나는 할 말이 없었기 때문에 그 여자가 예쁘다고 했고, 성은 동의했다. 그리고 말했다. 실제로 보면 더 예쁘다고. 그 여자와 같이 살고 있다고. 나는 가슴을 쓸어내렸다. 성이 나한테 나쁜 마음을 품고 있지 않다는 게 확실해졌기 때문이다. 하지만 그 여자는 좀 안됐다고 생각했다. 그런 예쁜 여자가 어쩌다가.

문제는 그다음이었다. 자기 부인이 아픈데, 일을 할 수밖에 없는 처지가 슬프다고 했다. 무능한 자신이 싫다고 했다. 부인은 보험 모집원인데, 능수능란하지 못해서 별다른 성과를 올리지 못하고 있다고 했다. 그러더니 성은, 또 다른 앨범 같은 걸 꺼냈다. 자주색 인조가죽이 그것의 껍데기였다.

거기에는 온갖 보험에 대한 리플릿 같은 게 모아져 있었다. 성은 그 보험에 대해 하나하나 설명하면서 나한테 몇 개 들어줄 수 있느냐고 했다. 분명히 들었다. 하나도 아니고 몇 개라고 하는 것을.

내 귀를 의심했다. 성은 우리 집이 살 만하다는 것을 알고 있었던 것이다. 나는 그 집을 당장 박차고 나오고 싶었지만, 그럴 수는 없었다. 부모님께 말해보겠다고 간신히 말하고 그 아파트 계단을 걸어 내려왔다. 정말 기분이 이상했다. 한 번도 느껴보지 못해서 뭐라고 설명할 수 없는 기분이었다. 내 속에 들어가 있는 간짜장이 울렁거렸다. 나도 성처럼, 간짜장에 대한 추억이 생겨버렸다. 그렇다고 간짜장을 안 먹게 되지는 않을 것 같았지만, 한동안은 그걸 먹으면서 찝찝한 기분을 함께 씹을 게 분명했다.

토요일이 오기 전까지 나는 《롤리타》를 읽었다. 기숙사의 멋대가리 없는 철제 침대에 누워서 말이다. 표는 험버트처럼 노련하지 못하고, 나는 롤리타처럼 남자와 함께 오랜 시간 동안 어딘가를 떠돌 생각은 아니었으므로 좀 더 애쓸 필요가 있었다. 표가 나를 좋아하는 건 분명했지만, 그는 소심하고 멋없는 남자였다. 내가 원하는 것을 표가 알게 할 필요가 있었다. '선생님이랑 자고 싶어요'라고 말로 할 수는 없으니까.

키스나 섹스 장면이 나오는 소설들도 찾아 읽었다. 사랑이니 애정이니 하는 것들이 최대한 개입되지 않은 담담한 소설들을. 업다이크의 《달려라, 토끼》 같은 것들. 《달려라, 토끼》의 주인공인 토끼의 심리는 이해할 수 없었다. 처음으로 자게 된 여자의 몸을 여기저기 주무르다가 얼굴을 씻어주겠다고 한다. 여자는 당연히 싫다고 하는데 토끼는 막무가내다. 수건에 물을 적셔 와 여자의 얼굴을 빡빡 씻긴다. 재수 없는 남자다. 루스라는 이 여자는 얼마나 짜증이 났을까? 읽기에는 재미있었지만, 나라면 그런 꼴을 당하고 있지만은 않을 거다.

나는 3시에 표를 만나지 못했다. 타워레코드 모서리를 돌면서 시간을 끌었기 때문이다. 시간이 다가올수록 괜히 만나기로 했다는 후회가 들었다. 하지만, 표처럼 착한 남자를 상심시키고 싶지 않았다. 나는 표에게 빚이 있었다. 언젠가 만나기로 해놓고 나가지 않은 적이 있었다. 이번에는 그럴 수 없었다.

표는 나를 발견하고는 사람 좋은 얼굴을 하고서 다가왔다. 나는 벌써 지겨워지기 시작했다. "언제 왔니?"라고 말하며 팔로 내 어깨를 감쌌다. 딱 선생이 학생에게 할 법한 어깨동무였다. 가증스러웠다. 나는 표의 팔이 닿은 어깨를 낮춰서 포박에서 빠져나왔다. 표가 듣고 싶은 음반이 있으면 사주겠다고 했지만 나는 고개를 저었다.

표가 그러면 스티커 사진을 찍자고 해서, 나는 "배고파요"라고 말하며 손가락을 들어 아무 간판이나 가리켰다.

"블랙 앵거스?"

"네."

블랙 앵거스? 무슨 뜻인지 알 수 없다. 뭐를 팔든 관계없다.

"좋은데?"라고 말하며 표는 식당 여기저기를 둘러보았다. 마치 이런 데는 처음이라는 듯. 이 남자는 대학생 때 대체 무엇을 하고 다닌 걸까.

블랙 앵거스라는 곳은 경양식집 같았지만, 자기네는 다른 경양식집과 다르다고 주장하는 음전한 분위기가 있었다. 표는 나폴리탄

스파게티를, 나는 오므라이스를 시켰다. 주문을 하고 나자 우리는 할 말이 없어졌다.

"나 좀 봐."

나는 표를 만나고 나서 처음으로 그를 제대로 쳐다봤다. 흰색과 남색이 같은 간격으로 배치된 줄무늬 폴로셔츠, 동네 이발소에서 잘랐을 게 틀림없는 귀 주변을 깨끗하게 도려낸 머리, 얼빠진 표정. 어쩜 저렇게 바보 같지? 라고 생각하는데 표가 씨익 웃었다. 이빨이 정말이지 크고도 희었다. 입만 내 쪽으로 클로즈업되는 듯한 느낌이었다. 입이 튀어나와서 그런가? 저 입과 닿아야 하는 건가?

"그때 왜 그런 거야?"

"그때 언제요?"

"학교 그만두기 전에……."

"아아"라고 말하고는 잠시 있다 이어서 말했다. "제가 발가벗고 남자애랑 커튼 덮고 있던 거요?"라고.

표의 얼굴이 일그러졌다.

"그거요?"

"응."

표는 비겁하게도 내 눈을 피해버렸다.

"정확히 어떤 거요?"

나는 표가 내 눈을 다시 볼 때까지 기다렸다.

"발가벗고 있던 거요? 아니면 남자애랑 있던 거요? 그것도 아니면 커튼을 덮고 있던 거요?"

"다."

"그러고 싶었으니까요."

표는 한숨을 쉬고는 물을 마셨다. 나는 표의 목젖이 움직이는 것을 보고 있었다.

"걔가 어떻게 꼬셨어? 너한테 뭐라고 한 거야?"

"제가 꼬신 건데요" 하고는 살짝 웃었다. 아마도 내 입꼬리는 한쪽만 올라갔을 것이다.

"그래서?"

"그래서?"

나는 표의 말을 따라 했다.

"정확히 뭐가 궁금하신 건데요? 섹스했냐고요? 그게 궁금하신 거예요?"

머뭇거리지도, 웅얼거리지도 않고 섹, 스, 라고 또렷하게 발음했다. 그때까지 나는 이 단어를 한 번도 혀 위에 올려놓은 적이 없었다.

그때 두 개의 접시를 받쳐 든 웨이터가 다가왔다. "예쁜 아가씨 먼저"라면서 내 앞에 오므라이스를 내려놓았다. 나는 팔꿈치로 포크를 슬쩍 밀어 바닥에 떨어뜨렸다. 그러고는 웨이터를 보면서 애처로운 표정을 지었다. 웨이터는 어깨를 으쓱하더니만 다시 오겠다고 했다.

"너 일부러 그랬지?"

표가 나를 노려보았다.

"글쎄요"라고 말하며 나는 표를 보고 물었다.

"잠깐만요. 너, 너라고 그랬어요, 지금?"

"미안"이라며 표는 바로 사과했다. "안 그럴게"라고도. 나는 팔짱을 낀 채로 물었다.

"그래서 싫어요? 내가 포크를 일부러 떨어뜨려서 싫어진 거예요? 뽀뽀해주려고 만나자고 했는데, 할 수 없네요."

나는 오른쪽을 보며 돌아앉았다.

웨이터가 다가와 포크를 내밀었다. 포크를 받으면서 나는 웨이터를 보고 상냥하게 미소 지었다. 웨이터는 어쩔 줄 몰라 했다. 표는 화난 것처럼 보였다.

제3의 남자를 이용해서 앞에 있는 남자를 사로잡을 것. 나는 내가 읽었던 책 중의 일부를 실습했을 뿐이다. 효과가 있는 것 같기도 하고, 그렇지 않은 것 같기도 했다.

"선생님, 질문 있어요. 응?"

표는 대답하지 않았다.

"응? 응?"

두 번째 '응'을 1.5배쯤 크고 높게 말했다. 나는 뭔가를 조르는 어린아이처럼 굴었다.

"뭔데?"

"코코슈카가 그린 〈바람의 신부〉 있잖아요. 그리스 로마 신화 같은 거에 나오는 이야기로 그린 거예요?"

"아니. 코코슈카가 좋아하던 여자가 모델이야. 알마 말러라는 오스트리아 여잔데, 둘이 처음 만났을 때 알마는 유부녀였어. 코코슈

222

카를 만나면서도 여러 남자를 만났고. 이 여자는 죽을 때까지 무수한 남자들을 만나. 그리고 두 번 더 결혼했는데 코코슈카와는 결혼하지 않았어. 코코슈카는 죽을 때까지 이 여자를 못 잊었대."

"그래서 바람의 신부인 거예요? 잡을 수 없어서?"

표는 고개를 끄덕이면서 말했다. "그럴지도. 이 여자도 대단한 게, 남편 셋이 모두 당대의 대단한 예술가들이었어. 음악가, 건축가, 시인 겸 극작가였지. 알마가 그랬대. 자기 남편들 작품은 그냥 그런데 코코슈카 그림은 대단하다고. 사랑은 사랑이고, 예술은 예술로 평가할 수 있었던 여자지."

"멋지다."

"알마가?"

"둘 다요"라면서 나는 손가락을 들어 표를 가리켰다. "똑똑한 남자는 역시 멋있어."

깍지를 낀 손 위에 얼굴을 비스듬히 올려놓은 채로 표를 바라보면서. 장난만은 아니었다. 바보처럼 생겼어도 바보는 아니기 때문에 나는 표가 좋았다. "왜 이래?"라고는 했지만 표는 기분이 좋은 게 분명했다. 귀까지 빨개졌으니까.

"너 아까 그거 무슨 말이야? 하다 만 말……."

"아, 뽀뽀? 뽀뽀 받고 싶은 거죠, 역시?"

"장난 그만 쳐. 정도가 지나치다."

표는 헛기침을 했다. 귀여웠다.

"장난 아닌데, 뽀뽀." 나는 이어서 말했다. "솔직히 흔들렸죠? 흔들렸다고 안 하면 저 지금 일어나서 집에 가버릴 거예요."

나는 정말 의자에서 일어났다.

"앉아."

"갈래요"라고 말하고는 표를 바라보았다.

"흔들렸어."

표가 말했다. 나는 앉으면서 준비했던 말을 꺼냈다.

"내가 똑똑한 남자를 꼬신 거예요?"

표가 몸을 움츠렸다. 내 무릎이 그의 무릎에 닿았기 때문이다.

두 시간 후, 우리는 비디오를 보고 있었다. 어떤 색인지 보이지 않는 소파에 나란히 앉아서. 소파가 너무 흐물흐물해서 앉았다고 할 수 있을지 모르겠지만. 표는 〈청춘 스케치〉를 보자고 했고, 나는 〈뱀파이어와의 인터뷰〉를 보고 싶다고 했다. 그래서 우리는 〈중경삼림〉을 보았다.

"진짜 저럴까?"

표가 물었다. 금성무는 울지 않기 위해 조깅을 한다고 하며 트랙을 돌고 있었다. 땀으로 몸의 수분을 짜내면 눈물이 나지 않는다고. 나는 표의 이런 점이 좋다. 순수한 건지 순진한 건지 모르겠는 것.

"하긴 뛰면서 울면, 보는 사람은 땀인지 눈물인지 헷갈릴 거야. 그러니까 뛰면서 울면 덜 창피하겠죠. 누가 어, 저 사람 우는 것 같은데, 하는 표정으로 쳐다봐도 휙 지나가버리면 되고."

구둣솔로 구두를 닦듯이 표는 내 머리를 쓰다듬었다.

"그런데 남자 주인공 선생님이랑 닮았네. 눈썹 진한 거랑, 머리 스타일도 그렇고."

거짓말이 아니었다. 금성무 헤어스타일은 촌스러웠다. 더 촌스러운 건 성격. '저러니까 여자가 떠나지'라고 하려다가 참았다. 음성 사서함을 수시로 확인하는 것도 그렇고, 파인애플 통조림을 한 번에 서른 개나 먹어치우는 것도, 이름이 같다는 이유만으로 또 다른 '메이'라는 여자와 데이트를 하려는 것도 그랬다. 임청하와 호텔에 들어간 부분이 제일 한심했다. 임청하가 '쉬고 싶다'고 해서 호텔에 들어가놓고는 정말 쉬기만 한다. 정말 쉬자는 건지 몰랐다고 하면서.

여자들이란 직접적으로 말하지 않는다. 그리고 아무리 취했다 하더라도 싫은 남자와는 그런 데 들어가지 않는다. 바보 같은 금성무가 넥타이 같은 걸로 임청하의 하얀 구두를 닦아주고 방을 떠날 때 임청하가 바로 눈을 뜨는 게 그 증거다. 금성무가 샐러드를 네 접시나 비우고, 심심하면 임청하가 정말 자는지 관찰하고, 다시 샐러드를 먹으면서 재미없는 텔레비전 프로그램을 보고 있을 때, 임청하는 눈을 감고 있었을 뿐 잔 게 아니다. 한심한 남자.

남자들은 모른다. 아무런 일도 일어나지 않는 것만큼이나 비참한 일은 없다는 것을.

이 바보 같은 남자도 그랬다. 뽀뽀를 해주려고 만난 거라고 분명히 말했는데도, 가만히 있다. 진짜 바본가? 서양 남자가 눈이 찢어진 동양 여자에게 금발 가발을 씌우고 키스를 하는데도 영화만 보고 있다.

"저러면 어떤 기분일까?"

나는 말했다. "어떤 기분이에요?"라고 표에게 물었다. 이렇게까지 말했는데도 표는 고지식하게 앉아 있다.

어쩔 수 없었다. 나는 표의 목을 끌어당겨 그의 얼굴을 내 앞에 가져다놓았다. 영화를 보면, 주인공들은 입을 맞추기 전에 서로를 쳐다본다. 얼굴을 돌리기도 하고, 남자의 가슴을 밀쳐내기도 한다. 거울을 보면서 연습까지 했지만, 그 어색한 순간을 오래 견디지 못했다. 턱을 들었을 뿐인데 표의 입술과 닿았다. 그러고 정지 버튼을 누른 것처럼 그대로 멈춰 있었다. 코가 부딪혔기 때문이다. 영화에서 사람들이 얼굴을 옆으로 비틀고 키스를 하는 이유가 있었다.

지금은 이렇게 평온하게 이야기를 하고 있지만, 정말이지 창피했다. 그리고 후회했다. 아무리 급해도 개구리와 키스 같은 것은 하지 말아야 한다. 표가 개구리처럼 가벼웠다면, 나는 동화 속 공주처럼 그를 집어 던져버렸을지도 모른다.

개구리는 개구리다. 개구리는 사람이 되지 않는다.

20.
금붕어 아니면 열대어

표가 향수를 뿌렸다는 것은, 입을 맞출 때야 알았다. 그 냄새는 내가 아는 냄새였다. 화렌하이트. 크리스찬 디올에서 나온 날티 나는 남자 향수. 이 향수와 표는 상극이었다. 이런 냄새는 지골로 같은 남자에게 어울린다. 하다못해 놀 줄 아는 체대생이라든가.

키스는 달콤하지 않았다. 창틀을 핥는 기분이었다. 더 정확히 말하면, 창틀과 창문 사이에 있는 먼지 맛이었다고 해야 할 것이다.

PC통신에 접속하자마자 프로작을 만났다.

****

줄 | 금붕어 키워봤어요?

프로작 | 어릴 때.

줄 | 홍콩 가정에서는 금붕어를 키우는 게 유행인가봐요. 아닌가. 열

대언가?

줄| 금붕어랑 열대어랑 어떻게 구분하는지 알아요?

프로작| 알게 되면 알려줄게요.

프로작| 홍콩 갔다 왔어요?

줄| 네.

프로작| 아아. 그래서 만나기로 하고 안 들어왔구나. 언제 왔어요?

줄| 오늘 오후에.

줄| 미안해요.

프로작| 그럴 수도 있죠.

프로작| 남자들은 여자를 기다리는 게 일이라고요. 또 기다려줄게요.

줄| 정말이죠?

줄| 하지만…….

프로작| 하지만?

줄| 절대 날 기다리게 해서는 안 돼요. 난 기다리는 거 못해요. 기다리다가 지쳐서 프로작 님을 미워하게 될지도 몰라요. 미워하고 싶지 않아요. 불공평하죠?

프로작| 기다려주되 기다리게 하지는 말라?

줄| 응.

프로작| 으음…….

줄| 으음?

프로작| 생각 좀 해보고.

프로작| 홍콩 갔다 온 얘기 해봐요. 재밌으면 그럴게요. 대신 정말 재미있어야 돼요.

쥴| 홍콩 영화에서 남자들은 다 금붕어를 키우더라고요. 현대 독신 가정에 어항이 있는 게 너무 당연하다는 듯이. 부엌에 토스터기와 전자레인지가 있는 것처럼.

프로작| 홍콩 영화? 속았다. 정말 다녀온 게 아니었구나.

프로작| 남자들이 키우는 어항에 금붕어만 있던가요?

쥴| 글쎄. 물고기에 대해 잘 몰라서요. 왜요?

프로작| 식인 물고기들이 있거든요.

쥴| 물고기가 사람을 먹어요? 얼마나 크면?

프로작| 아, 사람이 아니라 물고기. 식어 물고기.

프로작| 언제부턴가 물고기가 한 마리씩 죽는 거예요. 옆구리 살이 뜯긴 채로 물 위에 둥둥 떠 있어요. 어항에 물고기가 스무 마리가 넘었는데 그런 식으로 죽어갔어요. 이틀 지나 한 마리 죽고. 또 사흘 지나 한 마리 죽고.

쥴| 스무 마리가 다?

프로작| 거의 다.

프로작| 오늘은 물고기가 죽었나 안 죽었나 확인하는 걸로 매일 아침을 시작했어요. 아침밥을 먹기 전에 물고기 시체를 헝겊으로 싸서 화단에 묻었어요. 모종삽으로 땅 파봤어요? 생각보다 어려워요. 돌이라든가 나무뿌리 같은 거에 계속 걸려요. 그때 난 일곱 살이었고요.

줄| 범인은 검거했어요?

프로작| 처음에는 물고기끼리 세력 다툼을 하는 줄 알았어요. 어항이 좁아서 얘네가 스트레스를 받았구나 생각하고. 용돈을 모아 큰 어항을 사서 거기로 옮겨주기도 했어요. 수초를 심고. 자갈을 깔고. 물레방아도 한 개 더 사고. 그러니까 얼마간은 잠잠했어요.

프로작| 또다시 죽기 시작하는 거예요. 그래서 아무것도 안 하고 어항만 들여다본 적도 있어요. 밥도 쟁반에 담아서 어항 앞에서 쭈그려 먹고. 불침번을 선 거죠. 내가 보고 있을 때는 아무런 일도 일어나지 않았어요. 당연한 일이겠지만.

프로작| 물고기가 세 마리만 남았어요.

줄| 마침내!

프로작| 물고기가 줄어들수록 범인을 알 수 있을 거라고 생각했어요. 동태가 수상한 놈을 찾으려고 했죠. 그런데 두 마리만 남았을 때도 알 수 없는 거예요.

프로작| 둘은 사이가 좋아 보였어요. 꽤 오랫동안 둘만 지냈어요. 그래서 생각했죠. 둘만 있고 싶어서 다른 물고기들을 처치한 건가? 두 놈이 합심해서? 대단하다고 생각했어요. 꽤씸했지만 이대로만 살아준다면 좋겠다고 생각했죠.

줄| 이야기가 끝이 아니군요.

프로작| 사이좋게 지내는 줄 알았어요. 그런데 또 죽었어요. 옆구리뿐만 아니라 온몸이 뜯겨서. 그때서야 알았죠. 저놈이 식인귀였구나.

줄| 식인귀가 아니라 식어귀.

프로작| 네, 식어귀. 처단하기로 했어요. 어항에 손을 집어넣고 단번에 꺼냈어요. 도마에 올려놓고 배를 째려고요. 그런데 단번에 죽이는 건 좀 그랬어요.

줄| 무서웠죠?

프로작| 무섭기도 하고. 걔 눈이랑 내 눈이랑 마주쳤어요. 스무 마리 이상을 죽인 괘씸한 놈인데…… 마음이 약해져버렸죠.

줄| 다시 어항에 넣었어요?

프로작| 그럴 수는 없죠. 사회정의가 있는데.

줄| 그러면?

프로작| 냉동실에 넣어버렸어요. 다음 날 꺼냈는데 어찌나 발버둥을 쳤는지 몸이 뒤틀려 있는 거예요. 성질이 더러운 놈이었어요. 몸이 녹자 해부를 시작했어요.

줄| 왜요?

프로작| 모르겠어요. 어쨌든 배를 갈랐어요. 그걸로 디 엔드.

프로작| 종종 생각해요. 그대로 내버려두었더라면 어떻게 됐을까.

줄| 잘 살았을까요? 이기적인 놈이니까.

프로작| 뜯어 먹을 목표가 없어져버렸으니 미쳐버렸을 수도 있을 것 같고.

프로작| 아니면 제 살을 뜯어 먹었을 수도 있을 것 같고.

줄| 아니면 물고기 밥을 얻어먹으며 잘 살았을 수도 있죠. 과거에 자기가 언제 그랬냐는 듯이.

프로작| 핀둥핀둥.

줄| 핀둥핀둥.

프로작| 개구리 해부 해봤어요?

줄| 아니요. 키스는 해봤어요.

프로작| 개구리랑?

줄| 네.

프로작| 언제?

줄| 오늘.

프로작| 홍콩 영화 봤다며? 아아. 개구리랑 본 거예요?

줄| 개구리랑.

프로작| 소감이?

줄| 개구리와 키스한다고 해도 개구리는 사람이 되지 않는다.

줄| 는 걸 깨달았어요.

프로작| 《개구리 왕자》 얘기하는 거예요?

줄| 《공주의 개구리》 아닌가?

프로작| 《개구리 왕자》일걸요. 어쨌든 공주가 개구리한테 키스해서 왕자로 변하는 게 아녜요.

줄| 그럼?

줄| 개구리가 공주님이랑 같은 침대에서 자겠다고 우기고. 입 맞춰 달라고 우기지 않나요?

프로작| 우기죠. 그래서 못생긴 개구리랑 같은 침대에서 잔 공주는 억울해서 개구리 뒷다리를 들고 땅바닥에 내팽개쳐요. 그랬더니 저

주의 마법이 풀려 왕자로 변신하는 거죠. 키스는 그다음.

줄| 그런 것 같기도 하고.

프로작| 진짠데.

줄| 거짓말이라도 이편이 좋아요. 뭔가 마음에 든다.

프로작| 거짓말 아니에요. 그런데 뭐가?

줄| 키스해서 왕자님으로 변하는 것보다 바닥에 내동댕이쳤는데 왕
자님으로 변하는 게 더 그럴듯하지 않아요?

프로작| 모르겠는데.

줄| 이 이야기의 교훈은 이런 거죠. 남자는 잘해줘봐야 소용없다.
아니면.

프로작| 아니면?

줄| 나한테 반한 남자는 어떻게 하더라도 반한다.

프로작| 그래요?

줄| 그럴 수밖에 없다.

프로작| 그런데 나한테 그런 얘기는 왜 하는 거예요?

줄| 키스?

줄| 기분이 별로라서요.

프로작| 나도 기분 좋지 않거든요.

줄| 이 말 들으려고요.

프로작| 기분 다시 좋아졌어요.

줄| 내가 남자들이랑 지저분하게 놀고 다니고 다 얘기해줄게요.

프로작| 지저분한 게 어떤 거죠?

줄| 일단 해보고.

프로작| 내가 왜 그런 걸 들어줘야 하는 거죠?

줄| 들어줄 사람이 없으니까요. 프로작 님한테는 말하고 싶어요.

프로작| 난 좀 신비스러운 여자가 좋은데.

줄| 괜찮아요. 프로작 님은 안 만날 거니까요. 안 만나려는 결심을 지키기 위해 이런 거 막 말할 거예요. 프로작 님이 나를 만나고 싶지 않게. 완전 정 떨어지게.

프로작| 안 만나도 되는데. 그런 이야기도 안 해도 돼요.

줄| 다음에는 더 재미있는 이야기를 해줄게요. 내가 해야 할 일이 있거든요.

프로작| 그런 얘기라면 별로 듣고 싶지 않지만, 나한테는 선택권이 없는 거겠죠.

프로작| 겁나네.

줄| 왜요?

프로작| 다음번엔 섹스하고 와서 얘기하는 거 아녜요?

줄| 어떻게 알았지?

프로작| ……

프로작| 그러지 마요. 부탁이에요.

줄| 섹스하지 말라는 거? 아님 섹스하고 나서 말하지 말라는 거? 아님 둘 다 하지 말라는 거?

프로작| 셋 중에 하나가 답이에요.

줄| 프로작 님 어떻게 생겼어요? 우리는 영원히 안 볼 거니까 이상

****

프로작에게 이야기를 한참 했는데도 기분은 별로 나아지지 않았다. 컴퓨터 접속을 끊고 나서 나는 프로작에게 해주지 않은 이야기가 생각났다.

금붕어를 키우면서 아무에게도 금붕어를 보여주지 않는 어느 남자애 이야기. 어느 소설에선가 읽은 적이 있다. 나는 그 남자애의 심리가 궁금했다. 프로작에게 이야기한다면 그는 아마 이해할지도 모른다. 이해하는 척할지도 모른다. 나는 그의 그 '척'이 좋았다.

표에게 키스를 하면 다음 단계는 그가 알아서 할 줄 알았다. 그는 나를 한번 끌어안아주는 게 다였다. 몸을 엉거주춤하게 뒤로 뺀 채로. 내 계획은 표와 자고 나서 수영 강사를 만난다는 것이었다. 그가 첫 남자라는 것은, 체면이 안 서는 일이기 때문이다. 그러나 계획은 엉클어졌다.

21.
발장구 레슨

수영 강사의 삐삐에 메시지를 남기다가 삭제해버렸다. 몇 번이나 시도해봤지만 다시 들으면 지울 수밖에 없었다. 우리 집 전화번호를 찍었다. 8282 같은 숫자는 붙이지 않고. 조급하게 굴기는 싫으니까. 전화는 세 시간 후에 왔다.

"제가 좀 늦었는데, 호출하셨어요?"

"좀이 아니라 많이요."

이상하게 그의 목소리를 들으니 화가 났다. 기쁜 게 아니라.

나는 의기소침해져 있었다. 전화가 오지 않는 줄 알았으니까. 세 시간 후에 전화를 하라고 호출하는 사람은 없다.

"죄송합니다. 일이 늦게 끝나서요. 그런데 누구시죠?"

아직 수영장인 것 같았다. 물살을 가르며 힘차게 앞으로 나아가고 있는 사람들이 느껴졌다. 내 몸을 담근 적이 있던 그 물은 전화기

너머에서 찰랑이고 있었다.

"자, 발장구 백 번 시작."

"어어."

이 남자는 역시 귀엽다.

"어어. 회원님이신 거죠? 그때 그……."

수영 강사는 나를 기억하는 것 같았다.

기억하지 못했다면 곤란했을 것이다. '왜 한 달 넘게 물에 못 뜬 여자애 있잖아요. 그래서 유아용 풀에서 발장구만 치다가 그만둔'이라고 설명해야 했을 것이다. 게다가 그런 여자애가 나 말고 없다는 보장도 없고.

"죄송해요. 이름을 기억 못 해서" 하고는 물었다. "좀 늘었어요?"

바보 같긴. 나는 이름을 말한 적이 없다. 수영장에서는 모두가 회원님일 뿐이다. 그의 이름도 들은 적 없다. 그는 '선생님', 나는 '회원님'.

이 남자를 선생님이라고 부르는 사람 수는 그가 회원님이라고 부르는 사람 수만큼이나 많을 것이다. 호칭은 아무런 의미가 없다. 선생님이라고 부르지만, 나는 그를 '선생님'이라고 생각하지 않는다. 그리고 그가 나를 그저 '회원님'으로 대해주길 바라지 않는다.

"발장구요?"

나도 바보 같았다. 그가 나를 놀려주면 좋겠다고 생각했다. 바보들끼리 바보라고 놀리는 건 바보들이 하기 적당한 바보 같은 일이니까.

수영장에서 볼 때는 어른 같았는데, 전화 목소리는 내 또래 같았다. 레슨을 받고 싶다고 했다. '선생님이랑 자고 싶어요'라고는 할 수 없었기 때문이다.

그는 표처럼 답답하지 않을 것 같았다. 무엇보다 능숙할 것 같았다. 물속에서도 자기 마음대로 몸을 움직일 수 있는 사람이니까.

"그런 레슨은 해본 적이 없어서……."

그는 당혹스러워했다. 내가 그라도 그랬을 것이다. 프로 피아니스트에게 재능이라고는 찾아볼 수 없는 다섯 살짜리 아이가 운지법 따위를 가르쳐달라고 한 격이었으니까.

"레슨은 잘하는 사람만 받아요? 못해도 받을 수 있는 거 아네요?"

"……."

"저도 뜨고 싶단 말이에요."

"……."

나는 말했다. 전학 간 학교에 적응하기가 힘들다고, 학교 근처 스포츠센터에 수영장이 있어서 수영이 다시 하고 싶어졌다고, 하지만 선생님도 알다시피 나는 물에 뜨지 못하는 몸이라 그저 생각만 하고 있으니 수영이 더 하고 싶어졌다고.

"나 불쌍하지 않나요? 걷고 싶은데 걸을 수 없는 사람의 마음을 생각해보세요."

나는 그런 사람의 마음에 대해 생각해본 적이 없었다. 갑자기 떠오른 말일 뿐이었다.

"그럼 그 수영장에서 레슨 받지 그러세요? 좋은 선생님은 많아요."

"싫어요"라고 하고는 잠시 뜸을 들이다 말했다. "다른 좋은 선생님 말고 선생님한테 받고 싶단 말예요."

"하하하."

정말 이렇게 웃는 사람이었다. 옆에 있다면 민트 치약 냄새가 났을 것이다.

토요일과 일요일, 나는 이렇게 일주일에 두 번 레슨을 받기로 했다. 한 주는 내가 수영 강사가 있는 수영장으로 가고, 한 주는 수영 강사가 자유스포츠센타에 있는 수영장으로 와주기로 했다. 한 달 안에 그와 자는 것이 내 목표였다.

남자와 잔다고 해서 어른이 되는 것은 아니지만, 어른이 된 기분 정도는 맛볼 수 있을 것 같았다. 게다가 나는 술에도 담배에도 취미가 없었기 때문에 섹스 정도는 해도 될 것 같았다. 즐길 수 있다면 더 좋을 것이다. 일단 해봐야 즐길 만한지 아닌지 알 수 있을 것이다. 좋아하는 남자와 섹스를 해야 한다는 게 정석이라는 것은 알고 있었지만, 나는 기다릴 수 없었다. 내게는 시간이 얼마 없었으니까.

나는 이 남자를 보면서 남자도 청순할 수 있다는 것을 처음 알았다. 그것도 수영 강사가! 이 남자를 보기 전에는, 나는 수영 강사라는 직업은 느끼한 남자들이 공식적으로 느끼함을 발산할 수 있게 해주려고 누군가 만들어준 직업이라 짐작했었다.

내 짐작은 크게 틀리지 않아서, 다른 반의 수영 강사들은 내 짐작에 부합하기 위해서 거기에 있다고 생각될 만큼이나 느끼했다. 거의 서혜부 길이에 오는 짧은 수영복을 입고 다니는 한 강사는 한쪽 귀에만 귀고리를 한 채로 징그럽게 웃었다. 수영 주임이라는 남자는 가슴을 얼마나 키웠는지 내 가슴보다도 큰 것 같았는데, 그 양쪽 가슴을 번갈아 움직이면서 수영장을 배회했다. 헤어스타일은 더 가관이었다. 머리를 묶은 데다가 제비꼬리처럼 기른 귀밑머리를 수시로 넘기곤 했다. 초보반을 이런 남자들이 담당했다면, 나는 수영장에 일주일도 다니지 못했을 것이다.

그는 전신수영복을 입고 있었고, 냄새가 좋았다. 그리고 함부로 몸을 만지지 않았다. 수영 강사 같은 일을 하다보면 회원들의 몸을 만질 수밖에 없는데, 그는 최대한 조심하고 또 조심했다. 1밀리미터의 차이가 얼마나 다른지 이해하고 있는 남자였다.

바로 그래서 나는 그를 만지고 싶었다. 그로 하여금 나를 만지게 만들고 싶었다. 물살을 만지던 그 손가락으로 내 몸 위를 1밀리미터씩 전진하는 그를 상상하면 배꼽이 간지러워졌다.

첫 레슨 시간에 수영 강사는 내게 노란색 킥판을 선물로 주었다. 병아리를 색칠할 때 쓰는 딱 그런 노란색.

"곧 뜨게 될 거예요."

"정말 그렇게 생각하세요?"

나는 사실 뜨는 거에는 별로 관심이 없었다. 물론 뜬다면 좋겠지만, 그럴 리가 없다는 걸 알았다. 나는 주제 파악이 빠른 편이므로.

"잘 가르칠 거니까요."

그는 거만하게 말해도 그렇게 보이지 않았다. 내가 부러워하는 종류의 사람이었다. 나 같은 사람은 못난 척을 해도 거만하게 보이니까. "절 너무 과소평가하시네요"라고 말하는 나를 수영 강사는 이해하지 못하는 것 같았지만 하하하, 하고 웃었다. 이해하든 이해하지 못하든 상관없었다. 그가 내 옆에서 웃고 있으니까.

사실, 첫 레슨에 가기 전에 곤란한 일이 있었다. 생리가 시작된 것이다. 나는 탐폰을 끼우기 위해서 화장실에서 30분을 낑낑댔다. 포장지에 있는 그림과 설명을 아무리 다시 봐도 그 물체를 어떻게 써야 하는지 알 수 없었다. 그래서 삼십 분이나 늦어버렸다.

나는 처음부터 다시 시작했다. 내가 그러겠다고 했다. 나는 일반 풀에는 들어갈 엄두가 나지 않아서, 그와 나란히 유아용 풀에 엉덩이를 걸치고 앉아 다리를 움직이는 것으로 수업을 시작했다. 내가 하고 싶은 말을 물소리가 대신해주는 것 같아서 기분이 아주 좋았다.

"아마 이런 레슨은 어디에도 없을 거예요."

그는 당혹스러워하면서 씨익 웃었다. 예쁜 이빨이 드러났다. 어딘가의 지붕 위에 누워 있을 수영 강사의 유치가 갖고 싶다는 생각이 들었다.

난 이런 유아적인 방식이 좋았다. 상식적인 사람들의 눈에는 비상식적인 일들을 하며 상식과 비상식에 대하여 생각하는 비상식적인 내가 좋았다. 나는 특별한 지진아가 된 기분이 들었다. 수영 강사가 말했다.

"앞을 보고. 다시 백 번 시작."

내가 그를 쳐다봤기 때문이다. 나는 세차게 발을 움직였다.

"그렇게 하면 안 된다고 했죠? 보세요, 자, 이렇게. 물을 만진다는 느낌으로."

수영 강사는 발끝을 돌고래 꼬리 모양으로 만들어 그것을 부드럽게 움직이는 시범을 보였다. 마치 왼발이 오른발을 당기고, 오른발이 또 왼발이 당기는 것 같았다. 두 발은 보이지 않는 실로 연결되어 있는 것처럼 보였다. 정말이지 기가 막힌 장면이었다.

청순한데, 야했다. 어떻게 묘사해도 그 순간의 아름다움을 온전히 전하지는 못할 것이다. 그 장면을 직접 본 사람만 그때의 내 느낌을 알 수 있을 것이다.

집에 돌아와 탐폰을 빼내다가 나는 까무러치는 줄 알았다. 기분이 너무 좋았기 때문이다. 내 심장을 빼낸 듯한 기분이 들었다. 나는 그것을 한참이나 들여다보았다. 내 것이었으나 이제는 내 몸에서 떨어져 나와 내 것이 아니게 되었다는 게 신비롭게 느껴졌다. 작고 연약하고 부드럽고 감미로운, 부서지기 쉬운 뼈 같기도 했다. 들숨과 날숨이 오락가락하는 새의 늑골 같은 것들은 얼마나 아름다운지. 간신히 숨을 쉬고 있는 죽어가는 새를 손에 쥔 것 같았다. 파닥파닥거리는 온기가 손끝에 있었다. 내 몸에서 나온 피가 다시 내 피를 덥혔다.

네 번인가 수업을 하고 나서 수영 강사와 햄버거를 먹었다. 계획에 없는 일이었다.

레슨을 다 받고 수영장을 나왔을 때 비가 막 쏟아지기 시작했다. 스포츠센터 출구 안쪽에 서서 비를 보고 있는데 누군가가 어깨를 건드렸다. 건드렸다고 할 만한 것도 아닐 정도의 느낌이어서 수영 강사임을 알 수 있었다.

그는 회색 저지로 만들어진 무릎까지 오는 반바지에 회색 티셔츠를 입고 있었다. 티셔츠에는 양 주먹을 앞으로 내밀면서 위로 솟아오르는 배트맨의 상반신이 그려져 있었고, 말풍선 안에는 'Wait a minutes'라고 쓰여 있었다. 나는 그걸 보고 픽 웃었다. 수영 강사가 '하하하' 하고 웃는 것을 볼 때와 비슷한 기분이 들었다.

우리는 KFC와 하디스를 놓고 고민하다가 하디스로 갔다. 토스트처럼 노릇하게 구워낸 햄버거 빵을 쓰는 하디스 햄버거를 수영 강사도 좋아한다고 했다. 뭔가 통한 것 같았다. 수영 강사는 프렌치 포테이토를 특이하게 먹었다. 감자 스틱을 하나씩 들어서 케첩을 짰다. 그래서 케첩에 눈이 갈 수밖에 없었다. 나는 케첩의 빨간색이 그렇게 예쁜 색인지 미처 몰랐다.

나는 이 남자의 하얀 이에 케첩을 한 방울씩 짜 넣는 상상을 해본다. 많이 달라고 애원해도 고개를 좌우로 저으며 거절한다. 그러고는 엄하게 말하는 것이다.

'한 번에 한 방울씩.'

온순해진 그는 눈을 감고 분홍색 혀를 내민다. 그러면 나는 제일 예쁘게 생긴 돌기가 있는 부분에 케첩을 짜는 것이다. 그러기 위해서는 먼저 특별한 케첩을 제작해야 한다. 저렇게 예쁜 이와 혀에 아무거나 올려둘 수는 없으니까.

나는 케첩 만드는 방법을 알고 있었다. 어느 서양 여자가 쓴 《가정 요리법》이라는 책에서 케첩 제조법에 대해 읽은 것이다. 인상적이어서 기억하고 있다. 만드는 방법은 아주 간단하다. 1.3킬로그램의 왕새우 살을 으깨서 고추를 약간 넣은 다음 백포도주 병에 담아 흔들면 케첩이 된다고 했다. 그러면 정말 케첩이 되는지 의심스럽긴 하지만, 나는 열심히 백포도주 병을 흔들 것이다. 금세 팔이 아파지면 어떻게 하지? 나는 인내심이라곤 없는데.

"왜 웃고 있어요? 기분 좋은 생각 하는구나? 무슨 생각?"

"배트맨 생각."

"아아, 이거?"라며 그는 자신이 입은 티셔츠를 잡고 웃었다. "배트맨이 웃겨요? 유치해서 웃는 거구나."

"배트맨이 배영을 하는 상상을 했어요. 배트맨은 워낙 슈퍼히어로라서 발장구만 쳐도 앞으로 나갈 수 있을 것 같아요."

"그건 배트맨이 아니라도 할 수 있어요. 나도 발장구만 쳐서 왔다 갔다 할 수 있어요."

"진짜요?"라고 말하고서는 이렇게 덧붙였다. "아아, 물에 눕는 건 어떤 기분일까?"

"그러니까 지금 발장구를 열심히 쳐야 돼요. 발장구만 잘 치면 회원님도 그럴 수 있어요."

"아시잖아요."

나는 풀 죽은 목소리로 말했다. 나도 잘하고 싶었다. 정말이지 이 남자가 그러는 것처럼 사뿐하게 물을 가르고 싶었다. 그건 내게 너무도 요원한 일이었다. 다시 태어나는 수밖에 없을 것 같았다.

"발을 쉬지 않고 움직이면 돼요. 발장구를 멈추지 않으면 몸은 앞으로 나아갈 수밖에 없어요. 물이 이끌어주니까요."

"물은 저는 이끌어주지 않아요."

"음, 어떻게 이야기하면 될까?"

"잘 해보세요."

그가 피식 웃었다.

"내가 표현력이 부족한 사람이라서…… 음. 아, 박자. 음악 좋아해요?"

"아니요."

내가 진지하게 들은 음악이라곤 왈츠밖에 없었다.

"안 좋아해도 할 수 없어요. 박자를 생각하면서 다리를 움직여봐요. 내일부터 당장 그렇게 해봐요."

"몇 박자요?"

"몇 박자인지는 중요치 않아요. 자기 리듬을 찾는다면 3박자든 4박자든 상관없어요. 그러면서 호흡을 연습하는 거예요."

"숨 쉬는 걸 왜 연습해요?"

"물속에 들어갈 거니까."

"못 들어가요."

"안 돼요."

"못 해요."

나는 입을 다문 채로 고개를 좌우로 흔들었다. 발장구도 아직 제대로 못 치는데 물속에 들어가는 건 안 될 일이었다.

"아니, 그러면 한 달 내내 발장구만 하다가 말 거예요?"

"코랑 입에 물이 들어가잖아요."

"덜 들어가라고 호흡을 배우는 거예요."

"진짜요? 그래도 들어가긴 들어가잖아요? 무서운데."

말을 하면서도 내가 한심했다.

이렇게 겁이 많으면서 어떻게 자살을 도모할 것인가. 그러니 나를 죽여줄 남자가 있어야 한다. 내 앞에 있는 이 남자는 어떨까?

"계속 그럴 거예요? 그럼 나 레슨 못 해요"라더니 다시 호흡에 대해 말했다. "별거 아녜요. 천천히 숨을 쉰다고만 생각해요. 안 그러면 진이 빠져요."

갑자기 웃음이 터져 나왔다. 진이 빠지도록 물속에 오래 있는 걸 상상할 수 없었기 때문이다.

"선생님, 혹시 대단한 사람 아녜요? 막 집에 메달이 수십 개 쌓여 있고 그런 거 아녜요? 수영 꿈나무가 잠시 방황하느라 수영 강사로 일하고 있는 거 아녜요? 배트맨이 평소 신분을 숨기고 평범하게 사는 것처럼."

"배트맨이 평소에 뭐가 평범해요. 전용기가 몇 대나 있는 줄 알아요?"라면서 수영 강사는 기가 막힌다는 표정이었다.

나는 수영 강사에게 물었다.

"물에 누우면 어떤 기분이에요?"

"우리 회원님은 딴청 부리시는 게 특기구나."

우리라고? 나는 기분이 아주 좋아졌다.

"글쎄, 그런 건 생각해본 적이 없어서." 그는 담담하게 말했다.

"엄청 거만하시네요. 너무 일상적인 일이어서 아무렇지도 않다?
숨 쉴 때 별다른 느낌이 없는 것처럼 물에 누워 있어도 그렇다, 뭐
그런 건가?"

"어, 그런 것 같아요. 말을 왜 이렇게 잘해요."

"물에 뜨지도 못하는데 말이라도 잘 해야죠"라고 말하고는 나는
입을 내밀었다.

그는 내 머리를 쓰다듬어주고 싶은 것 같았다. 정말 그런 것 같았
다. 나는 내 머리를 그의 손바닥 아래 가져다 대주고 싶었다. 그러고
는 내 정수리 냄새를 맡아도 된다고 허락해주고 싶었다.

수영 강사는 비가 그쳤다며 그만 가자고 했다.

"부모님이 걱정하시니까."

상관없다고 말하고 싶었지만, 그럴 수는 없었다.

거리로 나왔더니 비는 여전히 내리고 있었다. 너무나 가느다랗게
내려서 눈에 보이지는 않았지만.

"여우비네."

"여우비?"

"이런 걸 여우비라고 한대요."

그는 비를 향해 손을 뻗었다. 그리고 눈을 감았던가? 나는 그를

따라 비에게 손을 내밀면서 다시 한번 우리가 되었다. 비는 여우 같아서 잡힐 듯 잡히지 않았다.

"비가 올 줄 알았어요."

"일기예보에서 그랬어요?"

"그것만큼 못 믿을 것도 없다고요." 나는 그렇게 말하고는 생각나는 대로 나불거렸다. "어젯밤에 박쥐랑 거위 들이 집 안에서 정처 없이 날아다니고 돌아다니더라고요."

"박쥐랑 거위를 키워요?"

나는 어깨를 으쓱했다.

수영 강사와 헤어진 나는 비에 젖은 것도 젖지 않은 것도 아닌 채로 걷기 시작했다. 나를 적신 건 다른 것이었다. 어디선가 개구리가 통곡하는 소리가 들렸다.

22.
공중제비를 도는 돌고래

이 남자는 섹스도 청량하게 할 것 같았다.

그러면 나는 이 남자의 땀을 찍어 먹을 것이다. 찍어 먹고도 남는다면 유리병에 담을 것이다. 그러고도 남으면 《가정 요리법》에서 배운 대로 케첩을 만들 때 그것을 사용할 것이다. 왕새우 살을 넣고, 고추를 넣고, 그의 땀도 넣고 열심히 백포도주 병을 흔드는 것이다.

"영화 봐요."

내가 말했다.

"선생님이 햄버거 사주셨으니까 영화는 제가"라고 재빨리 덧붙였다. 하디스에 다녀온 지 2주일이 지나서였다.

"영화는 좋지만, 햄버거 때문에 그러는 거라면 괜찮아요"라고 수영 강사가 말했다.

"정말 맛있는 햄버거였거든요."

그 햄버거는 정말 독특했다. 늘 맛있다고 생각했었지만 그날따라 더 그랬다. 나는 그걸 처음 먹은 것처럼 감탄했다.

아기 엉덩이처럼 볼록하지 않고 평평한 그 빵은 버터에 구워내 갈색으로 그을려 있었다. 마가린이나 라드 따위로 굽는다면 그런 맛이 나지 않을 게 분명하다. 그 햄버거 역시 칼로리가 높겠지만 외양은 어떤 햄버거보다 담백하다. 꼭 수영 강사처럼.

"저 지금 데이트 신청한 거예요."

수영 강사는 웃었고, 나도 웃었다. 그렇게 나는 남자와 최초로 영화를 보게 되었다.

표와 본 건 엄밀하게 말하면 영화가 아니다. 영화와 비디오는 엄연히 다르다. 뭐가 좋고 뭐가 나쁘다는 게 아니다. 영화는 시간이 지나면 비디오가 된다. 영화는 신선하고, 비디오는 나름의 맛이 있다. 영화가 우유라면, 비디오는 버터랄까. 나는 우유도 버터도 좋아한다. 누구보다도 오랫동안 신선한 우유와 고소한 버터를 먹어온 목장집 딸로서 말하는 것이다.

〈비포 선라이즈〉를 보기로 간단하게 합의가 됐다. 이 영화를 보기로 한 건 잘한 일이었다. 제시라는 미국 남자보다 적극적인 셀린이라는 프랑스 여자가 나오기 때문이다.

"첫 번째 성적인 망상은?"이라는 제시의 질문에 자세하게 답하는 것부터가 호감이었다. 내가 그때까지 본 영화에서 그런 여자는 없었다. 어딘가 수줍고, 말을 잘 안 해서 남자의 애를 태우고, 거절하고 또 거절하다가 결국에 남자와 맺어진다.

셸린은 내숭이라는 게 없다. 망설이다가 먼저 말해버린다. 오히려 남자라서 잘 꺼내지 못하는 이야기들을 셸린이 한다. 가령 "나랑 지금 키스하고 싶다고 말하고 싶은 거지?"라고. 그러고 나서 둘은 키스한다. 나는 그녀를 귀감으로 삼고 싶을 지경이었다. 여자가 남자보다 적극적이라고 해서 흉이 될 게 없다는 것을 또 한 번 확인했다. 흉이 되더라도 적극적으로 행동할 생각이었지만, 어쨌든 용기가 더 해졌다.

"마지막으로 한 제모는?"

영화관을 나와서 그에게 처음으로 한 질문이었다.

셸린이 자신의 '첫 번째 성적인 망상' 상대는 수영 선수였고, 그 남자는 팔다리를 제모하고 경기에 나갔다고 말했기 때문이었다. 영화를 보는 내내 수영 강사에게 그 질문을 하고 싶어 미칠 것 같았지만, 우리 옆과 앞뒤에 사람이 빼곡해서 그럴 수가 없었다. 참느라고 오줌이 마려울 지경이었다.

"넉 달 전?"

"경기 나갔던 거죠? 메달도 따고 그랬어요?"

그는 고개를 끄덕이며 말했다. "제일 무거운 거."

"우와, 금메달?"

"동메달. 동메달이 제일 무거워요."

나는 조금 미안해져서 빨리 다른 질문으로 넘어갔다.

"있잖아요, 그거 팔이랑 다리만 해요?"

"그거?"

잠시 후 그가 다시 말했다.

"아아, 그거! 겨드랑이도 하죠."

"겨드랑이."

내가 이렇게 따라 하자 그는 나를 보면서 고개를 갸우뚱거렸다.

"또 다른 데는?"

수영 강사는 또 하하하, 하고 웃어버리고는 말했다.

"아아, 거기?"

나는 고개를 끄덕였다.

"거기도 해요. 선수들은 다 해요."

"그런데 말이에요, 사람들 생각은 다 거기서 거긴가봐요."

나는 재빨리 3인칭인 '사람들'이라는 말을 썼다.

"왜요?"

"셀린이 장 마크 플러린가 하는 수영 선수에 대해서 그렇게 말하잖아요. 돌고래 같았다고."

"아아, 그랬죠."

이 남자는 말을 하기 전에 '아아'라고 하는 버릇이 있는 것 같았다.

"나도 선생님이 돌고래 같다고 생각했거든요. 그래서 영화를 보고 나서 그렇게 생각하고 싶지 않아졌어요. 다른 게 뭐 있나 생각 중이에요."

"돌고래 좋은데."

"나만의 생각이 필요해요."

"그런 게 어딨어요? 돌고래보다 좋은 게 있을려나?"

그는 내 마음을 헤아리지 못했다. 나는 오염되지 않은 표현을 그를 위해 마련해주고 싶은 것인데.

"발가벗고 헤엄쳐본 적 있어요?"

"그럼요. 중학교 때 수영반 선배들이랑 많이 했어요. 우리 학교에 수영장이 딸려 있었거든요."

"아, 야해"라고 말하며 나는 인상을 찌푸렸다. 그런 척했다.

"남학교였어요."

"그래서요?"

"이럴 때 섹시하다고 하지 않나요?"

나는 고개를 가로저으며 말했다.

"'아, 섹시해'보다 '아, 야해'가 더 야하지 않아요?" 그러면서 나는 그가 벗은 모습을 상상해버렸다.

"다 벗고 헤엄치면 정말 돌고래 같겠어요."

"아, 야해."

이번에는 그가 그렇게 말했다.

우리는 밀크셰이크를 먹으러 갔다. 내가 밀크셰이크를 먹고 싶다고 해서. 수영 강사는 그럴 줄 알았다고 했다. 제시와 셸린은 밀크셰이크를 먹자고만 하고 먹지 않았다. 우리가 대신 먹어주자고 했다.

"뭐가 되고 싶어요?"

"네?"

"꿈이 뭐냐고요."

"꿈? 꿈, 꿈……."

사실대로 말할 수는 없었다. 올해가 가기 전에 죽는 거라고. 그러면 수영 강사는 얼굴색이 변해버릴 것이다. 이 사람은 너무나 건전한 몸과 마음을 가진 사람이라 그런 말을 받아들이지 못할 것이다.

"방금 생각났어요."

"아직까지는 없었는데?"

"꿈이란 그런 거니까요."

수영 강사는 고개를 끄덕였다.

"티셔츠 제작자가 되는 건 어떨까, 라고 생각했어요."

"의류 디자이너요? 어울려요."

"아니요"라며 고개를 저었다.

"그럼?"

"티셔츠만 만들어요. 더 정확히 말하면, 티셔츠에 들어갈 문구들을 생각하는 사람인 거예요."

그는 이해가 잘 안 된다는 표정이었다.

"그런 직업이 있어요?"

그는 정말 궁금한 것 같았다.

"선생님이 입었던 배트맨 티에 뭐라고 쓰여 있는지 아세요?"

수영 강사는 어리둥절한 표정을 지었다.

"웨잇 어 미닛. '조금만 기다려, 이 배트맨이 간다'라는 뜻이겠죠. 전 티셔츠 글자들을 보고 돌아다니는 게 취미예요."

거짓말이었다. 나는 내 순발력에 조금 놀랐다. 그러는 걸 좋아하기는 했지만 취미라고 할 정도는 못 됐다.

"대단한데요? 난 뭐라고 쓰여 있는지도 몰랐어요."

"조깅을 하면서 티셔츠 글자들을 보는 게 취미거든요."

조깅? 역시 거짓말이다. 한 번도 한 적이 없었다. 뿐만 아니라 하고 싶지도 않았다. 거리를 달리는 사람들은 얼빠져 보였다. 왜 쓸데없이 자기 몸을 학대해서 피곤하게 만든단 말인가? 산책을 하면서 그런 생각만 했다.

"조깅을 한단 말이에요?"라며 수영 강사는 두부처럼 말랑말랑하고 하얗기만 한 내 팔과 다리를 바라보았다. 찔러보고 싶지만 애써 참는 기색이었다. 거짓말을 눈치챈 걸까?

"자주 한다고는 말하지 않았어요."

나는 뜸을 들이다 말했다.

"사실, 티셔츠 문구들을 보기 위해서 조깅을 하는 거예요. 그냥 티셔츠를 보고 돌아다니는 건 지루하니까요. 조깅을 하면 적당한 속도가 만들어지거든요."

거짓말은 술술 풀려 나왔다. 그는 의심하지 않는 것 같았다.

"그렇게 본 문구들을 다 기억해요?"

나는 머리를 굴렸다. 어떻게 말하면 좋을지.

"아니요. 기억하지 않으려고 해요. 그냥 잊어버리려고 해요. 그래도 아찔한 것들은 결국 기억나요. 그럼 그때 그 문구들을 적어놓는 거죠."

"수첩에는 어떤 문구들이 있어요? 몇 개만 말해봐요."

제일 두려운 질문이었다.

"팬티 도둑 주의."

"또?"

"고슴도치와 오리너구리는 서로를 사랑한다네."

"그거 재밌네요. 고슴도치와 오리너구리는 뽀뽀할 수 있을까요?"

"오리너구리 입이 튀어나와서 다른 동물들보다는 고슴도치 가시를 피하는 데 유리할 거예요. 하지만 그래도 찔리기는 할 거예요. 찔리면서 하는 거죠."

"뭔가 되게 야한데요?"

수영 강사의 볼이 붉어졌다. 나는 그를 놀리고 싶었다.

"'아, 아파'라고 오리너구리가 말하면 고슴도치가 그러는 거죠. '아, 좋아', '아, 아파', '아, 좋아'가 반복되면서……."

"다른 문구는 뭐가 있어요?"

그가 정색을 하고 말했다.

"서핑의 왕이 내게 임했도다!"

"난 배꼽을 주는 것을 좋아해."

나는 천재 음유시인을 흉내 내면서 책임지지 못할 말을 뱉어냈다. 그러고는 티셔츠 이야기를 시작할 때부터 생각했던 문장을 말했다. 때가 된 것이다.

"이런 것도 있어요." 나는 무뚝뚝한 표정으로 약간 뜸을 들이다 말했다. "오늘 밤 나랑 자고 싶으면, 웃어줘요."

수영 강사는 웃음을 참지 못했다.

나는 웃지 않았다. 팔에 턱을 괴고는 그를 한참 쳐다봤다. 내 눈을 그의 눈동자에 고정시키고서 말이다.

"웃은 거예요?"

그는 다시 웃었다. 그러고는 말했다.

"아, 야해."

"아, 야해."

이번에는 내가 그를 따라 했다. 그리고 웃었다.

너무 쉬워서 맥이 빠지는 기분이 들었다. 여자애가 남자를 꼬시기란 너무나 쉬운 것이다. 아찔하게 달콤한 게 먹고 싶었다.

나는 전략대로 수영 강사를 다루기로 했다. 대단한 건 아니다. 이른바, '자연모방법'이다. 수축과 이완. 밀물과 썰물. 강화와 약화. 상승과 하강. 양화(陽貨)와 악화(惡貨). 공격과 수비.

다시 공격의 시간.

"그런 거 멋지지 않아요? 만난 바로 그날에 자는 거?"

"난 반대예요. 잘 알지도 못하는 여자랑 자는 거는."

"나도 별로라고 생각했어요. 그런데 영화를 보고 달라졌어요. 하루에도 기-승-전-결이 있다면 어떻게 하겠어요? 결을 행하는 수밖에."

"그거 알아요? 말하는 게 독특해요."

"어떤데요?"

"미리 생각한 걸 읽는 것 같아요."

"별로예요?"

"아니요, 아주 재밌어요. 이렇게 말하는 사람을 본 적이 없으니까."

다시 화제가 다른 데로 달아나버렸다. 이 남자야. 제발, 집중 좀 하란 말이다.

"궁금한 게 있어요."

수영 강사는 긴장한 것 같았다.

"수영선수는 삼 분은 더 하겠죠?"

영화에서 셀린이 말했던 것이다. 삼 분 섹스하고 나서 바로 곯아떨어지는 게 남자들이라고. 이 영화를 보기로 한 건 정말 적절한 선택이었다.

"수영 선수도 수영 선수 나름이겠지만……."

"영화를 보면서 생각했어요. 여자들이 수영 선수가 섹시하다고 생각하는 것은 그런 이유도 있지 않을까라고. 왠지 삼 분은 더할 것 같으니까. 그리고 바로 곯아떨어지지 않을 것 같으니까."

"그런가?"

"침대에서도 균형을 잘 잡을 것 같고. 물속에서도 그러는데 침대 같은 데서는 얼마나 자유자재겠어요?"라고 말하며 나는 그를 봤다. 이 남자는 가련하게도 온몸이 빨개졌다.

"아아, 정말……."

"정말? 정말 뭐요?"라며 나는 딴청을 부렸다. 그러고는 말했다. 검지 손가락으로 탁자를 쓰다듬으면서.

"나, 정말이지 궁금하거든요."

물론 계산된 행동이었다. 내가 고개를 들었을 때 그는 손을 내밀었다. 나는 그 손을 잡고 일어났다.

입을 맞추고 나서 나는 궁금했던 것을 물었다.

"파란색? 초록색?"

"응?"

"치약 뭐 써요?"

초록색일까, 파란색일까. 나는 파란색에 걸기로 했다. 그는 파란색이었으니까.

"파란색."

기분이 좋아서 나는 혀로 그의 이빨을 쓰다듬었다.

"정말 그런 것 같아. 파란색 맛이야. 음. 파란색 맛일 수밖에 없어."

그는 내 목덜미를 끌어안았다. 우리는 다시 서로의 침을 삼켰다.

"봐, 완벽한 돌고래가 되었어."

그는 명랑하게 옷을 벗더니 명랑하게 말했다.

"완벽한 돌고래는 어떤 돌고랜데요?"

"온몸이 하나의 선으로 연결된 돌고래."

"별로 완벽하지 않은 것 같은데?"

"어째서?"

"그런 돌고래는 움직임이 느껴지지 않잖아요. 죽은 돌고래도 하나의 선으로 연결되어 있을 거잖아."

"그러네."

"난 살아 있는 돌고래가 좋아요. 물기가 있어 미끈거리고, 심장이 뛰는. 심장이 하도 거세게 뛰어서 쿵쿵거릴 때마다 물을 뿜는 거야. 너무 예쁘게. 아주아주 예쁘게."

나는 힘차게 공중제비를 도는 돌고래를 상상했다.

"폭풍을 기다리는 돌고래라면 어떨까?"라고 그가 말했다. "폭풍이 오기 전에 돌고래는 심장이 튀어나올 거 같거든."

"어떻게 알아요?"

"내가 돌고래니까."

"완벽한 돌고래?"

"봐봐, 심장이 뛰고 있어."

바깥으로 꺼내진 그의 심장은 박자에 맞춰서 움직이고 있었다.

나는 그의 작고 단단한 심장을 만졌다. 손끝으로 심장 소리를 들을 수 있었다.

"잠깐만."

나는 순결 사탕을 꺼냈다. 입에 물고는 "됐어"라고 했다. 나는 사탕을 잠시 녹이다가 그의 입으로 패스했다.

"아, 아파."

"아, 좋아."

"아, 아파."

"아, 좋아."

"아."

"아."

우리는 돌고래 두 마리가 된 것처럼 소리를 질렀다. 성대 안에 거대한 공기주머니가 생긴 기분이었다. 돌고래는 서른두 종류의 소리를 낼 수 있다고 한다. 휘파람 소리, 짖는 소리, 마당을 쓰는 소리, 문첩 삐걱대는 소리…….

나는 세상의 온갖 부드럽게 흔들리는 것들에 대해 생각했다. 숲과 나무와 잎사귀와 잎맥과 수피와 아무튼 그런 것들을. 그 상냥한 연인들이 잠시 완악해졌다가 다시 부드러워지는 것을 상상했다.

신기한 일이었다. 다른 뜻을 가진 '아'들이 침대 위에 쌓여갔고, 쌓여갔고, 쌓여갔고, 가득 차서 앉을 자리가 없게 돼버리자 '아'들은 사라져버렸다. 크레센도였다가 데크레센도로. '아'들은 그렇게 모두 소멸해버렸다.

아아아아아아**아아아아아아**아아아아아

순결 사탕이 모두 녹아버렸기 때문에 또 다른 순결 사탕을 꺼냈다. 그런 건 죄다 녹여 없애버려야 하는 것이다.

"아, 달다."

나는 기분이 아주아주 좋았다.

"사탕이 그럼 달지."

"이 사탕은 더 단 사탕이거든요."

"청포도 맛이네? 자두 맛보다 이게 더 좋아."

그는 사탕을 입안에서 굴리면서 눈을 부릅뜨고는 이렇게 말했다.

"절대 안 잘게요."

"응?"

"잠드는 남자가……."

내 기억은 여기까지다.

꽤 피곤한 일이었는지, 나는 잠들어버렸던 것이다. 내가 일어났을 때, 수영 강사는 불평했다. 잠드는 남자가 싫다고 해놓고 잠드는 여자는 어떻게 생각해야 되냐면서. 내가 잠꼬대를 했다고 했다. 아무래도 거짓말 같았다. 그때 내가 잠들지 않았더라면 이렇게 말했을 것이다.

'잠들어도 괜찮아요. 삼 분보다 오래 있었으니까.'

23.
마요네즈에 대한 햄버거의 관념

　남자랑 처음 자고 난 여자는 양다리를 벌린 채 걷는다고 했다. 그럴 수밖에 없다고 했다. 그래서 나는 잔뜩 긴장했었는데, 다리는 벌어지지 않았다. 힘을 주지 않아도 평소처럼 걸을 수 있었다. 겉으로 보기에는 아무런 표가 나지 않은 것이다.

　낭설이란, 이렇게 허무하다.

　중학교 때, 생리를 하는 여자와 그렇지 않은 여자를 식별하는 방법을 알려준 애가 있었다. 코에 초록색 젤리 같은 점이 있는 애였다.

　"쪼그려 앉아봐. 그리고 무릎을 양손으로 껴안아."

　걔는 자기 말대로 하고 앉아 있는 우리들의 이마를 중지로 밀었다. 다른 애들은 흔들렸지만 뒤로 넘어가지 않았고, 나만 넘어갔다. 지금 생각해보면, 애들은 뒤로 넘어가지 않으려고 무게중심을 앞으로 쏠고 있었다. 생리를 하는 여자이고 싶지 않았던 것 같다. 청순한 소녀로 남기 위해서는 피를 흘리면 안 된다고 생각했던 걸까?

나는 '소녀'이고 싶지도, 더군다나 '청순한 소녀'이고 싶지도 않았기 때문에 게네들의 마음을 잘 이해할 수 없었다. 내가 뒤로 넘어가자 점 있는 애는 음흉하게 웃으며 말했다. "너, 생리하는구나." 걔의 말에 따르면, 생리를 시작한 여자는 둔부에 피하지방이 증가해 엉덩이가 무거워지기 때문에 무게중심이 뒤로 쏠린다고 했다. "이른바, 중력의 법칙이지"라며 잘난 체를 했다.

나는 픽 웃고 말았다. 그때만 해도 나는 생리를 하지 않았으니까. "어떤 기분이야?"라고 애들이 물었다. "아무렇지도 않아. 그냥 피 같은 게 흐를 뿐이야"라고 말했다. 그 애들은 믿기지 않는다는 표정을 지었다. 나는 그 애들이 다 생리를 하고 있다는 걸 알고 있었다.

시간이 꽤 지나서 나도 그걸 하게 되었지만, 정말 아무렇지도 않았다. 화장실에 자주 가야 한다는 것, 말라가는 피 색깔이 흉측하다는 것, 걸을 때 바스락대는 소리가 거슬린다는 것 말고는. 배나 허리가 아프지도 않았고, 빈혈 같은 게 생기지도 않았으니까. 생리 전조 증상도 없어서 늘 갑자기 당하는 편이었다.

감정이란, 돌연 바뀌지 않는다.

언니가 엄마가 되었다고 달라진 건 없었다. 갑자기 미구 씨와 아빠에게 반발심이 들지도 않았다. 그렇다고 미안함과 고마움이 생기지도 않았다. 나는 지독히 동정심이 없는 사람이니까. 나는 예전처럼 적당히 냉정했고, 적당히 상냥했고, 적당히 무심했다. 기분은 좋지 않았지만, 생각해보면 나는 늘 기분이 좋지 않은 편이었다.

수영 강사랑 잤다고 해서 그가 더 특별해지지도 않았다. 그 순간에는 누구보다 친밀하게 느껴졌지만, 그건 표와 키스할 때도 그랬다. 사랑까지는 아니더라도 좋아할 수 있는 사람과 자야 한다는 깨달음을 얻었다. 한숨이 나왔다.

같이 죽자고 결심할 만큼, 아니 죽여달라고 말할 수 있을 만큼 좋아하는 사람을 만나기란 불가능에 가까웠다. 입을 맞춰도 두 세계가 섞이는 순간 같은 건 오지 않았다. 얼마나 엄청나게 좋아해야 내 목을 졸라달라고 할 수 있을지 가늠이 되질 않았다. 나를 대상으로 한 일련의 생체실험을 통해 그것을 깨달은 것이다. 나는 의기소침해진 채로 몇 달을 보냈다.

그런데 갑자기 프로작이 나타났다. 정말이지 '갑자기'라고 말할 수밖에 없다. 어떤 기미도 없이 어느 오후에 내 앞에 나타난 것이다. 가을이었고, 별다른 게 없는 날이었다. 나는 서점에서 책을 보고 있었다. 더 정확히 말하자면, 매대에 있는 장정일의《내게 거짓말을 해 봐》를 넘기고 있었다.

"쥴."

반사적으로 고개를 돌렸다. 나를 부른 것 같은 사람은 없었다.

"쥴."

책을 보고 있는데 또 그런 소리가 들렸다. 나는 이번에도 고개를 돌렸다. '쥴'이라고 불리는 다른 사람이 있다면 얼굴이라도 보고 싶었기에. 고개를 숙이고 책을 보는, 따분한 Y고등학교 애들 몇 명이 있을 뿐이었다.

"쥴."

또다시 이 소리가 들렸다. 나는 고개를 들지 않기로 했다. 정말 나를 부르는 것이라면, 정말 나를 필요로 하는 것이라면, 내 앞에 나타나지 않고는 배길 도리가 없을 테니까.

장정일의 책을 매대에 내려놓고 나가는데 누군가가 내 앞을 막았다. 나도 아는 남자애였다. 셔츠 안에 자를 숨겨서 화장실에 가는, 내 룸메이트가 좋아하는 애였다.

얘가 왜?

차라리 꿈을 꾸는 거라면 좋겠다고 생각했다. 성의 집에 갔던 일만큼이나 현실감이 없었다.

"쥴."

그 애가 말했다. 꿈이라면 어떻게든 깨어나고 싶은 기분이었다.

"쥴, 맞지?"

그 애가 다시 말했다. 나는 아무 말도 하지 못하고 그냥 서 있었다.

"내가 누굴 것 같아?"

"……."

"내가 누군지 알지?"

"모르는데."

거짓말이었다. 그 애를 모르는 애는 우리 학교에 없었다.

"지금은 7월이 아니지만 너는 쥴이야. 하지만 너를 처음 만났을 때는 7월이었어. 그치?"

그리고 그 애는 프로작이었다.

"……."

"내가 누군지 알지? 말해봐."

"……."

나는 내 구두코를 보고 있었다. 내 눈앞에 있는 애가 자기가 프로작임을 증명하는 말을 들으면서. 밤마다 몇 시간씩 얘기를 하던, 재미있으면서 염세적이고 엉뚱하던 그 남자가, 이 애라니. 이게 무슨 찰스 디킨스식 전개란 말인가.

나는 《위대한 유산》을 읽다가 던져버린 적이 있다. 예고도 없이 어떤 인물이 소설 후반부에 등장하더니만, 모든 문제의 해결사가 되었기 때문이다. 나는 농부는 농부처럼, 고아는 고아처럼, 그야말로 전형적으로 인물을 묘사하는 디킨스의 문체가 거슬림에도 불구하고, 그 인물이 나오기 전까지는 그 소설을 좋아하고 있었다. 주인공이 어떻게 '핍'이라고 불리게 됐는지를 말하는 소설 도입부와 미스 하비샴이라는 섬뜩하고 슬픈 인물에 끌렸기 때문이었다. 그래서 실망이 더 컸다. 내 앞에 갑자기 나타난 프로작도 그랬다. 나는 생각보다 그를 좋아하고 있었던 것이다.

프로작이 어떤 남자이길 바랐던 걸까? 적어도 나보다 어른일 줄 알았다. 그리고 신비한 인물. 그 애는 둘 중 어느 것도 아니었다.

나는 애들의 눈을 피할 수 있는 길로 걸어갔다. 내가 아무리 남들 시선을 신경 쓰지 않는 사람이라고 해도, 이 유명한 애랑 같이 있는 걸 보이기는 싫었다. 내 뒤를 프로작이 다섯 걸음쯤 뒤에서 따라오고 있었다.

나는 아파트 단지로 들어갔다. 훼미리마트나 버거킹에 갈까도 생각했지만, 아무래도 통유리라 신경이 쓰였다. 나는 키 큰 나무 옆 벤치에 앉았다. 키만 큰 게 아니라 잎도 큰 나무였다. 잎은 내 손바닥보다도 컸다. 밤이라면 잎이 달그림자를 받아낼 수 있을 것 같았다.

"나는 지금 몹시 당황스럽고 기분이 안 좋아. 아주 안 좋아. 어떻게 된 일인지 알기 쉽게 말해주면 좋겠어."

이쯤에서 얘가 왜 유명해졌는지 설명을 해야 할 것 같다. 좀 자세하게.

내 앞에 나타난 이 남자애의 이름은 최윤하였는데, 학교에서 얘를 모르는 사람은 아무도 없었다. 여러모로 눈에 띄는 애였다. 얼굴도 그만하면 멋있고, 옷도 잘 입고, 뭔가 있는 애로 보였다. 그리고이 애 주위에는 항상 찝찝한 소문들이 돌았다. 기숙사에 살다가 학교 밖에서 자취를 하고 있었는데, 그 이유를 둘러싼 소문들이 얘를유명하게 만들었다.

소문은 크게 두 가지였는데, 하나는 절도고 다른 하나는 여자 문제였다. 여자 기숙사에서도 그랬지만, 남자 층에서는 여자 층과는비교되지 않을 만큼 절도가 심각했다. 이 애의 사물함에서 시디플레이어가 스무 개가 넘게 나왔다는 소문이 돌았다. 그걸 팔아서 옷을 산다는 얘기도 있었고.

다른 소문은 더 심각한 내용이었다. 이 애가 중학교 때부터 사귀던여자가 있는데, 그 여자와 같이 살림을 차렸다는 소문이었다. 더 가

관인 것은, 그 여자는 우리보다 다섯 살인지 열 살인지 연상인 술집 여자라고 했다. 이런 얘기는 너무 극적이라 믿기 힘든 소문이었다.

"남다르네. 얼마나 매력적이면 여자가 따라 왔겠어?"

나는 최윤하를 좋아하는 룸메이트한테 이렇게 말했었다. 하지만 최윤하가 프로작이라는 것을 알게 되자 생각이 달라졌다.

애들은 대개 이 소문을 믿었다. 남자애들까진 모르겠고, 여자애들은 그랬다. 그래서 '더럽다'고 말하는 여자애들도 있었다. 그럼에도 불구하고 이 애를 좋아하는 여자애들도 있었다. 소문이 모함일 거라고 믿는 여자애들과 소문이 사실일지라도 최윤하가 좋다는 여자애들이. 내 룸메이트는 후자였다. 룸메이트 때문에 나는 이 애에 대한 이런저런 소문들을 알게 된 것이다.

"여자랑 같이 사는데도 좋아?"

"멋있잖아."

멋있다는 기준은 정말이지 주관적이다. 반박할 수가 없다. 애초부터 논리란 게 없기 때문에.

"술집 나가는 여잔데도?"

"사실이 아닐 거야"라고 말했지만 표정을 보니 룸메이트도 믿고 있는 눈치였다.

이런 애가 프로작이었다니, 나 역시 불결하다는 생각을 떨칠 수 없었다. 뭐가 더러운지 정확히 설명할 수는 없었지만, 이런 애랑 같이 있다는 것만으로도 두려운 기분이 들었다. 나는 이런 애한테 까

불었던 것이다. 지저분한 걸 하고 와서 알려주겠다고. 얘는 내가 얼마가 가소로웠을까. 나는 너무 부끄러워서 고개를 들 수가 없었다.

"불법적인 그런 거는 절대 아냐. 해커 같은 건 아니라고."

프로작이 말했다. 나와 프로작은 벤치 양 끝에 앉아서 앞을 보고 있었다.

"언제부턴가 네가 우리 학교 애가 아닐까 생각했어."

"어떻게?"

"네가 말하는 건 나도 알고 있는 거였거든."

분했다. 어떻게 나는 전혀 눈치를 못 챈 거지?

"어떤 게?"

"기숙사, 우열반, 여자 사감, 파르테논식 기둥, 우월감 넘치는 교장. 또 누가 훈화를 한 시간 넘게 하겠어?"

나는 프로작이 고등학생이라고 생각해본 적은 한 번도 없었다. 대학생이나 나이 든 고등학교 자퇴생이라고 막연히 생각했다. 프로작이 말했다.

"처음에는 아니겠지 하고 말았어. 어딘가에는 훈화를 두 시간 동안 하는 교장이 또 있을지도 모른다고 생각하면서."

"없을 거야."

"그럴까?"

그런 교장은 상상하고 싶지도 않았다. 그런 훈화에 시달리는 애들은 우리 학교 애들로 족하니까.

"PC통신에서 만난 여자애가 우리 학교 애라니. 이상하잖아. 너도 지금 나처럼 생각하고 있는 거 알아. 나보다 더 이상한 기분이 들 거야. 너무 이상하지.”

“너무.”

나는 바보처럼 이 말을 반복했다.

“너무너무.”

나는 프로작을 향해 “잠깐만” 하며 손바닥을 내밀었다.

“네가 말한 국어가 그럼 성인 거야?”

“응.”

“의자로 찍는다는 사람이?”

“응.”

“세상에.”

“더 이상해졌어. 요즘에는 의자를 던지기까지 해.”

한숨이 나왔다. 보험을 하나라도 들어줄걸, 하는 생각이 잠깐 들었다.

“그러고도 가만있어? 그걸 당하고만 있다는 거야?”

“그러게”라고 태평하게 대답하며 그 애는 말을 이었다.

“쪼끄맣잖아. 힘도 없어 보이고.”

“아닐걸.”

“힘이 세다고? 그게 아니라 그 사람 미친 것 같지 않냐? 눈빛 봐봐. 광인은 엄청나거든. 애들도 그걸 다 알아.”

광인. 광인. 광인. 나는 이 단어가 낯설지 않았다. 나도 일종의 광인인 걸까? 언니는 광인이 될까봐 무서웠던 걸까?

"어느 날인가 서점에 가게 됐는데. 네가 한 말이 생각났어. 네가 다니는 서점에서는 물 냄새가 난다고 했잖아. 서점에서도 지하에 있는 수영장이 보인다고 했고. 눈이 나빠서 자세히는 안 보이지만 그게 더 좋은 것 같다고, 상상할 수 있어서라고 말했잖아. 아, 여기 구나. 여기가 물빛 서점이구나 했어."

"물빛 서점?"

나는 그런 말을 쓴 적이 없었다.

"네가 그 서점을 묘사하는 걸 들으면서 그런 이름이 떠올랐나봐. 어쨌든 너를 우연히 만나기 위해 서점에서 기다렸어. 네가 장정일 소설 구경하러 가겠다고 했었잖아. 그래서 물빛 서점에서 기다린 거지."

"그랬지."

"일주일만 기다리면 만날 수 있을 거라고 생각했어. 해줄 이야기 가 있었거든."

"뭔데?"

"장정일은 소설보다 시가 더 좋다고. 줄 님에게 그 이야기를 꼭 해주고 싶었어. 줄 님이라면 그런 이야기를 해도 알아들을 사람으 로 보였거든."

나는 잠시 우쭐한 기분이 들었다.

"PC통신으로 하면 되잖아."

그는 고개를 저었다.

"이 사람 시도 써?

"먼저 시를 쓰다가 나중에 소설을 쓴 거야."

"어떻게 알아?"

"이런 말하기 좀 그렇지만, 나 시를 쓰고 싶거든."

나는 참지 못하고 웃어버렸다.

"시? 시?"

"비웃는 거야? 이럴까봐 얘기 안 하려고 했어."

"알지? 성도 시인이 되고 싶어 했다는 거. 너도 윤동주를 줄줄 외우고 그러니?"

성은 자신이 실패한 시인 지망생이라는 걸 숨기지 않았다. 성은 기분이 좋으면 윤동주의 시를 외우곤 했는데, 그럴 때는 심지어 그가 잘생겨 보이기도 했다.

"어떤 시?"

내가 물었다.

"어떤 시를 쓰고 싶냐고?"

"말해도 내가 이해할 수 있을지는 모르겠지만."

나는 교과서에 있는 시들 말고는 시라는 걸 읽어본 적이 거의 없었다. 시인? 그런 게 직업이 될 수 있나? 너무 허무맹랑하게 보였다. 하루 종일 티셔츠 문구를 생각하는 사람이 되고 싶다는 내 생각만큼이나. 내가 물었다.

"황지우를 좋아한다고 했었지?"

"사실은 그 사람을 아주 좋아하지는 않아."

"왜?"

"뭐랄까, 너무 잘났어. 막 쓴다고 생각했는데, 공부를 너무 많이 했어. 그럴듯한 말이 너무 많아. 그래서 신선미가 없어. 몸으로 느끼는 시가 좋아졌거든."

"그게 누군데?"

"장정일이 그런 시를 써. 김영승이라는 사람도 좋아. 알아?"

나는 전혀 알지 못했다. 하지만 이런 류의 이야기라면 밤을 새서라도 할 수 있을 것 같았다.

"제목이 뭐야?"

"시집? 장정일은 《햄버거에 대한 명상》, 김영승은 《권태》. 둘 다 두 번째 시집이야. 나는 두 번째 시집이 좋아야 정말 좋은 시인이라고 생각해."

어쨌거나 끌리는 제목이었다.

"어떤 이유에서?"

"첫 번째 시집은 나름대로 다 좋을 수밖에 없어. 누구나 한 권은 쓸 수 있으니까. 잔뜩 힘을 줘서 자기한테 있는 것을 다 보여주려고 하지. 이게 나란 사람이다, 하면서 잔뜩 폼을 잡거나 미친 척을 하는 거지. 그런데 두 번째 시집은 달라. 어딘지 체념의 분위기가 있어. 난 그게 그렇게 좋은 거야."

"시를 쓰면 쓸쓸해지나?"

"그럴지도." 프로작은 이렇게 말하며 고개를 끄덕이고는 덧붙였다. "다 쓸쓸한 거 아닌가? 모든 일이?"

나도 고개를 끄덕였다. 고개를 저을 수는 없었기 때문이다.

"넌 마요네즈를 좀 바를 필요가 있겠다."

"뭐?"

나는 난데없는 그 애의 말에 인상을 찌푸렸다. 나는 마요네즈를 싫어한다. 계란 비린내가 신경을 건드리기 때문이다.

"마요네즈? 내가 아는 마요네즈?"

프로작은 고개를 끄덕이며 말했다.

"네 머릿속에 잡념들이 스며들지 않도록 방부 처리를 하는 거야. 너는 잡념이 너무 많아."

"미라처럼?"

"그렇게 영원히는 아니고, 일시적으로." 그러고는 그는 말을 이었다. "빵에 왜 마요네즈를 바르는 것 같아? 네가 햄버거 빵이라고 생각해봐."

"뭐?"

햄버거 빵이 아니면서 어떻게 햄버거 빵의 마음을 알 수 있단 말인가.

"양상추니 토마토니 하는 것들에 물기가 있잖아. 그 물기가 빵에 스며들지 않게 하기 위해 마요네즈를 발라주는 거야. 고소한 맛을 더하기 위해서이기도 하지만. 마요네즈가 없다면, 빵은 축축해지고 말 거야. 축축해진 햄버거를 먹고 싶을 것 같아?"

듣고 보니 그럴듯한 말이었다.

"감탄하지 않아도 돼. 장정일이 햄버거에 대해 쓴 시에 있는 말이야. 〈햄버거에 대한 명상〉. 마요네즈를 바른다는 행위는 잡념이 틈

입하는 거를 막아준다는 말이 나오거든."

"그러니까 햄버거 빵의 입장에서 말하는 거네. 마요네즈에 대한 햄버거의 관념 같은 건가? 마요네즈가 잠시 잡념을 막을 수는 있겠지. 그런다고 잡념이 사라져? 아무리 강력한 마요네즈라도 그런 일은 할 수 없을 거야."

아무리 철문으로 막아놓는다고 해도 이 애와 나처럼 어떻게든 만나지는 것이다. 그가 말했다.

"아무래도 너한테는 힘들까? 이건 어떨까. 잡념이 사라질 때까지 계속 잡생각을 하는 거야. 그래서 그걸 싹 말려버리는 거야. 바닥까지."

"잡생각이라고? 기분이 좋지 않아."

"그럼 아예 생각을 하지 않거나. 이 순간부터 하지 않기로 하는 거야."

"그건 가능할 것도 같아."

나는 양손을 모으고서 말했다.

"진짜?"

"죽고 나면 생각을 할 필요가 없겠지. 어차피 생각나지 않을 테니까."

"정말 그럴까? 귀신은 그럼……?"

"귀신을 본 적이 있어?"

"아니. 그렇지만 귀신은 몸은 없어도 영혼은 있잖아. 영혼이 있다면 생각을 할 수 있지 않을까?"

"그럴까? 영혼이 있다면 생각을 할 수 있나? 잡념을 떨치지 못하는 귀신, 좀 멋진 것 같아."

"넌 생각이 너무 많아."

"너는 아니고?"

"너는 좀 막살 필요가 있을 것 같아."

"막사는 게 어떤 건데? 너처럼 사는 것?"

"그래, 나처럼."

프로작은 그렇게 말하며 고개를 끄덕였다. 내가 자신을 둘러싼 소문을 알고 있음을 그는 아는 것 같았다. 다른 건 그렇다고 치더라도, 나는 도둑질에 대해서는 관대할 수 없었다. 내가 좋자고 남의 것을 뺏는 건 싫다.

프로작은 말했다. 이야기를 쏟아내고, 쏟아내고, 또 쏟아내라고, 그래서 탈진하라고. 원한다면, 자신이 스펀지가 되어주겠다고.

나는 '부드러운 모서리의 방'으로 가고 있는 걸까?

24.
시벨리우스와 노란 부리 새, 그리고 거미

"그런데 그 시계는 뭐냐? 조종사 같아. 아까부터 묻고 싶었어. 네 거야?"

다시 아파트 단지 벤치에서 만났을 때, 프로작이 물었다. 이제 PC 통신은 하지 않는다. 프로작이 누구인지 알게 되었는데도 예전처럼 그걸 하고 있을 수는 없었다.

"응."

"유품 같은 거야?"

"그런 셈이지."

"그런 셈이지는 뭐야?"

프로작은 내가 그를 궁금해하는 것보다 훨씬 나를 궁금해했다.

"내가 차고 나와버렸거든."

좀 우울해진 것처럼 보이고 싶었다. 사연 있는 여자. 프로작에 뒤지지 않는.

"어디서?"

"말 안 해도 알 것 같지 않아?"

나는 과거 있는 여자가 지을 법한 표정을 지었다. 시계를 보면서. 그리고 무슨 생각이든 하려고 했다. 이를테면 이런 생각. 줄이 가죽으로 된 시계였다면 그의 냄새가 남아 있었을 텐데. 깨끗한 땀 냄새가. 내가 일어났을 때 수영 강사는 잠들어 있었고, 내가 샤워를 하고 나왔을 때도 여전히 잠들어 있었다. 그를 깨울까 생각하다가 어떤 생각이 떠올랐다.

그때는 그게 좋은 생각인지 아닌지 판단하기보다는 빨리 실행에 옮길 필요가 있었다. 그가 잠에서 깨버리면 할 수 없는 일이기 때문이었다. 그를 기념할 만한 물건을 들고 나가버리자. 시계를 골랐다. 반바지나 티셔츠도 고려했지만, 그를 곤란하게 만드는 건 좀 그랬다. 메모 같은 건 남기지 않기로 했다.

영영 보지 않겠다고 생각한 것은 아니었다. 상처를 받기 위해서도, 상처를 주기 위해서도 아니었다. 나는 그가 나를 찾을 거라고 생각했다. 그러나 수영 강사에게서는 연락이 오지 않았다. 나도 잘못했다. 남아 있는 레슨에 가지 않았다. 그가 오지 않을까봐.

그랬다.

그가 수업에 오지 않을 정도로 몰염치한 사람은 아니라고 생각했지만, 그건 내 믿음일 뿐이었다. 믿음이 깨진다면 어떻게 수습해야 할지 자신이 없었다. 나는 그에 대한 믿음을 지키고 싶었다.

"잘못을 했어?"

"누가 말이야?"

나는 심술을 부리고 싶었다.

"그 남자……."

프로작은 기분이 안 좋아 보였다.

"아니."

"그럼?"

나는 시간을 충분히 두고 말했다. 생각할 시간이 필요했기 때문이다.

"시벨리우스 때문이야."

"시벨리우스? 음악가?"

나는 고개를 끄덕였다.

"그 사람이 시벨리우스를 닮았거든"라고 하고는 이어서 말했다.

"라디오를 듣는데 진행자가 이렇게 말하는 거야. 여름에는 역시 시벨리우스죠, 시벨리우스를 들으면 더위 같은 건 우스워져요. 이런 말을 들었는데 안 들어볼 수가 있겠어? 그래서 들었어."

"멋진 말이네. 내가 먼저 했다면 좋았을 텐데."

"진행자의 말을 듣지 않았더라도 그 노래들이 좋았을까? 시벨리우스를 매일같이 들었어."

"안 질렸나?"

"정말 매일은 아니고, 자주 들었어."

나는 또 거짓말을 창작하기 시작했다. 이게 말이 되는지 안 되는지 생각할 여유는 없었다.

"시벨리우스가 핀란드 사람인가 그럴 거야 아마. 핀란드가 추운 나라잖아. 추운데 어딘지 온화하게 추울 것 같지 않아?"

프로작은 동의하지 않는다는 표정을 지었다.

"노르웨이 같은 나라는 혹독하게 추울 것 같지만 말이야. 시벨리우스를 듣고 있으면 핀란드에 있는 새들이 생각나는 거야"라고 말한 뒤 나는 손가락으로 하늘을 가리켰다. "새들이 하늘을 날고 있어. 다 비슷하게 생겼어. 그런데 좀 다르게 생긴 애가 있어. 걔만 노란 부리인 거지. 그 노란 부리 새를 생각했어."

"노란 부리 새는 거기 왜 있는 건데?"

"두 가지 원인이 있을 수 있겠지. 뻐꾸기 같은 얌체가 남의 둥지에 자기 알을 깠거나, 아니면……."

"아니면?"

"노란 부리 새 무리가 싫어져서 하얀 부리 새 무리로 망명을 신청한 거야. 그래서 하얀 부리 새 무리와 같이 날고 있는 거지. 눈에 그려봐봐. 아름답지 않니?"

프로작은 내 이야기에 빠진 듯한 얼굴을 하고 있었다.

"그런데 망명을 하고 보니 여기도 아닌 거야. 자기가 일종의 회색 분자처럼 느껴진 거지."

나는 갑자기 울컥 눈물이 나왔다. 노란 부리 새가 불쌍해져서. 나보다도 더.

"불쌍한 애네."

"그렇지? 그래서 회색분자인 이 노란 부리 새는 생각에 잠겨. 또 다른 데로 망명해버릴까 아니면 죽어버릴까. 그런 생각을 하느라 하늘을 나는 데 집중하기가 힘들어."

"하얀 부리 새들의 입장은 뭔데?"

"하얀 부리 새들은…… 망명을 받아준 자기네들의 결정을 후회하지만, 어쩔 수 없지. 일사부재리, 뭐 그런 거야."

"노란 부리 새가 왜 죽어야 돼?"

"어쩔 수 없는 일이야. 새는 혼자 날 수 없으니까."

"……."

"그런데 문제가 있어. 이 노란 부리 새는 겁이 많아. 죽고 싶은데 무서운 거야. 고통 없이 죽고 싶어 해."

"달콤하게?"

"달콤하게"라고 프로작 말을 따라 하고는 덧붙였다. "세상 물정을 모르는 거지."

프로작은 벤치에 등을 기댄 채 눈을 감고 있었다.

"졸려?"

"아니. 노란 부리 새를 생각하고 있어"라고 프로작은 말한 후 이렇게 물었다. "그런데 말이야, 노란 부리 새는 뭐를 좋아하냐? 마음 둘 데가 한 군데는 있어야지. 안 그러면 애가 너무 불쌍하잖아."

그는 노란 부리 새를 진심으로 걱정하고 있었다. 나는 프로작이

다르게 보였다.

"석양을 좋아해."

잠시 생각하다가 말했다.

"노란 부리 새가?"

나는 고개를 끄덕였다.

"석양을 보고 있으면 죽는 게 나쁘지만은 않다고 생각할 수 있거든. 석양은 사라지잖아. 그래서 아름다운 거고. 노란 부리 새는 석양 무렵 나는 걸 아주 좋아해."

"아주?"

"아주아주."

"친구는 없냐?"

"없어."

나는 단호하게 말했다.

"좋아하는 애는?"

"거미. 거미를 좋아해."

"거미?"

"거미가 석양을 더 아름답게 하거든."

"무슨 말이냐?"

"거미줄에 걸려본 적 있어?"

"어젯밤에도 걸렸어."

"그거 알아? 석양이 질 때는 거미줄에 걸리려야 걸릴 수가 없어. 거미줄에 걸리는 건 낮과 밤뿐이야. 낮에는 너무 밝아서 안 보이고,

밤에는 너무 어두워서 안 보이거든."

석양 때 거미와 거미줄을 본 적이 있는 사람이라면, 내 말이 무슨 말인지 이해할 수 있을 것이다. 거미가 잣는 것은 실만이 아니다. 거미는 석양도 짜고 있는 것이다. 조급하지도 느긋하지도 않다. 자신의 템포를 지키며 안에서 바깥으로 실을 짠다. 나는 거미가 중심에서 곧바로 시작한다는 게 경이로웠다.

"거미줄이 끊어지면 거미가 어떻게 하게?"

"죽나?"

"아니, 처음부터 다시 시작해."

"바보 같지 않냐?"

"왈츠 같은 거야."

"무슨 말이야?"

"아무런 생각이 없는 거지. 왈츠처럼 말이야. 앞의 사람을 빙글빙글 돌리면서 나도 빙글빙글 도는 것처럼 계속해서 거미줄을 짜는 거야. 누구도, 무엇도, 노골적으로 유혹하기 않아. 무심한 것처럼 보일지도 몰라. 그게 정말 유혹적이거든. 유혹이 뭔지 아는 사람들한테는."

"그게 어떤 사람들인데?"

"이를테면……."

"이를테면?"

"교양 있는 사람들."

"교양이 어떤 건데?"

"부끄러움을 아는 사람들. 탱고는 너무 야단스럽다고 생각하는 사람들. 상냥함에 취약한 사람들."

"거미줄이 상냥하다고? 거미가 상냥해?"

"이 사람들은 그런 걸 볼 줄 아는 사람들이거든. 나뭇잎이 떨어질 때의 리듬, 물수제비를 뜰 때 밖으로 퍼져나가는 동심원의 간격, 고양이가 콧등을 찡그리는 순간, 옥수수 밭이 바람을 흔드는 소리, 날개 젖은 참새의 둔해진 움직임 같은 것들을."

프로작은 한 손으로 턱을 괴고 나를 보고 있었다. 내 이야기에 감동받은 건지 아니면 나를 걱정하고 있는 건지 알 수 없었다.

이어서 나는 말했다.

"상냥하게 유혹해."

"상냥하게?"

"상냥하게. 거미는 애쓰지 않아. 나는 거미의 그 점을 가장 높이 평가해. 아주 자연스럽고 우아한 태도거든. 걸리려면 걸려라. 이런 마음으로 거미줄을 짜는 거야. 한시라도 빨리 곤충을 잡아먹어야겠다는 사특한 생각을 갖는다면 그렇게 아름다운 거미줄을 짤 수는 없지 않겠어?"

"그게 왜 사특하지? 먹고사는 문젠데."

"바로 그거야. 거미에게는 더 중요한 게 있는 거야. 먹고사는 것보다."

"동물, 아니 곤충한테 그런 게 있다고?"

"거미는 그냥 거미줄을 짜는 데 흥미를 느끼게 생겨먹은 거야. 거

미줄을 짜고 있는 자신한테 취하는 거지. 엔도르핀 같은 게 막 분비
된다고. 기쁨으로 충만해져서 거미줄을 짜고 있으면 아무것도 먹고
싶어지지 않는 거야. 그러다 어쩔 수 없이 뭔가가 줄에 걸리면 먹는
거고."

"재미있는 상상이다."

"상상? 상상이지만…… 나는 정말 거미가 그렇다고 생각해."

"어떻게?"

"보면 알 수 있어. 거미를 보고 있으면. 거미줄에 걸리는 애들도
그렇고."

"벌레들?"

"나는 곤충들이 우리가 생각하는 것보다 훨씬 우월하다고 생각해.
곤충들이 관능에 취하는 거라고. 곤충들은 바보라서 거미줄에 걸리
는 게 아니야. 나를 제발 줄에 묶어줘, 이러는 거야. 몸이 단 거지."

프로작은 풋, 하고 웃었다.

"흥미로운 견핸데. 곤충이 관능을 이해한다고?"

"관능은 이해하는 게 아니야. 느끼는 거지. 그럴 수밖에 없는 거
야."

나는 관능에 대해서 뭘 알기라도 하는 것처럼 말했다. 경험에서
우러나온 이야기인 것처럼. 프로작은 당황하는 것 같았다.

"관능 앞에서는 모든 게 권태로워지거든. 정신을 빼놓지. 주식 시
세니 태정태세문단세니 Ca는 칼슘이고 K는 칼륨이니 하는 원소기
호 같은 것들도 하나도 중요하지 않게 돼. 그냥 빙글빙글 돌고만 싶

어지는 거야. 줄에 매달린 채로."

"석양의 점령군이군."

"너무 시인 지망생 같은 말이다."

프로작은 또 웃었다.

"나는 거미가 이야기를 짠다고 생각해. 매일 같은 거미줄을 짜는 것처럼 보이지만 그렇지 않아. 거미의 기분이 매일 다를 테니까 거미가 짜는 이야기도 기복이 있을 수밖에 없는 거야."

"뜨개질이라고 하면 어때?"

"뜨개질을 안 해봐서 모르겠어. 하지만 그건 아닌 것 같아. 뜨개질은 정신을 빼놓으면 안 돼. 정신을 차리고 있어야 한다고 들었어. 계속해서 코를 세어야 하거든. 안 그러면 뜨개질은 엉망이 돼. 그런 머리 아픈 건 질색이야."

"……."

"기가 막힌 생각이 났어. 들어봐."

"무슨?"

"노란 부리 새."

"노란 부리 새 얘기를 하고 있었지. 길을 잃지 않아줘서 고마워."

"노란 부리 새가 노란색과 하얀색을 구분 못하는 색맹인 거야. 그래서 하얀 부리 새들과 함께 날고 있는 거지."

"그런 색맹도 있냐?"

"모든 걸 인간 기준에서 생각하는 못된 버릇은 버려."

"사죄할게."

"이 새는, 이를테면 말이야, 흑백텔레비전 화면 같은 감광체를 가진 거지."

"아, 시벨리우스!"

프로작은 '아'를 길게도 발음했다. "시계랑 남자 얘기 하고 있지 않았냐?"

"아주 간단한 얘기야. 그 남자가 시벨리우스랑 닮았다고 했지?"

"그랬지."

"질려버리고 만 거야."

"시벨리우스에게?"

"둘 다에게."

프로작은 이해가 잘 안 된다는 얼굴을 만들었다.

"여름 내내 시벨리우스를 들었다고 했잖아. 그러다 궁금해졌어. 어떻게 생긴 사람인지. 찾아봤는데, 그 남자랑 너무 닮은 거야. 난 흥미를 잃고 말았어."

나는 시벨리우스의 얼굴을 알지 못했다. 시벨리우스가 슈베르트 같은 추남이 아니길 빌었다.

"둘 다한테?"

"응."

"어쨌든 시벨리우스 음악에 질렸다는 거지?"

"뭐, 결과적으로 말하면 그래. 음악 때문인지 얼굴 때문인지는 모르겠지만."

"안 질리는 게 어디 있겠냐? 익숙해지면 다 질리게 되어 있어."

"아니, 왈츠는 안 그래."

나는 "안 그런 것 같아"라고 자신 없는 목소리로 덧붙이며 말을 이었다. "왈츠는 세련되지 않았거든. 세련되지 않으면, 낡지 않아. 언제 들어도 그대로 있는 거지."

나는 내가 왈츠에 대해 이렇게 생각하고 있는지 처음 알았다.

"역시 넌 마요네즈를 더 발라야겠어."

프로작이 말했다. "이런 생각들로 머리가 가득 차다보면 현실에 잘 적응할 수가 없어."

"나도 그렇게 생각해."

"셋업하는 게 어때?"

"셋업?"

"없애버리기."

"어떻게?"

"떠나는 건 어때?"

"어디로?"

"여기가 아닌 어딘가로."

25。
여기가 아닌 어딘가로

"떠나는 건 어때?"

"어디로?"

"여기가 아닌 어딘가로."

"좋은 생각이야. 네 말을 들으니 내가 계속 그런 생각을 하고 있던 사람인 것 같아."

심장이 터져버릴 것 같았다. 그가 내가 바라던 걸 말해줬으니까. 나는 놀랐다. 무엇보다도 기뻤고.

떠나고 싶었다. 답답한 학교와 기숙사를 벗어난다면 어디든 관계없었다. 나는 프로작의 마음이 변해버릴까봐 마음을 졸였다. 그래서 떠나는 게 간절한 것처럼 보이지 않게 애썼다.

"어디를 원하는데?"

"기차를 타고 싶어."

"어디로 갈 건데?"

"아주 느리게 달리는 기차를 타는 거야. 그 기차에 식당 칸만 있다면 다른 건 없어도 돼."

프로작은 동의했다. 그렇게 우리 두 문제아들은 가출했다.

우리는 기차표를 끊지 않았다. 어디로 갈지 몰랐으니까. 그리고 그때처럼 표를 끊어주는 아저씨한테 바보 같은 말을 하고 싶지는 않았으니까. 우리가 슬쩍 오른 기차는 남쪽으로 향해 달리기 시작했다.

기차에는 사람이 없어서 우리는 마주 보고 앉았다. 이런 건 처음이었다. 우리는 아파트 단지 벤치에 늘 나란히 앉았으니까. 프로작의 얼굴을 보고 있자니 할 말이 없었다.

"고정관념들에 대해 이야기하자."

프로작이 말했다.

"응?"

"바보 같은 고정관념들."

"왜 그런 걸 해야 되는 거지?"

"번갈아서 하나씩 꼽아보는 거야."

프로작은 말을 이었다. "거짓말은 나쁘다."

"응?"

"시작한 거야. 거짓말은 나쁘다."

"죄를 지으면 벌을 받는다."

나도 말했다.

"좋은 의견이야. 들키지 않으면 벌을 안 받으니까."

프로작의 말에 내가 대꾸했다. "의견을 말하는 건 금지야. 지금부터 이 규칙을 적용한다."

"그래, 좋은 생각이야."

프로작은 곧바로 수긍했다.

"마녀는 검은 옷을 입는다."

"잠깐."

"왜?"

"식당 칸에 가봐야지."

프로작은 내가 한 말을 계속 생각하고 있었던 것이다.

식당 칸 문을 열자 사람들 시선이 우리에게로 쏠렸다. 나는 아무렇지도 않은 것처럼 비어 있는 자리에 앉았다. 정사각형 테이블과 빳빳한 하얀 테이블보가 마음에 들었다. 조촐한 꽃 한 송이가 꽂힌 화병도. 어쩜 내가 상상하던 식당 칸 모습이랑 똑같았다.

"뭐 드시겠어요?"

"맥주 두 병 주세요."

나는 엄지와 검지를 동시에 펴면서 말했다. 식당 칸 웨이터는 피식 웃더니 이렇게 말했다.

"꼬맹이들한테는 드릴 수 없어요."

"꼬맹이라고요?"

프로작은 발끈했다. 사람들은 우리를 노골적으로 보고 있었다.

"목소리 낮춰."

나는 프로작에게 입 모양으로 말했다.

분하지만 어쩔 수 없었다. 다른 사람들한테 우리는 미성년자일 뿐이었다. 이 식당 칸 어른들은 너무 고지식해서 미성년자 둘이 맥주를 마시는 모습을 받아들여줄 생각이 없는 것 같았다.

나는 일어나서 가만히 프로작의 어깨를 짚었다. 우리가 그만 식당 칸에서 사라져야 하는 순간이라는 걸 알았으니까.

자리로 돌아와서 나는 말했다.

"눈에 띄는 건 좋지 않아."

우리는 표도 끊지 않았으니까. 역무원이 지나갈 때는 가슴이 세차게 뛰었다.

"키가 큰 사람은 싱겁다."

"응?"

"키가 큰 사람은 싱겁다. 시작한 거야."

"노인은 현명하다."

나도 말했다.

"많이 먹으면 돼지가 된다."

"어린아이는 순진하다."

"바보는 열등생이다."

"건강한 신체에 건전한 정신이 깃든다."

"생각보다 재미있는데?"

"지루한 직선들이 줄 지어 행진하는 것 같지 않아? 고개를 꼿꼿하게 들고서 말이야. 근위대 교대식 같은 느낌이야."

"잠깐"이라고 말한 뒤 프로작은 진지하게 물었다. "그런데 우리

진짜 어디 가지?"

"묘지? 아니면 장례식장?"

그런 데가 좋을 듯했다. 프로작이 파이팅을 하는 것처럼 주먹을 쥐고는 말했다.

"상주랑 맞절하고, 음복을 하고, 울어줄 사람이 없는 시체들을 위해서 울어주자."

"눈물이 안 나면 어떻게 하지?"

"그러게."

기차 의자는 기숙사 철제 침대만큼이나 딱딱했다. 하지만 우리는 그저 좋았다.

"망자의 사진을 보면서 얼마나 알 수 있을 것 같아?"

"뭐를?"

"이 사람이 돈은 많이 벌었나, 어떤 일을 했나, 정말 하고 싶은 일이었나, 결혼은 했나, 몇 번 했나, 자식은 있나, 손주는 있나, 뭐 그런 것들……."

"사진을 봐야 알 것 같아."

우리는 한산한 장례식장에서 누군가의 영정 사진을 보고 있었다. 조의금을 받는 사람도 없었다.

"아무것도 없어. 알 수 있는 건."

나는 작은 소리로 말했다.

그러고는 향을 피워 향로에 꽂았다. 프로작은 하얀 국화를 제단 위에 올려놓았다. 우리가 두 송이를 보탰음에도 제단 위 국화는 열 송이도 채 안 되어 기분이 별로였다.

"주름살 개수를 셀 수도 없고 말이야."

프로작이 말했다.

"왜?"

"그건 다 연결되어 있거든. 하나에서 뻗어 나와 또 하나가 생기는 식이거든. 잔가지가 있는가 하면 굵은 가지도 있어서, 어떤 걸 세야 하고 어떤 걸 안 세도 되는지 알 수가 없거든. 그런 걸 어떻게 정확하게 셀 수 있겠어?"

그리고 걸었다. 지도를 봐도 아무런 도움이 되지 않았으므로 그냥 걷기로 했다. 성당이 나왔다. 성당 마당에는 눈을 내리깐 여자가 아이를 안고 있는 동상이 있었다. 그 옆에는 문이 달린 유리 상자가 있었고, 그 안에는 촛불들이 켜져 있었다. 꺼져 있는 것도 있었다.

나는 프로작에게 손바닥을 뒤집어 내밀었다. 그가 자신의 손을 내 손 위에 얹었다.

"이거 말고."

프로작은 얼굴이 붉어졌다.

"라이터."

그는 주머니에서 라이터를 꺼내줬다.

나는 유리문을 열고 불이 꺼진 촛불에 불을 붙였다. 불을 붙이는 동안 내가 착한 사람이 된 것처럼 느껴졌다. 그런 착각도 나쁘지만은 않았다.

"고마워."

"뭐가?"

"골초라서."

"들어가도 될까?"

"글쎄……."

프로작은 내 손을 잡고 예배당 안으로 들어갔다. 레이스 보자기를 머리에 쓴 여자들이 뜨문뜨문 앉아서 눈을 감고 있었다.

"우리도 기도하자."

프로작이 말했다.

"뭐라고?"

"바라는 거 없어?"

나에게 그런 게 있었나?

"할 줄 모르는데?"

"그래도 하자."

"어떻게?"

"그냥 중얼거리면 돼."

"너를 따라서?"

"눈을 감는 거야. 또……."

"또?"

"종소리를 들어."

"안 들리는데?"

"들린다고 생각해. 들리지?"

"응. 이제 들리는 것 같아."

"믿어야 보이는 거야."

"그래, 믿어. 믿을게."

"생각하고 싶은 사람을 생각해. 그러고 있어?"

또 한번은 뭐라고 해야 할지 알 수 없는 곳이었다. 공원이라고 해야 할지 공터라고 해야 할지 모르겠는.

"그만 해석해. 그만 분석해."

프로작은 말했다.

"그러면?"

"느껴. 들어. 먹어."

"뭘 먹으라는 거야?"

거기에는 먹을 것이 아무것도 없었다. 풀과 버섯이 잔뜩 있기는 했는데 죄다 화려해서 먹을 수 있는 것으로 보이지는 않았다.

"음악에서 가장 중요한 것은 악보에 없다고 그랬어."

이야기는 이상한 전개로 흘러갔다.

"누가?"

"기억 안 나."

이런 식이었다. 맥락도 없고, 근거도 없었다.

"그 말을 왜 하는 건데?"

"가장 중요한 것은 내 말속에 없다는 거지."

"그럼 어디에 있어?"

"말과 말 사이에."

난 반발했다. 이렇게.

"남의 마음을 뒤지는 건 싫어. 그건 너무 무례해. 주머니를 터는 일과 같거든."

"너를 방치하지 마."

"그렇다고 생각해?"

"함부로 내버려두지 마."

프로작은 내 스타킹을 정성스레 벗기고는 정성스레 개었다. 그리고 우리는 같이 잠들었다. 교실에서 떼어 가져온 하얀 커튼을 덮고서. 거기에 묻은 먼지도 덮고서.

왈츠를 흥얼거리면서. 춤을 추지는 않으면서.

하지만 춤을 추는 우리를 상상하면서.

춤을 추다가 침을 뱉는 우리를 상상하면서.

어디에?

어디에.

그리고 아침에 아무도 깨어나지 않는다.

26.
숨소리

형광등이 번지면서 달아나고 있었다.

나는 바퀴 달린 침대에 실려 수술실로 들어갔다. 고통스러우면서도 어리둥절했다. 내가 어떤 수술을 받는 건지 짐작할 수 없었다.

수술이라면, 이미 네 살 때 받았고, 그걸로 끝난 일이었다. 당연히 기억은 나지 않는다. 증거밖에 없다. 내 왼쪽 가슴과 오른쪽 가슴 사이에 긴 보라색 선. 쇄골 가운데에 손가락 세 개를 가져다 대면 선의 시작점을 만날 수 있다. 선은 배꼽까지 5센티미터 정도를 남기고 이어져 있다.

"구급차를 타고 왔어요?"

의사가 물었다.

"네."

나는 눈을 찌푸리며 말했다. 수술실은 병원 복도와 비교가 안 될

만큼 밝았기 때문이다. 폭력적으로 밝았다.

"기분이 어땠어요?"

막 답하려고 할 때 의사가 내 입에 알코올 솜 같은 걸 댔고, 난 의식을 잃었다.

정신을 차렸을 때, 나는 꿈을 꾸고 있는 줄 알았다. 내가 거미가 되어 있었기 때문이다. 정신이 돌아올수록, 그래서 고통이 선명해질수록, 꿈이 아니라는 것을 알게 되었다. 내가 거미가 된 것이 아니라 거미줄에 매달려 있는 벌레가 되었다는 것도.

내 몸에 달려 있는 거미줄은 내 몸에서 나온 것이 아니라 기계로부터 뽑아져 나온 것이었다. 열 개가 넘는 선들과 선들을 거느리는 시끄러운 기계에 매달려 나는 누워 있었다.

나는 턴테이블에 걸린 레코드판 같기도 했다. 문제가 생겨서 소리가 늘어지는 레코드판.

거어미가, 줄을 타고, 올라아갑니다아
거어미가, 줄을 타고, 올라아갑니다아
비이가아, 오오면, 끊어집니다아
햇님이, 방그웃, 솟아오르며언
거어미가, 줄을 타고, 내려옵니다아
거어미가, 줄을 타고, 내려옵니다아

거미가 줄을 타고 올라갑니다

거미가 줄을 타고 올라갑니다

비가 오면 끊어집니다

햇님이 방긋 솟아오르면

거미가 줄을 타고 내려옵니다

거미가 줄을 타고 내려옵니다

이런 바보 같은 노래가 나오는 레코드. 그 생각을 하고는 조금 웃었다.

이곳은 중환자실이고…… 오늘은 무슨 요일이고…… 너는 몇 시간 동안 수술을 받았고…… 몇 시간이 지나서 깨어났다고…… 무사히 회복 중이라고…… 그러니 안심하라고…… 간호사는 말했다.

나는 말을 하고 싶었지만 입이 마음대로 움직이지 않았고, 간호사는 수첩을 줬다. 쓰는 것도 잘 되지 않았다. 미구 씨와 아빠가 하루에 두 번 왔다.

미구 씨는 울었고, 아빠는 미구 씨를 달랬다. 나는 울 힘도 없었다. 그곳에서의 24시간은 24시간이 아니었다. 몇 배로 늘어났다. 자도 자도 침대 위라는 건 변하지 않았다.

그때 내가 세상에서 제일 부러웠던 사람은 간호사였다. 하루 종일 보는 사람이 간호사여서 그랬을 수도 있다. 그들은 제 발로 움직여 걸어 다녔고, 제 손으로 내가 있는 병실 문을 열고 들어왔고, 힘들이지 않고 목소리를 낼 수 있었고, 하루 종일 서 있어도 누워서 쉬고 있는 나보다 생기 있어 보였다. 나는 간호사라는 직업에 대해서 한 번도 진지하게 생각해본 적이 없었다. 뾰족한 모자와 하얀 고무 지우개를 닮은 신발이 웃기다고 생각했을 뿐. 그리고 사람 몸을 만지고 바늘로 찔러서 피를 보고 마는 그런 일은 나 같은 겁쟁이는 절대 할 수 없다고 생각했을 뿐.

그런 내가 그때는 간호사가 되고 싶었다.

이렇게 바보처럼 침대에 누워 있지 않을 수만 있다면, 당장 두 발로 걷고, 팔을 움직여서 읽고 싶은 책을 읽고, 내 힘으로 변기에 앉을 수 있다면, 평생 간호사를 하라고 해도 할 수 있을 것만 같았다.

시간은 정말이지 지긋지긋했다.

나는 잠으로 가야 했다. 꿈으로 오고 있을 당신을 위해.

꿈에서 프로작을 자주 만났다. 우리는 기차를 타고 어딘가로 가고 있었는데, 기차는 어딘가 엉성해 내가 꿈을 꾸고 있음을 눈치챌 수 있었다. 차창 밖 풍경들이 지나가지 않고 멈춰 있었고, 기차 의자는 기숙사 철제 침대였기 때문이다.

"망자 사진을 보면서 얼마나 알 수 있을 것 같아?"

우리는 한산한 장례식장에서 누군가의 영정 사진을 보고 있었다. 조의금을 받는 사람도 없었다.

"아무것도 없어. 알 수 있는 건."

나는 작은 소리로 말했다.

그러고는 향을 피워 향로에 꽂았다. 프로작은 하얀 국화를 제단 위에 올려놓았다. 우리가 두 송이를 보탰음에도 제단 위 국화는 열 송이도 채 안 되어 기분이 별로였다.

"주름살 개수를 셀 수도 없고 말이야."

프로작이 말했다.

"왜?"

"그건 다 연결되어 있거든. 하나에서 뻗어 나와 또 하나가 생기는……."

뒤죽박죽인 꿈은 병실을 옮긴 뒤에도 이어졌다.

그 병실에는 나와 똑같은 줄무늬 환의를 입은 어린아이들이 있었다. 백일도 안 된 아이부터 네 살이 아직 안 되었다는 아이까지.

다섯 명의 애들과 그 애들의 엄마가 있었다. 아이들은 자다가 깨면 울었고, 울음이 그치면 잤다. 그러나 한 아이가 울기 시작하면 다른 아이들도 따라 울었고, 그러면 잠을 자고 있던 아이들도 깨어서 울었기 때문에 병실에는 늘 울음이 그치지 않았다. 그 엄마들은 내게 미안해하고 또 미안해했다. 너무 자주 미안하다고 하다가 미안하다고 하길 포기해버렸다. 그리고 신기하다는 눈빛으로 나를 보았고, 또 보았고, 내가 예쁘다고 감탄했고, 키가 크다는 것에 놀랐고, 계속 질문을 했다.

나는 그때까지, 그리고 그 이후로도 그렇게 인기 있는 사람이었던 적이 없다.

"몇 살이에요?"

내가 몇 살인지는 병실 밖 표찰에도, 내 침대 위에도 쓰여 있었다. 그 아이 엄마는 내가 열일곱 살, 만으로는 열여섯 살이라는 것을 내 입으로 듣고 싶은 것 같았다.

"어렸을 때 아팠던 거 기억나요?"

"걸을 때 숨 안 차요?"

"계속 유지가 돼요?"

"심장이 미칠 것처럼 뛴 적 없어요?"

"어떻게 조심을 했어요?"

"교실에 앉아 있어도 안 힘들어요?"

"수술하고 파란 게 없어졌어요?"

"수술 자국이 희미해져요?"

"달리기도 할 수 있어요?"

아이 엄마들은 내가 아직까지 살아 있다는 것을, 살아서 고등학교에 무사히 다니고 있다는 것을 너무나 다행으로 여겼다. 그리고 자기 아이들도 나처럼 될 수 있을 거라 생각하며 마음을 다스리는 것 같았다. 졸지에 나는 그 애들과 엄마들의 희망이 되었다. 살아 있다는 이유만으로.

그 아이들은 나처럼 수술을 받고 회복 중이거나 수술을 앞두고 대기 중이었다. 운이 나쁘면 죽을 수도 있었고, 운이 좋다고 하더라도 계속 마음을 졸여야 할 일들이 남아 있었다.

"파란 게 없어지냐는 게 무슨 말이야?"

나는 미구 씨에게 물었다.

"청색증 말하는 거니?"

"청색증? 나한테 그런 게 있었어?"

"입술, 손끝, 발끝, 하여튼 보이는 데가 다 파랬어. 저 애기들처럼."

"피가 잘 안 돌아서?"

"수술하기 전까지는 그랬어. 괜찮다가도 파래졌어."

"왜 그런 얘기 안 했어?"

"이젠 괜찮은데 그런 얘기를 왜 하니? 칙칙하게."

미구 씨가 말하지 않은 것은 그것만이 아니었다.

내가 수술을 또 한 번 받아야 한다는 것도 말하지 않았다. 그게 언제가 될지 모른다는 것도. 스무 살이 되기 전에 받아야 한다는 것도. 그리고 내가 네 살 때 정확히 어떤 수술을 받았는지도 이번에야 알았다. 그게 심장에 뚫린 구멍을 막고 혈관을 넓힌 수술이었음을.

미구 씨는 이렇게만 말했었다. 너는 어릴 때 심장 수술을 받은 적이 있으니 조심할 필요가 있다고, 하지만 걱정할 필요는 없고 달리기 같은 걸 하다가 힘들면 그냥 멈추라고, 너무 애쓰지 말라고.

"그렇게 큰 수술은 아니었어. 별거 아니었어."

미구 씨는 이렇게 말하곤 했다. 나는 그 말을 의심하지 않았다.

내 기억에 나는 아픈 적이 없었다. 남과 다를 게 없었다. 달리기를 할 때 남보다 빨리 지친다는 것, 그리고 가슴에 한 줄로 된 보라색 선이 있다는 것 말고는.

퇴원하는 날, 아빠가 물었다.

"이거 네가 쓴 거니?"

아빠 손엔 글자라고도 할 수 없는 게 적힌 종이가 들려 있었다.

"아니."

기억에 없었다. 내 글씨도 아니었고, 뭐라고 쓴 건지도 알 수 없었다.

"뭐 먹고 싶어?"

아빠가 물었다.

"음⋯⋯."

"하고 싶은 건?"

"글쎄⋯⋯."

보고 싶은 사람이 있냐고 물었다면 나는 대답할 수 있었을까.

27.
끝내주는 자살이란 어떤 걸까

프로작이 왔다. 연두색 국화를 가지고. '폼폼'이라고 한다고 했다.

"장례식에 다녀온 거야?"

나는 몸을 일으키며 물었다. 국화라는 꽃을 가지고 아픈 사람을 방문하는 건 금기임을 모르지는 않을 것이다. 그런데 왜?

국화는 두 송이였다. 프로작은 유리병에 담긴 델몬트 오렌지를 단숨에 비우더니, 그 병에 국화를 꽂았다. 국화 줄기는 서로 엇갈려서 커다란 엑스 자처럼 보였다.

"떠나기로 했었잖아."

프로작이 말했다.

"응?"

"여기가 아닌 어딘가로."

우리가 어딘가로 가기로 했던 것은 꿈이 아니었다. 나는 수술을 받고 난 후 너무 많은 꿈을 꾸고 시간에 대한 감각이 무뎌져서, 수술 받기 얼마 전에 있던 일들은 뒤죽박죽이 되었다.

그 이야기를 하면서 나는 살아 있는 기분이 들었다. 돌고래가 가슴 안에서 발길질을 하고 있는 것처럼 심장이 아주 세차게 뛰었다.

나는 프로작을 만나지 못했었다. 심장이 너무 심하게 뛰는 바람에 그를 만나러 나가는 길에 쓰러졌던 것이다. 네 발로 기다시피 해서 집으로 돌아왔다. 그러고는 구급차에 실려 병원에 도착해 수술실로 들어갔다. '나를 위해 죽을 수 있어?'라고 말할 기회를 놓쳐버린 것이다. '나를 죽여줄 수 있어?'라고도 할 수 없게 되었던 것이다.

그리고 이제는.

나는 누군가의 희망 같은 게 되어 있었다. 그건 찝찝하면서 무섭고, 무서우면서 어색하고, 어색하면서 낯선 일이었다.

"언제 가지?"

"어디를?"

"이제 허락 맞고 가야겠지만."

프로작은 우리 집 내 방에 와 있었다. 방문은 닫혀 있다. 하지만 거실에는 아빠와 미구 씨가 있다.

"어머니랑 많이 닮았더라."

"할머니야."

"나이 많아 보이지 않으시던데?"

"진짜 할머니야. 외할머니. 우리 엄마의 엄마라고. 옆에는 외할아버지."

누군가에게 언니에 대해 이야기할 필요가 있었다. 혼자서는 그녀의 마음을…… 그리고 내 마음도…… 감당할 수 없었다.

"가출해본 적 있어?"

"아니."

"우리 엄마는 고등학교 3학년 때 가출했었대."

"밖에 계신 분?"

"아니라고. 진짜 엄마."

나는 프로작에게 말했다. 얼마 전까지는 나도 미구 씨가 엄마인 줄 알았다고, 알고 보니 언니로 알던 사람이 엄마였다고. 언니로 알던, 내 진짜 엄마는 고등학교 3학년 때 없어졌다가 돌아와서 대학에 들어갔다고, 그리고 나를 남기고 사라져서 죽어버렸다고.

"이게 말이 된다고 생각해?"

프로작은 팔짱을 낀 채로 나를 보고 있었다. 나는 다시 말했다.

"무슨 말이든 해봐."

"뭐라고 해야 돼?"

"아무거나 물어봐."

"그럼 밖에 계신 분들, 뭐라고 불러?"

"너?"

"아니, 너."

"엄마, 아빠. 똑같아."

"왜 그랬대?"

프로작은 언니에 대해 물었다.

"몰라. 답답한 게 아니었을까?"

"두 번 가출한 거네?"

"아니, 세 번이야. 고등학교 3학년 때, 대학 들어가서, 또 나를 데려다 놓고, 이렇게. 세 번째는 돌아오지 않았지만."

"죽지 않았을 수도 있지 않을까?"

"그냥 사라진 거라고? 어떻게?"

"이름을 바꾸고, 얼굴을 바꾸고, 표정을 바꾸고, 어딘가로."

"왜 그래야 했을까? 왜 그러고 싶었을까? 나는 모르겠어."

이 미스터리를 풀지 못한다면 나는 아무것도 할 수 없을지도 모르겠다고 생각했다.

"나타난다면?"

"언니가 말이야?"

프로작은 고개를 끄덕였다.

"모르지. 그래도 나를 보러 오지는 않을 거야. 나랑 다르게 아주 독한 사람 같으니까."

"널 보러 오면 넌 어떨 거 같아?"

"한 번도 생각해본 적 없어. 가능성이 없는 일이니까."

거짓말이었다. 사실 상상해본 적이 있었다. 그러면 어떻게 해야 할지. 첫째, 외면한다. 둘째, 언니라고 부른다. 셋째, 행복한 척한다. 모두, 실패할 것이다. 나는 아마도 고개를 숙인 채 아무 말도 하지 못할 것이다. 그리고 어깨를 들썩거릴 것이다. 그러지 않으려고 애써도 어쩔 수 없을 것이다. 내 슬픔에 취해.

"꿈이 없었던 걸까?"

프로작이 물었다.

"너는 있어?"라고 말한 뒤 나는 이어서 말했다. "맞다, 시인이 되는 거라고 했지?"

"그게 꿈이라고 한 적은 없어."

"그럼 시인은 뭔데?"

"하고 싶은 일."

"그럼 꿈은 뭔데?"

"내 전부를 바쳐서라도 얻고 싶은 그런 일?"

"그런 게 있는 사람도 있어? 그렇게 거창한 것만 꿈이라고 해야 하는 거야?"

나는 언니의 꿈에 대해서 생각했다. 꿈이 없는 언니에 대해서도 생각했다.

이런 게 아닐까?

언니는 고등학교를 졸업하는 게 무섭다. 왜? 대학에 가고 싶지 않으니까. 왜? 어떤 과에 들어가야 하는지 모르니까. 왜? 뭐가 되어야 하는지 모르니까. 왜? 무얼 바라는지 모르니까. 왜? 자신에게 어떤 재능이 있는지 모르니까. 왜? 공부밖에 모르는 바보니까. 왜? 다른 걸 해본 적이 없으니까. 왜? 부모님을 실망시키고 싶지 않으니까. 왜? 무서우니까.

그래서 집을 나간다. 왜? 다른 가능성을 찾기 위해서였다고 생각할 수밖에. 그리고 공장에서 일하는 소녀들을 만난다. 그녀들에게는 꿈이 있다. 무엇? 여고생이 되는 것. 그다음에는 여대생이 되는 것. 혹은 가난에서 벗어나는 것. 집안을 위해 보탬이 되는 것. 사회를 위해 뭔가를 하는 사람이 되는 것. 소녀들은 언니에게 묻는다. 너는 무엇이 되고 싶으냐고. 언니는 아무 말도 못 한다. 대학에 가고 싶지도 않고, 가난에서 벗어날 필요도 없고, 집안을 위해 뭔가를 할 필요도 없으니까. 그렇다면 사회를 위해? 그것도 아니다. 언니는 혼자 있는 게 좋기 때문이다. 언니는 그런 자신이 부끄럽다. 학교생활이 숨 막혀서 도망쳤는데, 자신이 도망쳐버린 학교를 꿈꾸는 사람들이 있기 때문이다. 부끄럽고, 또 부끄럽다.

이랬을지도 모른다.

남자가 있었던 건 아닐까? 모든 걸 버리고서라도 따라가고 싶은 남자가. 이를테면, 프로작을 따라왔다는 연상의 그 여자처럼. 그래서 언니도 어떤 남자를 따라서 떠난다. 첫 번째도, 두 번째도, 세 번째도.

한 남자일까? 아니면 여러 남자일까?

그중 하나는 공장에서 만난 남자일 수도 있다. 그 남자는 언니를 사랑하지만, 충분히 사랑할 수는 없다. 왜? 언니는 회색주의자니까. 되고 싶은 게 없으니까. 의욕이 없으니까.

언니는 고민한다. 나는 왜 여기에 있지?

"행복한 줄 알아라."

프로작이 말했다.

"뭘?"

"상상할 수 있다는 것. 나 같은 사람은 그냥 지겹기만 해."

"뭐가?"

"엄마, 아빠, 동생이, 가족이 지긋지긋해. 아주 잠깐 좋을 때도 있지만. 난 계속 생각했어. 내가 다른 데서 태어났더라면 어땠을까?"

"그랬더라면?"

"지금처럼 지겨워했겠지."

"그게 뭐야?"

"난 지금 깨달음을 얻었어. 부모님이 돌아가시면 그제야 그리워지겠구나라고. 니가 그러는 것처럼."

"그리워한다고? 내가?"

프로작은 고개를 끄덕이고는 말했다.

"그렇지 않다면 뭔데? 계속해서 생각하는 건 그리워한다는 거야."

"궁금할 뿐이야."

"그러니까. 그리우니까 생각하고, 생각하니까 궁금한 거지."

"방금 생각한 건데 말이야, 이런 게 아닐까?"

"말해봐."

"부모도 있고, 자식도 있는데 사라져버렸어. 오래오래 그리워해주고 사랑해달라는 게 아니었을까?"

나는 고개를 숙였다. 프로작은 흘러내린 내 머리카락을 귀 뒤로 꽂았다.

"겁쟁이였던 게 아닐까? 지금 언니가 내 옆에 있다면 난 지긋지긋해하겠지. 1등밖에 한 적이 없는 언니를 이해할 수가 없으니까. 언니는 자기도 1등밖에 모르는 엄마에게 시달렸기에, 그런 엄마가 되고 싶지 않았을 거야. 그런데 어느 순간 깨달은 거야. 자기는 그런 엄마가 될 수밖에 없다는 걸, 천성이 그렇다는 걸."

"그런데 말이야, 너는 꼭 죽을 수밖에 없는 거야?"

"모르겠어."

"나중에 나이 들어서 마음껏 살았다고 말할 수 있을 정도로 막살아보는 건 어때?"

"막사는 게 어떤 건데?"

"너네 엄마처럼 살지 않는 거."

"또?"

"겁내지 않는 거."

"또?"

"죽는 거. 잘 죽는 거."

"언제?"

"언젠가는 죽겠지."

"그게 다야? 심심하다. 너무 심심해."

"그래서 글을 써보려고."

"어떤?"

"소설."

"시는 안 쓰고?"

"시도 써야지. 그런데 소설로 쓰지 않으면 안 되는 이야기도 있는 것 같아."

"그런 게 어떤 건데?"

"자살 수집가?"

"응?"

"방금 떠올랐어. 내가 쓸 소설 제목이야."

"이상한데?"

"원래 좋은 건 처음 들으면 그래. 첫 문장도 정했어."

"말해봐."

"끝내주는 자살이란 어떤 걸까."

"잠깐만, 이거 내가 주인공이야?"

"그럴 수도 있고 그렇지 않을 수도 있고."

"그런데 왜 니가 써?"

"그럼 니가 써보든가."

"끝내주는 자살이란 어떤 걸까?"

나는 이 문장을 언제까지 기억할 수 있을지 궁금했다.

28。
그리고

　한 달 동안 집에서 요양을 하기로 했다. 의사의 진단서가 공식적으로 발휘한 효과였다. 한 달이 지나면, 그 지긋지긋한 학교로 돌아가야 했지만.

　나는 악몽을 자주 꿨는데, 깨고 나면 심장이 아팠다. 정확히 심장인지는 모르겠지만, 하여튼 가슴 어딘가가 아팠다. 이러다가 내 가슴에 있는 수술 자국이 벌어져, 그 사이로 심장이니 간이니 하는 것들이 쏟아지지는 않을까 하는 걱정이 들기도 했다. 그럴 때면 어디선가 알코올 냄새가 훅 끼치는 듯한 느낌이 들었다.

　실제로 병실에서 바로 그런 꿈을 꾼 적이 있었다. 그것도 몇 번이나 반복해서.

　꿈에서 나는 자고 있다. 자고 있는 나를 한 사람이 내려다보고 있다. 그 사람은 누군가? 어쨌든. 갑자기 비명 소리가 들린다. 내가 있는 병실은 아니다. 칠판을 손톱으로 긁는 소리와는 비교도 안 되는 무시무시한 소리다. 아무리 악독한 마녀라도 젖꼭지가 얼어붙어버릴 만한 그런 소리? 도저히 묘사할 수가 없다. 그리고 두두두두두 하는 소리. 간호사들이 신은 하얀 고무지우개들이 병원 바닥을 일제히 두들기고 있다. 그렇게 발바닥으로 바닥을 두들기면서 그녀들은 비명이 들린 곳으로 이동하고 있다. 내가 있는 병실 불은 꺼져 있다. 하지만 아이 엄마들이 깨어 있다는 것을 나는 알고 있다. 아이 엄마들도 내가 깨어 있다는 것을 알고 있을 것이다. 또 나는 안다. 병실의 모든 엄마들이 그 비명 소리가 자기 아이의 것이 아님에 감사하고 있다는 것을. 남의 불행을 보면서 나와 나의 아이의 안위를 확인하고 있다는 것을.

미구 씨도 아빠도 내 꿈속에 나온 엄마들처럼 비명 소리를 들은 밤이 있었을 것이다. 그리고 그들도 그 엄마들처럼 생각했을 것이다. 내 아이의 비명 소리가 아니어서 다행이라고.

"오늘이 며칠이에요?"

라고 물은 적이 있다는 것을, 나는 뒤늦게 기억해냈다. 간호사는 내 말을 알아듣지 못했고, 종이를 내밀었다. 그리고 내 손에 연필을 쥐여주었다. 나는 무언가를 썼다. 간호사는 그 글자를 용케도 알아보고, 나한테 대답을 해줬다. 그러니까 아빠가 네가 쓴 거냐고 물으며 내밀었던 종이의 글씨는 내 것이 맞았다.

두 번째로 깨어났을 때, 간호사는 나한테 이런저런 것들을 설명
해줬다. 이곳은 중환자실이고, 오늘은 무슨 요일이고, 너는 몇 시간
동안 수술을 받았고, 몇 시간이 지나서 깨어났다고, 무사히 회복중
이라고, 그러니 안심하라고. 나는 이게 수술 후의 내 첫 번째 기억이
라고 생각하고 있었지만, 그게 아니었다.

아빠가 말했다. 그 종이의 글자가 네 것임을 알았다고.
"그런데 왜 굳이 확인하듯 네가 쓴 거냐고 물어봤어?"
"그냥…… 챙기려고."
"그걸 왜?"
"네가 쓴 거니까. 네가 쓴 것 같았으니까."
아빠는 병실에서 내 것으로 추측되는 모든 것들을 챙겨 왔다. 아
빠는 그 종이 쪼가리를 액자에 넣어서 보관하고 있었다. 나는 서랍
을 열다가 그것을 보았고, 너무 이상한 기분이 들었고, 아는 체하지
말아야겠다고 생각했다. 수영 강사의 시계도 있었다. 메탈 시계라는
게 아쉬웠다. 나는 기분이 이상해졌다.
"바보 같아."
"너희 엄마가 왜 음악을 안 듣는지 알아?"
"듣잖아."
"네가 있을 때 말이야."
"몰라."
나는 미구 씨가 내가 들어오면 음악을 꺼버리는 이유 같은 게 따

318

로 있다고 생각해본 적이 없었다.

"네 심장 소리를 듣겠다고."

"무슨 말이야?"

나는 무슨 말인지 이해할 수 없었다. 내 심장 소리는 여간해서는 나도 잘 들을 수가 없다.

"상태가 좋지 않을 때는 심장 소리가 밖으로 들렸대. 네 엄마한테 는 그게 들렸다는 거야."

"그게 말이 돼?"

나는 점점 기분이 이상해졌다.

"그게 다가 아니야. 옛날 집에 살 때는 집 안에서도 네가 집에 오 는 걸 미리 알 수 있었대. 네 숨소리가 점점 크게 들려서."

"후아후아후아, 그 소리가 점점 커지는 거야. 숨소리가 아주 커지 면 네가 집에 다 온 거였지"라고 미구 씨가 말했다. 그러고는 웃으 면서 말을 이었다.

"숨 안 차냐고 물으면 네가 뭐랬는지 알아?"

"아니."

"아니, 그랬어. 숨차다고 하면 다시 밖으로 못 나가게 할까봐."

"수술하기 전에?"

"응. 그때는 네가 조금만 움직여도 네 심장이 엄청나게 뛰었어."

"아빠도 내 숨소리 들었어?"

"아니. 엄마만 들었어. 엄마한테만 들렸어."

나는 집으로 뛰어 들어오는, 내가 기억하지 못하는 '어린 나'를 보고 있다. 어린 나는 나와 점점 가까워진다. 나는 내 심장 소리를 듣기 위해 귀를 기울이고 있다. 소리는…… 들리지 않는다.

어린 나는 천천히 작아진다. 필름을 아주 느리게 거꾸로 감는 것처럼.

두 발로 걸었다가, 한 발을 떼었다가, 넘어졌다가, 보행기를 타고 다니다가, 주저앉는다.

기기 시작한다. 배를 거세게 바닥에 부딪히면서.

어린 나는 점점 더 작아진다.

입술이 파란 애가 인큐베이터 안에 누워 있다. 나는 인큐베이터가 기억나지 않아서 유리 뚜껑이 있는 작은 관 같은 걸 생각하기로 한다.

이제 나는 탄력 있는 물질에 싸여 있다. 헤엄을 친다. 발장구를 치지 못해도 별 문제가 없는 특별한 바다 안에 내가 있다. 따뜻하다.

그리고 내가 아직 내가 아니었던 시간으로 거슬러 올라간다.

누군가의 몸에서 나온 셀 수 없이 많은 별들이 어딘가로 쏟아지고 있다. 뺄리에를 하는 개구리처럼. 낮게 주저앉을수록 높이 떠오른다. 그래야 더 빨리, 더 먼 곳으로 갈 수 있다. 그 별들이 심장을 쿵쿵대며 뛰어오고 있다.

우주선 같은 것을 향해서. 폭신폭신하고 안락해서 등을 대자마자 졸음이 쏟아지는 그런 우주선.

별 하나가 우주선에 탄다.

사랑 그리고 비참함으로

'추락 주의.' 강변길을 걷다가 노란 표지판 안의 이 글자를 본다. 저녁이 되면 물 냄새가 짙어진다. 덜 보여서 그러나? 그건 아니다. 어두워지기 시작하면 더 잘 보인다. 크고 작은 십자가가 솟아나고, 가로등이 켜지고, 그것들은 강물에 긴 틈을 만든다. 색색의 직선들. 이런 직선은 지루하지 않다.

아치형으로 된 다리까지 갔다가 되돌아오기로 한다. 방향을 튼다. 회색이 많이 섞인 하늘색에 오렌지색이 덧칠되어 있는 하늘이 보인다. 덜 신경질적이고 덜 예민한 에밀 놀데가 칠해놓은 것 같다. 하늘에 가까워질수록 사라져간다. 아니다. 하늘은 내가 가까이 가는 만큼 멀어져간다.

이제, 저녁을 하러 돌아가야 한다. 산책로에서 벗어나, 자전거도로를 지나, 둔덕을 올라간다. 8차선 도로 옆 인도에 서서 내가 걸었던 길을 내려다본다. 생각보다 아주 가깝다. 저 여자들의 속눈썹도 보일 것 같다. 하얀 여자와 태닝한 여자가 말을 하고 있다. 키도 비슷하고 입성도 비슷하다. 한 여자가 다른 여자에게 뭔가를 물어보는 것 같다. 하얀 여자가 신은 로퍼가 마음에 든다. 저런 짙은 분홍색을 뭐라고 하지?

*

나는 친구가 많은 것은 아니지만, 없는 것도 아니다. 스트리퍼도 아니다. 영화와 뮤지컬에서 본 스트립쇼가 전부다. 실제가 아니라서 그럴까? 스트립쇼는 지루하다. 헬무트 뉴턴이 찍은 여체 같아서 멋있지만 흥분은 일지 않는다.

나는 너무도 멀쩡하게 태어났고, 내 부모는 예술을 이해하지 못하는 신실한 기독교도이자 고루한 중산층일 뿐이며, 내게는 남편이 있다. 지루하지만 착한 남자다. 그리고 내 옆에는 갓 두 돌이 지난 아이가 색색거리며 자고 있다. 언제 울면서 깨어날지 모르지만.

나는 평범하다. 그래서 평범하지 않은 삶을 꿈꾸었다. 간섭을 하지 않는 예술가 부모와 나만 아는 충직한 집사 같은 남자 어른을 갖고 싶었고, 어릴 때는 나이가 많은 연인을 지금은 나이가 어린 애인을 소유하기를 꿈꾸었다. 그러나 현실은, 나의 남편은, 지극히 평범하다. 대학병원의 고용 약사인 남편은 술을 마시고 온 날에만 코를 곤다. 양말을 내팽개치지도 않고 바지를 뒤집어 벗어놓지도 않는다. 내가 걸레질을 하면 내 뒤를 졸졸 따라다닌다. 그러고는 내 귓불을 깨문다. 나는 순진한 이 남자가 나에 대한 의혹과 회의를 가질까봐 조심한다. 나의 쾌락은 언제까지나 유예될 수밖에 없다. 이 남자와 함께 있는 한.

그래서일까? 나는 마음을 찢어놓는 이야기를 좋아한다. 비참하거나 슬프고, 기쁨과 슬픔이 함께 있는 이야기. 제대로 된 이야기라면 기쁨에는 슬픔이, 슬픔에는 기쁨이 깃들기 마련이라고 생각한다. 나는 그런 이야기를 읽을 때면 나를 어찌할 수 없다. 남편이 초인종을 누르건 말건 침대에 누워 있고만 싶고, 잠에서 깨어 젖을 달라고 보채는 아이의 뺨을 때리고 싶고, 아무도 나를 모르는 곳으로 가서 몇 년만 숨어 지내고 싶다.

*

에스메를 만났을 때 나는 이 아이가 애틋해서 견딜 수 없었다. "비참함이요. 난 비참함에 몹시 관심이 있어요"라고 열세 살 난 이 여자아이는 말했던 것이다. 그리고 이렇게도. "나는 좀 더 동정심 있는 사람이 되려고 나 자신을 훈련시키는 중이에요. 우리 이모는 내가 지독하게 차가운 사람이래요." 동정심이 지독하게 없는 나는 어울리지 않게도 샐린저의 이 소설을 읽을 때마다 운다. 이 아이가, 이 이야기의 화자가 내 마음을 찢어놓기 때문이다.

나는 에스메처럼 사랑스러운 아이였다. 적어도 내가 꿈꾸는 세계에서는. 그 세계에서는 나를 이뻐해주는 남자 어른이 나를 섬세하고 적절한 방식으로 이뻐해주었다. 무례하지 않게. 상상 속 나는 에

스메가 나오는 소설의 화자인 미국인 장교처럼 나를 이해하고 걱정해주는 어른 몇 명과 교제를 했고, 그들이 진심으로 고마웠지만 진심을 표현할 줄 몰라 머뭇거릴 수밖에 없었다. 진심을 표현하는 방식도 훈련이 필요한 것이다. 현실의 나는 에스메처럼 사랑스러웠던 적이 없지만 누군가에게는 그렇게 오해되길 꿈꿔왔다. 그리고 바랐다. "언젠가 아저씨가 오로지 나만을 위한 이야기를 써준다면 나는 무척 의기양양해질 거예요. 나는 탐욕스런 독자거든요"라고 말한 에스메처럼, 누군가가 나에 대해 써주기를.

그런 일은 일어나지 않았다. 아무도 써주지 않았다. 그래서 내가 나에 대해 쓸 수밖에 없다. 나는 에스메 같은 아이가 제대로 자라지 못한다면, 또 미국인 장교 같은 이해자를 만나지 못한다면 어떻게 될지 쓰고 싶었다.

*

말을 배우기 시작한 순간부터 거짓말 또한 시작했음에도 불구하고 나는 여전히 어설프다. 어쩌겠는가. 이게 나인 것을. 어쩔 수 없음은 어쩔 수 없음으로 놔두어야 한다고 생각한다.

누군가가 말했다. 항상 거짓말을 해야 하는 사람은 자신의 모든 거짓말이 진실이라고 생각한다고. 동의할 수 없다. 나는 내가 거짓말을 하고 있음을 매 순간 의식하고 있다. 그러지 않는다면 나의 거짓말은 그저 거짓말에 불과해지니까. 나는 그 누군가의 말을 이렇게 바꾸기로 한다. 항상 진실을 말해야 하는 사람은 자신의 모든 진실이 거짓말이라고 생각한다고.

그렇다. 나는 진실을 말하고 있다. 항상 그렇다. 그렇기 때문에 그 말들이 거짓말이라고 생각한다. 당신은 말장난을 하는 이런 내가 마음에 들지 않을지도 모른다. "속지 않는 자가 방황한다." 내가 아는 또 누군가는 이렇게 말했다.

어디를 믿어도 좋다. 어딘가를 믿지 않는대도 좋다. 어쨌거나, 거 짓말은 거짓말인 것이다.

친구들이 없었다면 친구가 없는 소녀의 이야기를 쓰지 못했을 것입니다. 나 같은 애를 친구로 허락해준 순도, 미애, 수정, 귤의 관대함에 고마움을 전합니다.

특별하고 섬세한 방식으로 저를 이뻐해주신 선생님들이 계시지 않았더라면 무력하고 무책임한 선생에 대해 쓰지 못했을 것입니다.

홍영선, 손선희, 이승은 선생님. 제 손에 포크를 쥐여주시고 제 머리카락을 넘겨주시던 온기를 기억합니다. 저의 빛이 되어주셨습니다.

그리고 나의 작가들.

당신들이 있어서 제가 살 수 있었습니다.

어떤 말로도 다할 수 없는, 우정과 사랑을 보냅니다.

2015년 7월

한은형

　주인공의 자의식은 유난스럽지만 매력적이고, 그것을 묘사하는 작가의 솜씨는 야무지고 잔인하다. 이것은 또한 작가의 자의식이기도 할 것이다. 이 작품의 가장 빼어난 지점이 이 부근 어딘가에 있다. 한국문학은 어떤 자의식을 지녔을까, 하는 점에 대해 종종 고개가 갸웃거려지는 요즘, 이런 날카로운 자의식의 작가가 만들어갈 새로운 소설의 경지를 기대한다. _ 최인석(소설가)

　이 작품이 가지고 있는 매력들은 다른 심사위원들께서 충분히 말씀하실 터이니 그건 넘어가고 나는 이 작가가 진일보하여 한국 소설의 새로운 길을 모색하고 이루어내면 좋겠다는 생각이다. 나이도 그렇고 풍겨 나오는 만만찮은 분위기 때문에 더욱 그러하다. _한창훈(소설가)

　《거짓말》은 '출생의 비밀'과 '자살'이라는 생의 두 모티브 사이를 바지런히 오가는 10대의 이야기다. 주인공의 일상은 탄생과 죽음이 한데 공유되는 자리인데, 거기서 아이가 어른이 되어가는 빛나는 모험의 과정을 겪게 된다. 소설은 주인공의 성격처럼 시종일관 활달하고 힘이 넘

친다. 생의 첫 섹스를 자신의 의지에 따라 능동적으로 선택하고 긍정적으로 해석하는 에피소드는, 이 소설의 성격을 잘 말해주는 인상적인 부분이다.

세상이 많이 바뀌었다 해도 여전히 문학 출판은 소비자의 수준을 탓할 수 있는 몇 안 되는 산업 분야로 남아 있다. 그런 의미에서 《거짓말》은 근래의 어떤 변화를 반영하고 있는 듯 보인다. 말 그대로 가볍지만, 이 정도라면 가벼워도 좋잖아, 하는. _백민석(소설가)

소설 속 1인칭을 이런 두 가지 성향으로 나눠보면 어떨까? 끊임없이 자신을 말하려는 '나'와 끊임없이 타인을 관찰하려는 '나'. 전자의 나는 자신을 사랑하는 데 어려움을 겪는다. 그래서 역설적으로 자신을 사랑하는 척한다. 후자의 나는 타인을 이해하는 데 어려움을 겪는다. 그래서 소설 속에서 누군가를 온전히 이해할 수 없다는 사실을 인정해야 하는 순간을 맞이한다. 이 소설을 다 읽고 주인공이 계속 마음이 쓰였는데, 그것은 자신을 말하려는 '나'의 태도 때문이었다. "첫 번째 자살 시도는 세 살 때였다고 한다"라는 문장을 태연하게 말하는 아이. 지루한 걸 끔찍해하고, 거짓말하는 순간 통쾌함을 느끼는 아이. 그 이면에는 자신을 사랑하기 위해 발버둥을 치는 모습이 보인다. 주인공은 수영을 배운다. 발장구 백 번. 수영 강사는 그렇게 말한다. 거짓말이란 것은 이 아이에게 발장구 백 번과 같은 것 아닐까. 물에 뜨기 위해 계속 발장구를 쳤듯이 상처를 극복하기 위해서는 거짓말이 필요했으리라. _윤성희(소설가)

이 책에 담긴 활자들은 응달에서 자라는 콩나물을 떠올리게 한다. 시선을 잠시 거두었을 때 두 배로 자라나는. 그러나 쉽게 가늠하지 마시길. 책을 덮었을 때, 안부를 묻고 싶은 소녀가 생긴 것도 예상 밖이었으니까.
_윤고은(소설가)

《거짓말》에 나오는 고1 여학생 화자의 위악과 당돌함은 의외로 이 소설의 겨냥점이 아닐 수도 있겠다. 오히려 있을 수 있는 위악의 상투성을 거절한 자리에서 투명하게 돌출하는 자기 배려의 순진성이 화자의 이야기에 특별한 감흥의 순간을 만들고, '거짓말의 시간'을 사라져갈 인생의 시간과의 관련 속에서 되새기게 한다. 무엇보다 서사의 흐름과 소설의 분위기를 단단하게 장악하고 있는 개성적인 소설 문장, 언어의 호흡이 인상적이다. _정홍수(문학평론가)

뼈대만 추려놓고 보면 이야기는 어디선가 본 듯한 통속의 요소를 두루 갖췄다. 그러나 소설에서 뼈대를 추리는 것이 얼마나 부질없는 일인지 동시에 실감할 수밖에 없다. 세련된 감각으로 응축된 날카로운 문장들이 익숙한 이야기를 팽팽하게 끌고 나가고 있기 때문이다. "세계는 한 편의 통속극처럼 진부하고 지루하거늘, 오직 빛나는 것은 잘 벼려진 하나의 문장이다"라고 당돌하게 선언하고 있는 소설이다.
_서영인(문학평론가)

한은형의 《거짓말》은 살아온 삶과 살고 싶었던 삶에 대한 이야기이다. '거짓말'은 하나의 서사 속에 두 개의 삶이 겹쳐질 수 있는 공백을 만드는 원동력이다. 그렇기 때문에 이것은 현실과 욕망의 팽팽한 긴장, 그 사이에서만 존재하는 무중력의 서사로 읽힌다. 그곳에서 《거짓말》의 소녀는 현실을 지배하는 노동과 사회의 기율 사이를 자유롭게 유영하며 욕망을 자양분 삼아 성장한다. 하지만 이를 부르주아적 욕망이 만들어낸 백일몽이라고만 치부해서는 안 된다. 살아온 삶과는 별개로 살고 싶었던 삶이 인간을 성장시키기 때문이다. _서희원(문학평론가)

《거짓말》의 언어는 독자의 상상을 기분 좋게 미끄러져 나간다. 여긴가 싶으면 어느새 저 어딘가로 날아가 있고, 저 너머인가 싶어 머나먼 시선을 던지면 어느새 등잔 밑이 어둡다. "내용과 형식의 착란은 대개 매혹적이지 않나"라고 읊조리는 주인공의 시선처럼, 이 소설은 내용과 형식의 매력적인 불협화음으로 독자의 시선을 붙잡는다. 지극히 탐미적인 형식과 지극히 사색적인 내용이 어우러져 《거짓말》의 멜로디를 풍요롭게 변주한다. 화가의 문체와 철학자의 상상력이 어우러진 흥미로운 소설이다. _정여울(문학평론가)

거짓말

제20회 한겨레문학상 수상작

ⓒ 한은형 2015

초판 1쇄 인쇄 2015년 7월 3일
초판 1쇄 발행 2015년 7월 10일

지은이 한은형
펴낸이 이기섭
편집인 김수영
책임편집 이지은
기획편집 김윤정 김준섭
마케팅 조재성 정윤성 한성진 정영은 박신영
경영지원 김미란 장혜정

펴낸곳 한겨레출판(주) www.hanibook.co.kr
등록 2006년 1월 4일 제313-2006-00003호
주소 121-750 서울시 마포구 효창목길6 (공덕동) 한겨레신문사 4층
전화 02) 6383-1602~1603 **팩스** 02) 6383-1610
대표메일 munhak@hanibook.co.kr

ISBN 978-89-8431-915-8   03810